Is it Wrong to Try to Pick Up Girls in a Dungeon?

FUJINO OMORI

ILLUSTRATIONEN VON SUZUHITO YASUDA

Hestia

Hephaistos

Loki
Freya

Is it Wrong to Try to Pick Up Girls in a Dungeon?

FUJINO OMORI

ILLUSTRATIONEN VON SUZUHITO YASUDA

TOKYOPOP®

Is it Wrong to Try to Pick Up Girls in a Dungeon?

1

Prolog:
Wäre es falsch, in einem Dungeon auf eine schicksalhafte Begegnung zu hoffen?

War es falsch, in einem Dungeon auf eine schicksalhafte Begegnung zu hoffen?

Der Dungeon, das war ein nahezu endloses Labyrinth aus unzähligen Ebenen, in denen sich gefährliche Monster tummelten.

Man konnte sich mit fremden Abenteurern zusammenschließen, um Reichtum und Ruhm zu erringen. Sich bei der Gilde registrieren und dann gleich auf in den Kampf ziehen.

Man konnte mit einem Schwert in der Hand weiter und weiter vordringen und schließlich auf ein schönes Mädchen stoßen, das von einem Monster angegriffen wurde. Ein Schrei! Das grässliche Brüllen des Ungeheuers!

Im letzten Moment würde man hinspringen, das scharfe Schwert hochreißen. Ein Klirren!

Das Monster wäre geschlagen, es bliebe das süße Mädchen auf dem Boden – und man selbst, cool dastehend, attraktiv.

Leicht gerötete Wangen, große, schöne Augen, in denen man sich spiegelt ... das Knospen einer zarten Liebe.

Manchmal redete man im Wirtshaus mit einer schnuckeligen Kellnerin über die Abenteuer, die man erlebt hatte, und kam ihr so näher.

Manchmal musste man eine junge Elfenfrau vor einem anderen Abenteurer beschützen, der sich barbarisch verhielt.

Manchmal reichte man einer frustrierten Amazone die Hand und schloss sich dann mit ihr zu einer Gruppe zusammen.

Manchmal flirtete man mit einem anderen Mädchen und erntete dafür eifersüchtige Blicke.

Und, und, und ...

So stellte ich mir jedenfalls das Abenteurerleben vor. Ich war fasziniert von Helden und all den fantastischen Geschichten, die sie erlebten.

Ich wollte süße Mädchen kennenlernen, mich mit hübschen Ladys anderer Völker anfreunden.

Solche leicht machohaften und naiven Gedanken lagen wohl in der Natur junger Männer.

War es also falsch, in einem Dungeon auf Partnersuche zu gehen? Nein, ich korrigiere mich: sich dort einen Harem zusammenzusuchen?

Das Fazit: Ja, es war falsch.

»Rrruuuooooaaaarrr!!«

»Gaaaaaaahhh!«

Weil ich mich den besagten leicht machohaften und naiven Gedanken hingegeben hatte, blickte ich nun dem Tod ins Gesicht.

Ich wurde von einem »Minotaurus« verfolgt, einem Monster halb Stier, halb Mensch.

Ich war erst Level 1 und konnte nicht darauf hoffen, ihm jemals Schaden zuzufügen. Was bedeutete: Hier war für mich ziemlich sicher Endstation.

Angesichts meiner oberflächlichen, unanständigen Motive hatte ich es womöglich auch verdient, als Minotaurus-Futter zu enden.

Was war ich nur für ein Idiot gewesen, zu glauben, ich könnte mal eben durch einen Dungeon spazieren, um hübsche Mädchen aufzugabeln!

Dort fand man nicht plötzlich seine Traumfrau – ebenso wenig, wie man dort schlagartig reich wurde.

Mein Schicksal war besiegelt gewesen, als ich mir vorgenommen hatte, einen Fuß in diesen schrecklichen Dungeon zu setzen, der Tag für Tag die Leichen übermütiger Abenteurer ausspuckte.

Ach, wie gern wäre ich zu dem Moment zurückgekehrt, als ich mit hohen Zielen und leuchtenden Augen das Registrierungsformular der Abenteurergilde unterschrieben hatte: Ich hätte mir Verstand ins Hirn geprügelt.

Aber das ließen weder das Schicksal noch die Gesetze der Physik zu.

»Gnnnrrrruuu!«

»Uwah!«

Der Huf des Minotaurus traf mich nicht direkt, ließ jedoch im Boden einen Riss entstehen, der sich bis zu mir zog. Ich flog von den Beinen und kugelte über den Boden.

»Schuuu … Schuuu …«

»Gaaah!!«

Bei jedem Schnauben rutschte ich auf dem Hintern weiter rückwärts. Dieser Anblick musste jedem hübschen Mädchen sofort sämtliche Illusionen rauben. Es schien, als hätte ich von Anfang an nicht das Zeug dazu gehabt, ein Held wie aus einem Märchen zu werden.

Dann stieß ich mit dem Rücken gegen eine Wand: Endstation.

Nachdem ich etliche Passagen durchquert hatte, war ich auf dieser weitläufigen Ebene angekommen, und nun wurde ich in einem nahezu quadratischen Raum in die Ecke gedrängt.

Verdammt, ich bin so gut wie tot …

Ich weinte und schluchzte, während der Minotaurus mir seinen stinkenden, heißen Atem ins Gesicht blies.

Langsam wanderte mein Blick an ihm hinauf: Er war zwei- bis dreimal so groß wie ich und schien nur aus Muskeln zu bestehen. Unwillkürlich grinste ich; ich musste geradezu wahnsinnig wirken.

Letzten Endes war mir keine schicksalhafte Begegnung beschieden gewesen. Der Tod war nah: Vor mir sah ich, wie das rasende Monster seinen Huf zum Gnadenstoß erhob.

Doch im nächsten Augenblick schlug ein gleißender Blitz in den Rumpf des Minotaurus.

»Was zum …«

»Gruuuor?«

Er wirkte ebenso verwundert wie ich.

Doch der Blitz machte nicht am Rumpf halt, sondern schoss im ganzen Körper umher, fuhr durch Vorder- und Hinterbeine, Schultern und schließlich in den Kopf.

Daraufhin leuchtete das Geflecht aus Blitzen silbern auf, und das Monster, dem ich nicht einmal einen Kratzer hatte zufügen können, wurde vor meinen Augen in Geschnetzeltes verwandelt.

»Hrrguh?! G… Guuuuuughuuuurgh!!«

Das war das Letzte, was der Minotaurus von sich gab.

Sein Körper begann sich entlang der Linien zu zerteilen, und rote Fontänen schossen aus den Wunden, bis schließlich alles in sich zusammenfiel.

Von einer gewaltigen Blutdusche getroffen, kauerte ich wie gelähmt in der Ecke.

»Alles in Ordnung?«

Dort, wo eben noch der fürchterliche Minotaurus gestanden hatte, stand jetzt eine göttinnengleiche junge Frau.

Sie trug eine leichte, blaue Rüstung.

An ihrem wunderschönen zarten Körper stach die üppige Brust besonders hervor, die von einer silbernen Brustplatte in Zaum gehalten wurde. Silbern waren auch ihr Säbel und die Armschiene an ihrem Waffenarm. Sowohl sie als auch die Brustplatte zierte dasselbe Emblem. Von der Spitze ihrer Waffe, die

zum Glück nicht auf mich gerichtet war, troff das Blut des Monsters.

Ihr blondes Haar fiel ihr bis auf die Hüften und stand mit seinem goldenen Glanz all den Schätzen dieser Welt in nichts nach.

Selbst für eine junge Frau war sie außergewöhnlich grazil. Dazu hatte sie ein zartes, fast kindliches Gesicht. Mit ihren goldgelben Augen blickte sie auf mich herab.

Moment mal ...

Eine Schwertkämpferin mit blauer Rüstung, goldenen Augen und blondem Haar ...

Selbst ein Grünschnabel auf Level 1, der sich gerade in sein erstes Abenteuer gestürzt hatte, wusste, mit wem er es hier zu tun hatte.

Dies war die herausragendste Abenteurerin der Loki-Familia, wenn nicht sogar die mächtigste Kämpferin unter den Menschen: Die Prinzessin der Klingen Aiz Wallenstein, Level 5.

»Ähm ... Ob alles in Ordnung ist, habe ich gefragt?«

Von wegen.

Gar nichts war in Ordnung.

Mein Herz stand immer noch kurz davor, in tausend Teile zu zerspringen. Wie konnte es mir da gut gehen?

Vom Boden aus starrte ich sie an, und ich spürte, wie meine Wangen sich röteten. Sicher sah sie gerade ihr Spiegelbild in meinen großen Augen. Und die zarten ... nein, gewaltigen Knospen der Liebe begannen zu keimen.

Der Traum wurde Wirklichkeit, wenn auch mit vertauschten Rollen. Die Emotionen kochten über.

In diesem Moment wurde mir mein Herz gestohlen. War es falsch, in einem Dungeon auf Partnersuche zu gehen? Ich korrigierte meine Antwort: Nein, es war doch nicht falsch.

Kapitel 1: Die Welt, die Realität und die Sehnsucht

»Einaaa!«

»Hm?«

Eina Tulle, Rezeptionistin der Gilde, die den Dungeon verwaltete und beaufsichtigte, blickte von einer Broschüre auf.

Sie hatte spitze Ohren, tiefgrüne Augen und mittellanges, braunes Haar.

Ihr schmaler Körper war in den ordentlichen, schwarzen Hosenanzug der Gilde gekleidet. Die junge Angestellte war ebenso bekannt für ihren Fleiß wie für ihre Umgänglichkeit. Vom Erscheinungsbild her entsprach sie jedoch nicht ganz dem Ideal der Elfen: Sie war nämlich nur zur Hälfte Elf und zur anderen Mensch.

Zur Mittagszeit ging es üblicherweise ruhig zu, da die meisten Abenteurer im Dungeon beschäftigt waren. Als Eina ihren Namen hörte, wusste sie sofort, wer da nach ihr rief.

Gut, er lebt also noch …

Einen halben Monat musste es nun her sein, dass sich dieser vierzehn Jahre alte Junge mit großen, leuchtenden Augen bei der Gilde registriert hatte.

Eina war damals zu seiner Dungeon-Beraterin ernannt worden und betreute ihn seitdem.

Wer sich einmal für das Abenteurerdasein entschieden hatte, wurde ungeachtet seines Alters und Geschlechts gleichbehandelt – was Fluch und Segen zugleich war, denn in dieser Branche fielen viele ihren Ambitionen zum Opfer.

Eina konnte nur schwer dabei zusehen, wie der viel zu junge Bell Cranel mutwillig sein Leben in dem gefährlichen Dungeon aufs Spiel setzte. Aber er war noch am Leben! Es überkam sie ein Gefühl der Erleichterung, und ein Lächeln breitete sich auf ihrem Gesicht aus. Sie rückte sich die Brille zurecht und drehte sich zu ihm um.

»Einaaaa!«

Da stand der Junge – von oben bis unten mit tiefrotem, getrocknetem Blut befleckt!

»Aaaah!! Was zum ...«

»Du kennst doch Aiz Wallenstein, oder? Kannst du mir was über sie erzählen? Bitteeee!«

»Also hör mal, Bell ... Wenn du dich schon überall mit Blut bespritzen lässt, solltest du wenigstens duschen, bevor du herkommst!«

»Tut mir leid ...« Schuldbewusst ließ ich den Kopf hängen.

In einem kleinen Zimmer beim Empfangsbereich der Gilde saßen wir uns an einem Tisch gegenüber. Ich hatte doch tatsächlich vergessen, mir nach dem Gemetzel das Blut wieder abzuwaschen. Eina kommentierte das mit einem tiefen Seufzer.

»Ich zweifle wirklich an deinem Verstand. So kannst du doch nicht durch die Stadt spazieren!«

»Sei doch nicht so ...« Von dieser bildschönen Dame gerügt zu werden, trieb einem doch glatt Tränen in die Augen. Doch dann lächelte sie gequält und stupste mir gegen die Nase. »Nächstes Mal passt du aber besser auf dich auf, ja?«

Ich nickte eifrig.

»Und du willst ... Informationen zu Fräulein Aiz Wallenstein? Warum, wenn ich fragen darf?«

»Na ja, es ist so ...« Mit hochrotem Kopf erzählte ich ihr alles, was sich zuvor im Dungeon zugetragen hatte.

Von Ebene 2, wo ich mich normalerweise aufhielt, war ich ganz bis zur Ebene 5 hinabgestiegen.

Dort war ich dem Minotaurus über den Weg gelaufen, der mich daraufhin verfolgt hatte.

Zuletzt berichtete ich, wie mich die Prinzessin der Klingen Aiz Wallenstein in letzter Sekunde gerettet hatte.

Und wie mir in dem Moment, in dem sie mir die Hand gereicht hatte, schwarz vor Augen geworden war. Ich erzählte Eina davon, wie ich aus Scham und Aufregung überstürzt die Flucht ergriffen und mich nicht einmal mehr anständig bedankt hatte.

Mit jedem Satz verfinsterte sich Einas Miene mehr. »Warum hältst du dich eigentlich nie an das, was ich dir sage? Schlimm genug, dass du allein in den Dungeon aufbrichst, aber dann spazierst du auch noch einfach so ein paar Ebenen tiefer? Das ist viel zu gefährlich! Wie oft muss ich dir noch sagen, dass du solchen Abenteuern aus dem Weg gehen sollst?!«

»I… Ich weiß, tut mir leid …«

Wahre Abenteurer gehen Abenteuern aus dem Weg.

Das war einer von Einas Leitsätzen. Auf den ersten Blick mochte er widersprüchlich klingen, aber gemeint war: Abenteurer waren ohnehin schon so vielen Gefahren ausgesetzt, dass sie nicht unnötig zusätzliche Risiken eingehen sollten.

Einas Leitsatz galt besonders Abenteurern wie mir, die erst am Anfang ihrer Karriere standen. Die Sterberate war in dieser Phase wohl besonders hoch.

Auf Ebene 5 einem Level-2-Minotaurus zu begegnen … damit hätte niemand gerechnet. Üblicherweise hätte man ein solches Monster frühestens auf Ebene 15 angetroffen. Aber wie Eina immer zu sagen pflegte: »Man weiß nie, was der Dungeon für einen bereithält.«

Ohne Aiz wäre ich zweifellos tot gewesen. Bei dem Gedanken allein lief es mir kalt über den Rücken. Ich gelobte, Einas Ratschläge nie wieder zu missachten.

»Der Auslöser für deine heutige Erkundungstour werden doch nicht deine seltsamen Traumvorstellungen vom Dungeon gewesen sein?«

»He he he, ähm ...«

Volltreffer. Auf der Suche nach einer Begegnung mit dem anderen Geschlecht hatte ich mich ins Abenteuer gestürzt ... Aber mit dieser ehrlichen Antwort hätte ich jetzt nur Schläge geerntet.

Die Hoffnung auf eine schicksalhafte Begegnung mit einer hübschen jungen Maid, so wie in den großen Heldensagen, war überhaupt der Beweggrund für mich gewesen, Abenteurer zu werden. Da Eina bereits bei meiner Anmeldung Zeugin meiner fragwürdigen Motivation geworden war, warf sie mir auch jetzt zweifelnde Blicke zu, wenngleich sie den vollen Umfang meiner Verdorbenheit wohl nicht begriff.

Aber von nun an würde alles anders. Ich würde meine unlauteren Beweggründe aufgeben und mich nur noch mit ehrenwerten Zielen in den Dungeon begeben. Weil ich ihr begegnet war.

»Und, ähm, kommen wir noch mal zu Fräulein Wallenstein zurück ...«

»Tja ... Als Beraterin der Gilde ist es mir streng untersagt, persönliche Informationen über unsere Abenteurer herauszugeben ... Ich kann dir also nur sagen, was ohnehin schon öffentlich bekannt ist.«

Daraufhin begann Eina, mir von ihr zu erzählen. Möglicherweise auch deshalb, weil meine Geschichte über ihre beherzte Rettung und meinen peinlichen Abgang ihr Mitleid erregt hatte.

Ihr Name war Aiz Wallenstein, so viel wusste ich bereits. Als Schwertkämpferin war sie in den inneren Kern der Loki-Familia aufgenommen worden, und ihre Fähigkeiten überstiegen ohne Zweifel die der meisten anderen Abenteurer. Es hieß, sie habe im

Alleingang eine Gruppe von Level-5-Monstern erledigt und lief nun bei Abenteurern unter dem Namen Kriegsprinzessin, in Anlehnung an ihren offiziellen Beinamen Prinzessin der Klingen.

Manche der Götter sollen sie sogar unbesiegbare Aiz genannt haben.

Männer, die sich ihr mit schmutzigen Hintergedanken genähert hatten, habe sie angeblich im Handumdrehen ins Jenseits geschickt.

Etwa eintausend Anwärtern sei es bereits so ergangen ...

»Mal sehen, was wäre da noch ... Bei ihren vielen Errungenschaften und ihrer Stärke könnte man vermutlich ewig über sie reden.«

»Ähm, eigentlich ging's mir gar nicht so sehr um ihre Karriere als Abenteurerin, sondern ... um ihre Hobbys, was sie gern isst und so ...«

Als Eina mich derart herumdrucksen sah, blinzelte sie zwei-, dreimal. »Sag bloß, du hast dich in Fräulein Wallenstein verliebt?«

»Na ja, verliebt wäre zu ... Ähm ... Ja, schon.«

»Ha ha ha, ich kann's dir nicht verdenken! Selbst mir entfährt manchmal ein Seufzer, wenn ich sie in all ihrer Pracht vor mir sehe.« Sie lächelte schief und führte ihre Teetasse zum Mund. Dabei wirkte sie so grazil wie mit jeder ihrer Bewegungen.

Sie sprach zwar viel über die Vorzüge Aiz Wallensteins, aber auch sie erfreute sich einer großen Beliebtheit unter den Abenteurern.

Sie hatte ein anmutiges Kinn, eine zierliche Nase und Augen, die wie Juwelen funkelten.

Sie erfüllte alle Voraussetzungen einer echten Schönheit, und es ging das Gerücht, dass nicht wenige es auf sie abgesehen hatten.

Seit sie meine Beraterin geworden war, hatte es sich hartnäckig gehalten.

Zwar war sie zur Hälfte Mensch, aber sie wies die eleganten, ebenmäßigen Gesichtszüge auf, für die das Volk der Elfen weithin bekannt war. Sie zeigte sich allerdings nahbar und zugänglich. Vermutlich hatte so mancher ein Faible für diesen Widerspruch zwischen Äußerem und Charakter.

Nach kurzem Nachdenken sagte sie, ihr sei noch nicht zu Ohren gekommen, dass Fräulein Wallenstein einen Partner habe. Ich konnte mir ein kleines Jubeln nicht verkneifen.

»Über ihre Hobbys habe ich allerdings noch nichts gehört, das geht dann doch etwas zu tief in die Materie ... Und es hat auch nichts mehr mit meiner Arbeit zu tun. Ich bin schließlich nicht deine Beziehungsberaterin!«

»Komm schon, jetzt hab dich nicht so!«

»Nichts da! Wenn sonst nichts mehr ist, solltest du jetzt nach Hause gehen. Husch!« Sie stand auf und trieb mich ruhig, aber bestimmt aus dem Zimmer. Mein müder Widerstand führte zu nichts, und so standen wir beide schließlich vor dem Empfangsbereich der Gilde. Der Saal war zu dieser Zeit weniger gut besucht als sonst. Er war aus weißem Marmor gebaut und wurde von Götter- und Heldenstatuen gesäumt, was ihm eine gewisse Gravitas verlieh.

»Du bist so gemein, Eina ...«

»Als Abenteurer hast du wichtigere Probleme, meinst du nicht?«

»Hmpf ...« Das war mir selbst klar. Da ich noch keinen Gönner gefunden hatte, musste ich jeden Tag in den Dungeon hinabsteigen – von irgendetwas musste ich schließlich leben. Wenn ich nicht jede Münze zweimal umdrehte, säße ich bald gewaltig in der Tinte.

Außerdem gab es da noch jemanden, den ich versorgen musste ... eine *Göttin*, um genau zu sein. Eigentlich hatte ich wirklich keine Zeit, mir Gedanken um Aiz Wallenstein zu machen.

»Du hast doch bereits den Segen einer anderen Göttin empfangen, oder? Da könnte es schwierig für dich werden, Fräulein Wallenstein näherzukommen. Schließlich ist sie ein hohes Tier in der Familia der Göttin Loki.«

»Ja ...«

»Ich verlange ja gar nicht, dass du dich von ihr lossagst. Aber du darfst die Realität nicht aus den Augen verlieren. Damit tust du dir keinen Gefallen.«

Wahrscheinlich meinte sie nur, dass ich mich erst einmal auf meine Karriere als Abenteurer konzentrieren sollte.

Allerdings hatte sich der Teil mit Aiz' Familia schon ein wenig so angehört, als drohte mir der Tod, wenn ich mich in ihre Nähe wagte. Eina bemerkte, dass ich leicht enttäuscht aussah. Kurz wirkte sie besorgt, aber dann wechselte sie in ihren nüchternen Angestelltenmodus.

»Möchtest du heute auch etwas eintauschen?«

»Ähm, ja, sicher. Vor der Begegnung mit dem Minotaurus hatte ich schon ein paar Monster erledigt.«

»Gut, dann gehen wir zum Büro. Ich komme mit.«

Wie peinlich, dass sie mich jetzt auch noch begleitete. Sie musste mir Grünschnabel ohnehin schon ständig helfen, weil ich mich mit nichts auskannte. So würde ich bei ihr nie auf einen grünen Zweig kommen.

Wir begaben uns zum Tauschbüro, das sich ebenfalls im Hauptsitz der Gilde befand.

Dort angekommen, holte ich mir die Belohnung für meinen Streifzug durch den Dungeon ab.

Meine Beute bestand hauptsächlich aus Magiestein-Splittern, an die ich durch das Besiegen von Goblins und Kobolden gekommen war.

Insgesamt bekam ich dafür etwa 1.200 Valis. Meine Ausbeute war etwas geringer ausgefallen, wohl weil ich mich kürzer im Dungeon aufgehalten hatte als sonst – ich hatte ja so überstürzt vor Aiz Wallenstein fliehen müssen. Tja … Zog ich davon nun die Kosten für die Reparatur meiner Ausrüstung und die Verpflegung für meine Göttin und mich ab, dann blieb nicht mehr genug übrig, um mich mit neuen Items einzudecken.

Wieder am Ausgang des Gebäudes angekommen, hielt Eina mich zurück. »Bell?«

»Huch! Ja, was ist denn?«

Einen Augenblick lang zögerte sie, dann sagte sie: »Weißt du, Frauen finden Männer anziehend, die stark und verlässlich sind … Also lass dich einfach nicht von deinem Weg abbringen, dann … wird das schon, ja?«

»Hm …«

»Vielleicht wird ja sogar Fräulein Wallenstein auf dich aufmerksam, wenn du erst einmal ein bisschen stärker bist!«

Ich sah sie nachdenklich an. Verlegen wich sie meinem Blick aus. Mir wurde klar, dass sie mir diesen Ratschlag nicht als Angestellte der Gilde, sondern als Freundin gegeben hatte. Ich musste innerlich grinsen.

Ich wandte mich um und lief los, blickte dann aber noch einmal über die Schulter und rief: »Eina, ich lieeeebe dich!«

»W… Was?!«

»Dankeee!«

Ich sah noch, wie ihr Gesicht knallrot anlief, dann verschwand ich grinsend in den Straßen der Stadt.

Unter der Stadt Orario befand sich das Labyrinth, das von allen als Dungeon bezeichnet wurde.

Genau genommen war der Dungeon zuerst da gewesen, und die gigantische Stadt war darüber errichtet worden.

Berühmt war sie für die Gilde, eine Organisation, die für die bürokratische Verwaltung des Dungeons zuständig war. Außerdem diente sie Menschen und Halbmenschen verschiedenster Völker als Heimat.

Ich war nicht besonders gebildet und wusste daher nicht viel mehr über Orario.

Zugegeben, ich wohnte hier, aber besonders viel bekam ich deshalb trotzdem nicht mit.

Die meiste Zeit war ich damit beschäftigt, in den Dungeon hinabzusteigen und mit der Beute meinen Lebensunterhalt zu bestreiten.

Ich war in einem kleinen Dorf in der Nähe Orarios aufgewachsen und wusste wohl auch deswegen so wenig über die Welt. Bis vor einem Jahr hatte ich dort mit meinem Ziehgroßvater zusammengelebt, doch nach seinem Tod war ich mit meinem wenigen Besitz in die Stadt geflüchtet ... Natürlich, weil ich mich nach einer schicksalhaften Begegnung im Dungeon sehnte.

»Ein echter Mann gibt sich nur mit einem Harem zufrieden!«

Ich erinnerte mich noch deutlich an das Grinsen, mit dem er diesen Satz gesagt hatte. Von jung auf hatte er mir das immer wieder eingebläut.

Seit ich denken konnte, hatte ich es geliebt, wenn er mir aus den Heldensagen vorgelesen hatte. Damals hatte ich davon geträumt, selbst einmal zu einem dieser supercoolen Helden zu werden, der das Böse besiegt, die Menschen rettet und die Prinzessin aus ihrer Gefangenschaft befreit.

»Der wahre Reiz an den Geschichten dieser Helden«, hatte er stets betont, »liegt in der schicksalhaften Begegnung mit einem hübschen Mädchen.« Und so hatte alles seinen Lauf genommen.

Als junger Bursche hatte ich den Helden aus den Geschichten nachgeeifert und mir begeistert Begegnungen mit dem weiblichen Geschlecht ausgemalt. Mein Großvater hatte mich unterdessen Tag für Tag mit den romantischen Grundsätzen des Männerdaseins gefüttert.

Mit den Jahren war mein Traum versiegt, ein großer Held zu werden – der romantische Teil meiner Zukunftsvision würde ausreichen müssen, um meinen Großvater zu ehren.

Mein damaliges Lieblingsbuch *Dungeon Oratoria*, das ich auf seine Empfehlung hin für mich entdeckt hatte, hatte vermutlich einen nicht unerheblichen Teil dazu beigetragen.

Es enthielt verschiedene Heldengeschichten, deren Schauplatz die Labyrinthstadt Orario selbst war.

Wenn ich doch nur selbst in der Welt dieser sagenhaften Erzählungen leben könnte … Nach Orario gehen, ein Abenteurer werden, den Dungeon erkunden … Möglicherweise würde es mir dann so ergehen wie den Helden, und es käme zu einer schicksalhaften Begegnung. Diese Gedanken hatten mich nach dem Tod meines Großvaters dazu getrieben, im Alleingang in die Stadt des Dungeons zu kommen, um seinen Willen zu ehren.

Kurz nach meiner Ankunft war ich noch verblendet gewesen, aber jetzt, da ich dem Tod nur knapp von der Schippe gesprungen war, dämmerte mir, dass es eine Schnapsidee gewesen war, aus solch einem Grund mein Leben aufs Spiel zu setzen.

Es hätte mich nicht gewundert, wenn ich der erste und einzige Abenteurer mit einer solch lächerlichen Motivation gewesen wäre. Obwohl ich eigentlich glaubte, dass ich mich im Prinzip nicht allzu sehr von all jenen unterschied, die auf der Suche nach Ruhm und Reichtum hergekommen waren.

Es war schon schwer genug, einfach nur zu überleben! Das hatte ich durch meine heutige Nahtoderfahrung gelernt. Dem Dungeon musste man mit Ernst begegnen, wie auch sonst alles im Leben, etwa meinem neuen Ziel: der Eroberung Fräulein Aiz Wallensteins.

Wie eine Webnadel schlängelte ich mich die zentrale Straße entlang, auf der sich alle möglichen Völker tummelten: Zwerge, Gnome, Tiermenschen, Pallum … Manche von ihnen in bürgerlichen Gewändern, andere in auffälligen Rüstungen. Für ein Landei wie mich, aufgewachsen unter Menschen, barg diese Stadt vielfältige neue Eindrücke.

Hier konnte ich mich stundenlang umschauen und sah mich doch niemals satt. All das Getümmel, für einige nur Lärm und Chaos, ließ mein Herz aus irgendeinem Grund höherschlagen.

Mein Blick folgte einer intelligent wirkenden Elfenfrau, aber meine Beine trugen mich weiter auf mein eigentliches Ziel zu. Ich trat in eine kleinere Seitenstraße, bog dann noch mehrmals ab und kam schließlich in einer kleinen Sackgasse an. Der Lärm der Leute auf der zentralen Straße war von hier aus nicht mehr zu hören.

Mein Blick wanderte die bröckelige Fassade der verlassenen Kirche hinauf, die mitten in dieser menschenleeren Gegend vor mir aufragte. In diesem zweistöckigen Gebäude hatte man früher zu den Götter gebetet, doch nun glich es eher einer Ruine. An einigen Stellen waren die Mauern eingestürzt oder Steine herausgebrochen. Vermutlich war die Kirche vor langer Zeit gebaut worden, und mittlerweile erinnerte sich niemand mehr an sie. Ein fast schon trauriger Anblick …

Über dem Eingang lächelte die Statue einer Göttin ihr halbseitiges Lächeln: Eine Gesichtshälfte war leider dem Zahn der Zeit zum Opfer gefallen.

»Und hepp …«

Früher war der Eingang von einer Tür versperrt gewesen. Es war wohl nicht nötig, aber wie immer überprüfte ich zuerst, ob jemand in der Nähe war, erst dann schlüpfte ich hindurch.

Innen bot die Kirche einen ebenso traurigen Anblick wie außen: Zwischen den ramponierten Steinfliesen spross hier und da Gras hervor, und der Großteil der Decke war herabgestürzt.

Durch das große Loch im Dach fielen warme Sonnenstrahlen auf den Altar, der noch erstaunlich gut erhalten war.

Ich durchquerte die Ruine und erreichte ein kleines Zimmer neben dem Altar. Dort, hinter etlichen Regalen voller Bücher, führte eine Treppe in den Keller hinab.

Ich stieg die Stufen hinunter und blickte durch eine halb geöffnete Tür in ein Zimmer: Sonnenlicht fiel durch ein kleines Fenster herein.

»Göttin, ich bin wieder da!«

Ich trat in den Raum, der weniger nach Keller und mehr nach Wohnraum aussah, zum Leben gerade groß genug.

Die, nach der ich gerufen hatte, lag auf dem violetten Sofa und hielt ein Buch in den Händen.

Als sie mich bemerkte, hörte sie sofort auf zu lesen und sprang auf. Rein äußerlich hätte man sie für ein Kind halten können … Möglicherweise wäre sie noch als junges Mädchen durchgegangen.

Jedenfalls war sie kleiner als ich, und wenn wir zusammen gesehen wurden, hielten viele sie für meine jüngere Schwester. Mit einem Lächeln auf dem kindlichen Gesicht kam sie zu mir gehüpft.

»Oh, willkommen zurück! Heute bist du aber früher dran als sonst!«

»Tja, im Dungeon lief's nicht so gut. Ich wäre fast gestorben ...«

»Was?! Geht's dir gut? Ist noch alles dran? Dein Tod wäre ein ziemlicher Schock für mich, das ist dir hoffentlich klar. Vielleicht würde ich sogar ausnahmsweise eine Träne verdrücken.«

Ihre kleinen Hände patschten auf der Suche nach Wunden über meinen Körper. Dass sie sich so um mich sorgte, machte mich glücklich und brachte mich zum Lächeln. »Alles noch dran. Ich würde dich doch nicht allein und hilflos zurücklassen!«

»Das will ich doch hoffen! Ich verlasse mich schließlich darauf, dass du mich versorgst!«

»Komische Art, auszudrücken, dass du dir Sorgen gemacht hast, aber gut ...«

Wir lachten.

Das Zimmer bestand aus einem rechteckigen und einem quadratischen Teil, die die Form des Buchstabens P ergaben. Wir setzten uns einander gegenüber auf die beiden Sofas im Eingangsbereich.

Dieses Mädchen war schon wirklich schön. Ihr glattes, schwarzes Haar, zu zwei Pferdeschwänzen gebunden, reichte ihr bis zu den Hüften. An den Zopfbändern hingen goldene Glöckchen.

Sie hatte ein rundes Gesicht mit runden Wangen. Ebenfalls rund waren ihre ... üppigen Brüste, die ihre Kleidung nicht zu verstecken vermochte.

Ihre runden Augen waren von einem durchscheinenden Blau und wirkten selbst in ihrem übermäßig hübschen Gesicht wie ein Trugbild.

Sie hätte die besten Voraussetzungen gehabt, einmal zu einer unvergleichlichen Schönheit heranzureifen, doch dazu würde es nie kommen: Ihr Körper wuchs nämlich nicht. Dieses Mädchen, das ich mit »Göttin« begrüßt hatte, war im wahrsten Sinne des Wortes eine Göttin.

Sie gehörte zu den Deusdea, den übernatürlichen Wesen, die über uns Menschen, Halbmenschen und den Monstern des Dungeons standen. Sie veränderten sich äußerlich nie und alterten nicht. Ihre Existenz überstieg unseren Verstand; sie waren noch unglaublicher als die Helden, die ich so verehrte.

»Demnach ist dein Verdienst heute wohl geringer ausgefallen?«

»Ja, es ist etwas weniger als sonst. Und bei dir?«

»He he, sieh selbst! Tadaaa!«

»Was ist das denn?!«

»Ich hab heute am Stand so viel zum Verkauf beigetragen, dass sie mir diesen Haufen frittierte Kartoffeln geschenkt haben! Und damit werden wir heute Abend feiern! Ich sorge dafür, dass du kein Auge zu kriegst, he he!«

»Du bist der Hammer, Göttin!«

Ja, selbst ein unfassbar mächtiges Wesen wie sie musste im Laden eines Menschen einer stinknormalen Arbeit nachgehen, um Geld zu verdienen und zu überleben.

Vor langer Zeit waren die Göttinnen und Götter herabgestiegen in die irdische Welt, wo wir Normalsterblichen lebten. Viele Märchen handelten von dieser Begebenheit, doch wenn ich den Worten meiner Göttin Glauben schenkte, dann waren sie in unsere Welt gekommen, weil es im Himmelreich »einfach viel zu langweilig« war. Einige von ihnen seien der Unendlichkeit überdrüssig geworden und hatten bei ihren Kindern – womit wir hier unten gemeint waren – nach dem Rechten schauen wollen.

Unsere Kultur, unsere Arbeit, all das, was wir unter Schweiß und Mühe hervorbrachten, hatte die Götter gereizt, die es so sehr nach Zerstreuung verlangt hatte.

»Wir wollten die Welt aus der Sicht unserer Kinder erleben, mit den gleichen Fähigkeiten und am selben Ort.«

Als vollkommene Wesen schienen sie ein Interesse an uns, unserer Unvollkommenheit und unserem mühseligen Leben entwickelt zu haben. Und sie fanden uns und unsere Welt wohl auch sehr amüsant: unsere nicht enden wollenden Pechsträhnen, natürliche Bedürfnisse wie Essen, Hobbys, Kunst ... und Freundschaft: so schwer zu definieren, so vielgestaltig. Für sie war das alles wie ein Spiel, von dem sie einfach nicht genug bekamen.

Allmählich hatten sie immer mehr Zeit in unserer Welt verbracht, und einige hatten sich sogar dauerhaft niedergelassen. Unsere Vorfahren hätten dagegen ohnehin nichts tun können, also hatten sie beschlossen, die Götter zu verehren und ihren Segen zu empfangen. Es war ein symbiotisches Verhältnis, das über die Zeit hinweg perfektioniert worden war.

Dafür hatten sich die Deusdea jedoch unter ihre Kinder mischen und die Bequemlichkeit ihres göttlichen Alltags gegen die Unbequemlichkeiten des irdischen Daseins eintauschen müssen.

»Es ist frustrierend ... Die Leute auf der Straße finden mich immer niedlich, aber anschließen möchte sich mir niemand. Nur weil der Name Hestia noch unbekannt ist. Warum sind alle so egoistisch?«

»Stimmt ... Den Segen kriegt man doch in jeder Familia ...«

Hestia hieß die Göttin, die mir gegenübersaß. Ja, offenbar führten auch die Götter üblicherweise einen Namen.

Der Begriff Familia bezeichnete die Gefolgschaft einer Gottheit. Die Loki-Familia beispielsweise war die Gefolgschaft der Göttin Loki, die Hestia-Familia die der Göttin Hestia. Einige sprachen auch von der Loki-Fraktion oder der Hestia-Fraktion.

Von einer Gottheit aufgenommen zu werden: In Menschenworten ausgedrückt war das, als würde man adoptiert. Die Bezeichnung Familia kam also nicht von ungefähr.

Die Deusdea hatten verboten, in der irdischen Welt ihre allmächtigen Kräfte, das Arcanum, einzusetzen, darum brauchten sie seither ebenfalls Nahrung und Geld, um hier überleben zu können.

Einige Götter hatten angeblich Gefallen am Arbeiten gefunden, aber der Großteil war vorwiegend an den spaßigen Aspekten des irdischen Daseins interessiert. Also hatten sie entschieden, für alles Weitere unsere Hilfe in Anspruch zu nehmen.

Wer einer Familia beitrat, erhielt den Segen ihrer Gottheit.

Im Gegenzug verpflichtete man sich, Aufträge zu erledigen oder Geld in die Haushaltskasse zu bringen.

Ganz nüchtern betrachtet wurde man als Mitglied einer Familia also dazu verdonnert, den Versorger für die Gottheit zu spielen.

Allerdings war der besagte Segen ein nicht zu verachtender Anreiz: Er versetzte einen in die Lage, niedrigstufige Monster zu besiegen, selbst wenn man vorher zu schwach dafür gewesen war.

»Klassisches Beispiel für Geben und Nehmen!«, sagte Hestia. »Ich wünschte nur, ich müsste nicht dir allein die ganze Last aufzubürden …«

»Ach, nicht der Rede wert. Du arbeitest schließlich fleißig mit.«

Es gab große Familia mit vielen Mitgliedern, aber auch kleine wie unsere.

In solchen Fällen blieb den Gottheiten nichts anderes übrig, als selbst mit anzupacken, so wie Hestia es tat. Ihr blieb wenig Zeit, sich zu amüsieren, da sie für ihren Lebensunterhalt ackern musste.

Dieser eigentlich allmächtigen Göttin dabei zuzusehen, wie sie sich unseren irdischen Regeln unterordnete, brachte mich zum Lächeln. Ich fühlte mich ihr dadurch auch näher.

Es gab nämlich auch anders gepolte Gottheiten, die ihre Mitglieder nach ihrer Pfeife tanzen ließen, um sich selbst eine Art Königreich zu errichten. Dieses Königreich betrachteten sie dann als ihre Familia – als wäre das alles bloß ein Simulationsspiel.

Gegen die Regeln verstieß das offenbar nicht: Es waren ja letztendlich die Mitglieder der Familia, die alles aufbauten und betreuten.

Manchen Menschen missfiel es, wenn die Götter das Leben in unserer Welt derart nach Lust und Laune manipulierten. Andere hingegen durften den Hofadel solcher Königreiche stellen – von denen kamen eher keine Einwände.

Die Gottheiten sahen dem Treiben auf der Welt bloß zu. Doch die Kräfte, die sie ihren Kindern verliehen, trugen letztlich zum Fortschritt der Zivilisation bei.

»Tut mir wirklich leid, dass du ausgerechnet eine miserable Göttin wie mich erwischt hast …«

»A… Aber nicht doch, Göttin …«, sagte ich mitleidig, als ich sie so entmutigt reden hörte.

Nachdem ich in die Stadt gekommen war, war ich auf der Suche nach einer geeigneten Familia irgendwann Hestia begegnet.

Berühmte Familia verfügten meistens schon über so viele Mitglieder, dass sie niemanden mehr aufnahmen, und mittelgroße Familia suchten keine nutzlosen Neulinge und Landeier wie mich, sondern erfahrene Kämpfer oder Spezialisten. So war ich an den meisten Stellen abgewiesen worden. Als Hestia mir dann angeboten hatte, mich aufzunehmen, hatte ich keine Sekunde gezögert.

Sie schien deswegen ein schlechtes Gewissen zu haben, glaubte wohl, sie habe ein unwissendes Schäfchen in sein Verderben gelockt.

Sie selbst war erst vor vergleichsweise kurzer Zeit zu uns herabgestiegen und zunächst in der Familia einer befreundeten Gottheit untergekommen. Dort hatte sie sich die Zeit wie viele andere auch damit vertrieben, zu Hause herumzugammeln und ihre geliebten Bücher zu lesen. So hatte sie jedoch eines Tages den Zorn der Gottheit auf sich gezogen und war hochkant hinausgeworfen worden. Das Zimmer unter der Kirche, in dem wir nun saßen, sei das letzte Geschenk gewesen, das jene Gottheit ihr aus Mitleid gemacht hatte.

Die Gottheiten mochten alle sehr unterschiedlich sein, aber sie alle ließen ihren Mitgliedern ihren Segen zuteilwerden.

Jeder, der seinen Segen empfangen hatte, stand am gleichen Ausgangspunkt und konnte selbst bestimmen, wie es von dort aus weiterging.

Mit einer Familia verhielt es sich wie mit einem Land oder einem Geschäft: Ihr Ruf hing in erster Linie von den Fähigkeiten ihrer Mitglieder, nicht von den Kräften der Gottheit an der Spitze ab.

»Keine Sorge, Göttin! Unsere Familia steht erst am Anfang – von jetzt an kann es nur bergauf gehen! Jetzt läuft's vielleicht noch etwas zäh, aber irgendwann wird es sicher leichter! Und dann finden wir bestimmt auch andere Leute, die sich uns anschließen.« Schwungvoll stand ich vom Sofa auf.

»Ach, Bell ...« Mit Tränen in den Augen sah sie zu mir auf.

Um ehrlich zu sein, hatte ich einfach nur das weitergegeben, was Eina mir zuvor eingetrichtert hatte. Dafür schämte ich mich ein wenig.

Aber solang ich sie damit aufmuntern konnte, war es mir recht.

Zwar träumte ich immer noch von einem Harem, aber ich schätzte und respektierte Hestia, denn sie hatte mir die Hand gereicht, als diese Stadt mich zu erdrücken gedroht hatte.

Ich werde ihr helfen.

Diesen Schwur trug ich seit unserem ersten Treffen in meinem Herzen.

»He he, ich kann mich wirklich glücklich schätzen, dich gefunden zu haben. Also, wollen wir deinen Status aktualisieren?«

»Klar!«

Sie holte mit den Beinen Schwung und sprang ebenfalls auf. Dabei gerieten die für ihren Körper unverhältnismäßig großen Brüste ins Wogen. Ich grinste unsicher und zwang mich, den Blick abzuwenden – was mir schwerfiel, so erbärmlich das auch klingt.

Sie hatte sich schon darüber beklagt, dass die anderen Götter sie wegen ihrer Oberweite oft als Megabusen-Lolita verspotteten. Aber was war eigentlich eine Lolita?

»Also dann, zieh dich aus und leg dich hin, so wie immer.«

»In Ordnung!«

Ich ging in den hinteren Teil des Zimmers, wo ein Bett stand, und zog meine leichte Rüstung sowie die Kleidung darunter aus. Als mein Oberkörper frei war, blickte ich über die Schulter hinweg in den Spiegel.

Darin sah ich meine weißen Haare, die an einen alten Mann denken ließen, und meine etwas bleiche Haut. Was aber besonders hervorstach, waren die schwarzen Schriftzeichen auf meinem Rücken.

Hestia hatte sie mir eingraviert. Sie verkörperten den Segen, den die Gottheiten uns zuteilwerden ließen.

»So, hinlegen!«

Ich gehorchte und ließ mich aufs Bett sinken.

Als ich mich auf den Bauch drehte, sprang sie auf mich und blieb rittlings auf mir sitzen.

»Ach ja, was ist denn heute eigentlich passiert? Warum wärst du fast gestorben?«

»Das ist eine lange Geschichte ...« Während wir sprachen, strich sie über bestimmte Stellen auf meinem Rücken – einmal, zweimal, immer wieder. Ich bekam Gänsehaut.

Dann hörte ich, wie sie eine Nadel hervorholte.

Ich drehte meinen Kopf zur Seite und sah aus dem Augenwinkel, wie sie sich in die Fingerspitze stach und ihr Blut auf meinen Rücken tropfen ließ.

Es bildete Ringe auf meiner Haut, wie wenn man einen Stein in einen See wirft, und drang schließlich in sie ein.

»Im Dungeon auf Brautschau zu gehen ... Ich fürchte, du hast eine zu verklärte Sicht auf die Dinge. Ziemlich unwahrscheinlich, dass du an so einem tödlichen Ort eine unschuldige Maid im weißen Kleid findest.«

»E... Eine unschul... Na ja, ganz ausschließen kannst du's aber auch nicht, oder? Ich hab zum Beispiel gehört, dass Elfen sich nur von ihrem Auserwählten berühren lassen!«

»Für jede Elfenfrau, die du triffst, gibt es auch eine Amazone, die ihren Körper nur einem stattlichen Krieger überlassen würde, damit ihre Nachkommen stark genug werden. Ich will ja nur nicht, dass du dir mit deinen übertriebenen Erwartungen ins eigene Fleisch schneidest!«

»Oh ...«

Wie deprimierend. Ich vergrub mein Gesicht im Kissen. Unterdessen begann meine Göttin, an der Stelle, an der das Blut meinen Rücken berührt hatte, ein Siegel mit ihren Fingern nachzuzeichnen.

Sie gravierte mir meinen Status ein, ein Arcanum.

Die Götter prägten Lebewesen mit ihrem Blut Hieroglyphen auf, die ihre Statuswerte steigerten. Nur ihnen war es erlaubt, solch eine Kraft einzusetzen.

Außerdem gab es noch die Excelia, unsichtbar für andere Erdenbewohner und ohne praktischen Wert. Sie stand für die Erfahrungen, die jemand gemacht hatte, den persönlichen Weg. Die Götter vermochten es, einen Abschnitt davon zu extrahieren – beispielsweise das Töten eines Monsters – und in Wachstum zu verwandeln.

Die Excelia waren somit Ausdruck sowohl der Anzahl als auch der Qualität der erworbenen Erfahrungen.

Im Gegensatz zu uns Normalsterblichen konnte Hestia sie sehen und verwerten. Der Vorgang ähnelte möglicherweise einem alten Brauch, mit dem der Sieg über einen Feind gefeiert wurde.

Indem sie Hieroglyphen auf meinem Rücken umschrieb oder welche hinzufügte, verhalf sie mir zu einem höheren Level oder höheren Statuswerten.

Diese neugewonnene Kraft konnte ich dann wiederum nutzen, um meiner Göttin zu helfen.

»Und diese ... Wie hieß sie noch gleich? Aiz Wallenstein? Wenn die so wunderschön ist, wie du erzählst, wird sie bestimmt von Männern nur so umschwärmt und hat sich schon den ein oder anderen Prinzen ausgesucht.«

»Sag doch so was nicht ...«

»Hmpf. Jetzt hör mal, Bell: Du solltest dich nicht von solchen flüchtigen Romanzen ablenken lassen – schenk lieber deiner unmittelbaren Umgebung größere Beachtung! Ich garantiere dir: Ganz in deiner Nähe wartet jemand Großmütiges und Wunderbares. Sie wäre dir eine hervorragende Partnerin und hätte immer einen Platz in ihrem Herzen für dich.«

Dieser Gedanke war mir noch gar nicht gekommen. Als Hestia ihn aussprach, spürte ich, wie mir die Tränen kamen. Sie setzte indessen ihre Tirade gegen Aiz Wallenstein fort. Heute schien sie besonders schlecht gelaunt zu sein. Hatte ich einen wunden Punkt getroffen?

All der lieben Worte zum Trotz gab es in meinem Leben gerade nur Hestia und Eina. Eina würde sich bestimmt nicht auf mich einlassen, und Hestia ... Nun, Hestia war eine Göttin. Mit ihr zusammen zu sein, hätte bedeutet, bis in alle Ewigkeit ... Nein, es war absurd, auch nur zu erwägen, mit einer Göttin anzubandeln.

Ach, wie unbarmherzig die Realität doch war! Eina hatte es mir ja auch schon gesagt.

»Eine Verlobung mit dieser Wallenschwein kannst du dir jedenfalls abschminken, wenn sie zur Loki-Familia gehört.«

Das war er gewesen, der göttliche Gnadenstoß.

Es verhielt sich nämlich so, dass die Mitglieder einer Familia nur untereinander heirateten – oder gar nicht. Sonst wurde man sich nämlich nur schwer einig, welcher Familia der Abkömmling zugeteilt werden sollte.

Aus diesem und anderen Gründen war es verpönt, tiefgehende Beziehungen zu Mitgliedern anderer Göttersippen aufzubauen. Man war überzeugt, dass es nur zu Unheil führen konnte.

Wenn es um Verwaltungsfragen oder die Regeln des Zusammenlebens ging, waren die Götter unerbittlich.

Falls der Gott einer Familia mit einem anderen Gott Streit hatte, übertrug sich diese Feindseligkeit auch auf die Mitglieder seiner Familia: Man machte sich Sorgen um die Sicherheit der anderen und entwickelte ein Misstrauen gegenüber der verfeindeten Sippe.

Auch Eina hatte mir gesagt, ich würde es schwer haben, eine Beziehung zu Fräulein Wallenstein aufzubauen, weil ich Hestias Familia angehörte.

»So, Schluss damit! Am besten vergisst du diese Frau ganz schnell und konzentrierst dich auf die schicksalhaften Begegnungen, die in deiner unmittelbaren Nähe stattfinden könnten.«

»Sei nicht so fies zu mir!«

Nein, ich wollte noch nicht aufgeben. Nicht ohne es zumindest versucht zu haben.

Wer konnte denn sagen, wie sich unsere Beziehung entwickeln würde? Schließlich hatte sie noch gar nicht richtig begonnen.

Während ich mir selbst frischen Mut zusprach und mich umzog, übertrug Hestia meinen neuen Status auf ein Blatt Papier. Da ich nicht in der Lage war, diese seltsamen Hieroglyphen zu lesen, übersetzte sie die Einträge in die gebräuchliche irdische Umgangssprache.

Natürlich wäre es mir sowieso schwergefallen, etwas zu lesen, was auf meinem Rücken stand.

»Hier, das ist dein neuer Status!«

Ich griff nach dem Zettel, den sie mir hinhielt, und warf einen Blick auf die Einträge.

Bell Cranel

Level 1

Stärke: I 77 → I 82

Ausdauer: I 13

Geschicklichkeit: I 93 → I 96

Beweglichkeit: H 148 → H 172

Zauberkraft: I 0

Magie:

-

Skills:

-

All diese Werte waren auf meinen Rücken eingraviert.

Den fünf grundlegenden Statuswerten – Stärke, Ausdauer, Geschicklichkeit, Beweglichkeit und Zauberkraft – folgte jeweils ein Buchstabe: S, A, B, C, D, E, F, G, H oder I. S stand für die höchste Stufe, I für die niedrigste. Je höher die Stufe, desto stärker die Fähigkeit.

Der Zahlenwert neben der Stufe stellte ihren Meisterschaftsgrad dar. Die Werte von 0-99 bildeten Stufe I, die von 100-199 die Stufe H und so weiter. Um einen Statuswert zu steigern, musste man Fähigkeiten nutzen, die mit ihm in Verbindung standen. Die Obergrenze des Meisterschaftsgrades lag bei 999, der Stufe S. Je näher man diesem Wert kam, desto schwieriger wurde es, sich weiter zu verbessern.

Am wichtigsten war jedoch das Level. Durch ein einziges Hochleveln wurden die Statuswerte stärker verbessert als durch jedes Training. Ein Levelaufstieg stellte einen ganz neuen Entwicklungsschritt dar. Dementsprechend bestand zwischen Level 1 und Level 2 ein beachtlicher Kraftunterschied –

was meine Hilflosigkeit gegenüber dem Level-2-Minotaurus erklärte.

Um es kurz zu machen: Das Hochleveln ging mit einem enormen Stärkeanstieg einher.

Die Götter nannten diesen Vorgang Rangaufstieg.

Oha ... Durch meine jüngste Dungeon-Expedition waren meine Stärke, Geschicklichkeit und Beweglichkeit gestiegen – die Beweglichkeit sogar ziemlich stark: von H 148 auf H 172. Das war ein Plus von 24!

Es musste daran liegen, dass der Minotaurus mich durch die halbe Ebene gejagt hatte ...

Das System gab vor, dass ein Statuswert nur steigen konnte, wenn man eine ihm zugeordnete Fähigkeit nutzte. Damit die Ausdauer stieg, musste man beispielsweise den Angriffen von Monstern standhalten. Da ich eher zum Ausweichen neigte, wollte dieser Statuswert bei mir einfach nicht steigen.

Durchs Verteidigen mit Waffe oder Schild stieg die Ausdauer wohl ebenfalls, aber mein Stil war es eher, die Beine in die Hand zu nehmen.

Schmerzen waren nicht so meins.

»Was meinst du, Hestia: Wann lerne ich endlich, Magie einzusetzen?«

»Das weiß ich auch nicht. Dafür wirst du Excelia sammeln müssen, die mit Wissen in Verbindung stehen ... Du bist nicht gerade eine Leseratte, oder?«

»Eher nicht ...«

Das war wohl bei jedem die dringlichste Frage, der gerade seinen neuen Status eingraviert bekam: Wann kann ich endlich Magie anwenden?

Ehe die Götter in unsere Welt herabgestiegen waren, war Magie ein Privileg bestimmter Völker gewesen. Doch dank des göttlichen Segens konnte sie nun praktisch jeder einsetzen.

Man erlernte jedoch maximal drei Zauber. Die meisten verfügten nur über einen. Wer zwei verschiedene beherrschte, war in seinem Umfeld schon eine kleine Berühmtheit.

Eine derart wichtige Stellung nahm die Magie in unserer Welt ein. Geschichten zufolge hatte vor langer Zeit ein Elf gelebt, der mithilfe des Windes Hunderte von Menschen auf einmal hatte wegfegen können. Magie war das Ass im Ärmel eines Abenteurers, mit dem er das Blatt im Kampf schlagartig wenden konnte. Wer wollte beispielsweise mit einem einfachen Schwert in der Hand einem Gegner entgegentreten, der ganze Flammenmeere heraufbeschwören konnte?

Jedenfalls war in meinem Status nur Platz für einen Zauber, also konnte ich wohl nicht mehr lernen … Hm? Aber … »Was ist denn mit dieser Skill-Spalte los? Sieht aus, als wäre da etwas entfernt worden …«

»Was? Ach, da habe ich nur ein bisschen unordentlich geschrieben. Keine Sorge, die ist leer, so wie immer.«

»Ach so …« Dabei hatte ich mir schon Hoffnungen gemacht.

Skills waren besondere Effekte oder Mechanismen, die dem eigenen Körper innewohnten und unter bestimmten Bedingungen ausgelöst wurden. Beeinflusste der Status das Gefäß selbst, so löste ein Skill eine besondere Reaktion im Innern des Gefäßes aus.

Skills waren nicht so spektakulär anzusehen wie Zauber, aber sie waren auf ihre eigene Weise nützlich.

Nachdem ich meinen aktualisierten Status ausgiebig unter die Lupe genommen hatte, warf ich einen Blick auf die Uhr.

»Wollen wir dann so langsam das Abendessen vorbereiten? Fritten sind ja schön und gut, aber wir müssen ja auch was dazu essen!«

»Gut! Kann ich den Rest dir überlassen?«

»Klärchen.« Ich wandte mich um und ging in die Küche. Ich konnte zwar nur einfache Gerichte zubereiten, aber Eina hatte mir ja eh geraten, von jetzt an ein bisschen aufs Geld zu achten ...

Während ich Hestias Blick in meinem Rücken spürte, beschloss ich, von nun an sparsamer zu leben.

Hestia seufzte leise und blickte Bell nach, der mit der Entschlossenheit eines Kriegers in die Küche stapfte. Sie nahm den Zettel in die Hand, auf den sie seinen Status übertragen hatte, und verglich ihn mit dem, was auf dem Rücken des Jungen stand.

Unsere Kinder verändern sich so schnell ... ganz im Gegensatz zu uns.

Selbst die kleinsten Ereignisse wirkten sich sofort auf ihren Körper und Geist aus. Vielleicht zeichneten sich die Bewohner der irdischen Welt gar nicht in erster Linie durch ihre Bedürfnisse und ihre Kultur aus, sondern durch ihr Potenzial, sich zu verändern.

Hmpf. Dass jemand anders diese Veränderung in ihm ausgelöst haben soll, passt mir überhaupt nicht ... Das kann ich nicht akzeptieren!

Sie raufte sich die Haare, bis einzelne schwarze Strähnen von ihrem Kopf abstanden. Dann vergrub sie ihr Gesicht in den Händen. »Verflixt!«, murmelte sie. Dann starrte sie wieder Bells Rücken an.

Genau genommen sah sie sich die Skill-Spalte seines Status an.

Bell Cranel

Level 1

Stärke: I 77 → I 82

Ausdauer: I 13

Geschicklichkeit: I 93 → I 96

Beweglichkeit: H 148 → H 172

Zauberkraft: I 0

Magie:

-

Skills:

Realis Phrase - *Zielstrebige Sehnsucht*

- Beschleunigt das Wachstum.
- Wirkung hält an, solange die Gefühle der Zuneigung bestehen.
- Intensität der Gefühle verstärkt den Effekt.

Nun bereute Hestia bereits, dass sie Bells vielversprechende Excelia extrahiert und eigenhändig diesen Skill in seinen Status eingraviert hatte.

Kapitel 2: Deshalb renne ich

»Hm …«

Ich erwachte in jenem versteckten Zimmer der Kirche, die als Hauptquartier der Hestia-Familia diente. Weder das Sonnenlicht noch das Zwitschern der Vögel gelangte in diesen unterirdischen Raum.

Ich war nicht darauf angewiesen, früh und pünktlich aufzustehen. Aber da ich auf dem Land immer zeitig aufgestanden war, um das Feld zu bestellen, hatte meine innere Uhr sich darauf eingestellt. Um sicherzugehen, warf ich dennoch einen Blick auf die echte Uhr, die an der Wand hing.

Punkt fünf – perfekt!

Dank der Magiestein-Lampe, die von der Decke baumelte, herrschte im Zimmer ein schummriges Licht. Es reichte aus, um sich zurechtzufinden.

Selbst meine Göttin hatte sich ein anerkennendes Brummen nicht verkneifen können. »Eine ausgeklügelte Technologie haben die Menschen da hervorgebracht!«, hatte sie gesagt. Wenn sogar die Götter darüber staunten, ging einem erst auf, was für Meisterwerke diese Magiestein-Produkte tatsächlich waren, die in ihrer Anfangszeit als »Erfindung des Jahrhunderts« angepriesen worden waren.

Nach unserer gemütlichen Kartoffelparty am Tag zuvor hatte ich wie üblich meiner Göttin das Bett überlassen und es mir zum Schlafen auf dem Sofa bequem gemacht. Darauf war zwar nicht viel Platz, aber ich hatte mich daran gewöhnt.

Ich blinzelte ein paarmal und wollte gerade aufstehen, um mir das Gesicht zu waschen, da bemerkte ich plötzlich etwas.

Meine Bettdecke wölbte sich auf. Etwas lag darunter; es war so leicht, dass es mich beim Schlafen nicht gestört hatte.

Als ich verwundert die Hand danach ausstreckte, begriff ich schlagartig: Es war Hestia!

Sie hatte ihre Wange an meine Brust geschmiegt und sah nicht so aus, als wollte sie sich vom Fleck rühren. Erst erschrak ich, aber dann musste ich lächeln.

Ob sie einfach da eingeschlafen ist?

Tja, es geschahen doch die seltsamsten Dinge. Aber jetzt hatte ich ein Problem.

Ich war mir zwar sicher, dass ich vom Sofa hätte aufstehen können, ohne sie aufzuwecken … Doch ich wollte nicht. Dieses wohlig-warme Gefühl der Geborgenheit, wollte ich nicht missen. Das war kein gewöhnliches Kuschelkissen, sondern ein Ganzkörper-Kuschelkissen der Götterklasse.

Nicht einmal die mächtigsten und reichsten Familia konnten mit einem derartigen Item aufwarten, da war ich ziemlich sicher. Hestia war einfach etwas Besonderes.

Ich gab nach und legte vorsichtig meine Arme um sie. Wie weich sie war!

Wenn ich so weitermache, komm ich hier nicht mehr weg. Muss sie denn auch noch so gut duften?!

Ich lag völlig entspannt da und lächelte. Irgendwann bemerkte ich, wie sich ganz leicht rührte. Sie murmelte etwas vor sich hin und vergrub dann ihr Gesicht in meiner Brust wie ein Baby.

Kaum auszuhalten, wie niedlich sie gerade ist …!

Doch dann kamen plötzlich *sie* zum Vorschein und rissen mich aus meinem innerlichen Schwärmen: jene Zwillingshügel, wie ich sie nannte, rollten sich mit ihrer massiven Präsenz auf meine Brust.

Von einem Item mit erholsamer Wirkung hatte sich Hestia in eines verwandelt, das einen etwas anderen Effekt hervorzurufen

drohte. Es war wohl das Klügste, so schnell wie möglich vom Sofa zu verschwinden.

Fast hätte sie mich umgebracht.

Es war das erste Mal, dass mir in ihrer Gegenwart ein kalter Schauer über den Rücken lief.

Eine Sekunde später, und sie hätte mir möglicherweise die Luft abgeschnürt.

Nachdem ich aufgestanden war, zog ich sachte die Decke über sie und klopfte meine Kleidung zurecht. Irgendwie wollte ich so schnell wie möglich von dort weg. Was hatte ich Trottel mir nur gedacht?

Eilig und mucksmäuschenstill verließ ich das Zimmer.

»Hmpf ... Bell, du Blödmann ...«

Na, das war ja ein aufregender Start in den Tag ...

Seufzend spazierte ich in der kühlen Morgenluft die Hauptstraße entlang, die zu dieser Zeit völlig anders aussah als mittags. Ohne all die Leute und den Lärm wirkte sie irgendwie größer. Die Fensterläden der Geschäfte rechts und links der Straße waren noch fest verschlossen.

Im Osten war der Himmel bereits hell. Es war zwar noch früh am Morgen, doch hier und da bereitete schon eine Pallum ihren Stand vor, oder ein paar Zwerge standen herum und unterhielten sich über irgendetwas – vermutlich wollten sie bald in den Dungeon aufbrechen.

Nachdem ich vor meiner Göttin geflohen war ... oder sagen wir: mich auf den Weg gemacht hatte, unterschied mich von außen betrachtet nichts mehr von diesen Leuten. Wir alle waren Abenteurer.

»Puh, ich hatte ja noch gar kein Frühstück!«

Mein Magen knurrte. Ich rieb mir mit der Hand den Bauch, während ich kraftlos die Straße entlangschlurfte.

Mist, ich hätte was essen sollen. Jetzt hab ich Kohldampf.

Bevor ich mich in den Dungeon begab, musste ich etwas gegen diesen Hunger unternehmen. Sonst würde ich mich niemals aufs Kämpfen konzentrieren können.

Ich wollte nicht meinem Vorsatz der Sparsamkeit schon wieder untreu werden, aber mir blieb keine andere Wahl, als mir etwas zu essen zu kaufen.

»Wa…?«

Schlagartig blieb ich stehen und drehte mich um.

Irgendetwas stimmte nicht. Ich war zwar nicht talentiert genug, um unheilvolle oder böswillige Präsenzen in meiner Nähe zu spüren, aber … Irgendjemand oder irgendetwas beobachtete mich.

Es fühlte sich an, als würde etwas Unsichtbares über meine Haut kratzen. Ein durchdringender, abschätzender Blick, zu dem normale Leute niemals imstande gewesen wären.

Eine Angestellte, die die Terrasse eines Ladens für die Öffnung vorbereitete; zwei Tiermenschen, die sich in einer Gasse getroffen hatten; ein Mädchen, das vom Fenster im ersten Stock eines Ladens aus das Treiben der Straße beobachtete … Immer wieder ließ ich meinen Blick zwischen allem hin und her schweifen, was sich in meinem Blickfeld bewegte. Ich blickte mich so hastig um, dass ich sicher panisch wirkte.

Das Treiben auf der Straße nahm zu, doch ich konnte nichts Verdächtiges erkennen. Vielmehr erntete ich nun einige argwöhnische Blicke, weil ich mitten auf der Straße herumstand. Aber das nahm ich gerade nur sehr am Rande wahr.

Hab ich mir das nur eingebildet? Reglos stand ich da und lauschte auf meinen Herzschlag, der in meinen Ohren immer lauter wurde.

»Entschuldigung?«

»Ah!«

Als ich hinter mir eine Stimme hörte, wirbelte ich herum und machte mich direkt kampfbereit. Von außen betrachtet mochte das übertrieben wirken; schließlich stand vor mir kein bedrohliches Monster, sondern lediglich eine junge Menschenfrau.

Sie trug eine weiße Bluse und einen grünen Trägerrock, der ihr bis unter die Knie reichte, darüber eine lange Schürze.

Ihr mattgraues Haar war am Hinterkopf zu einem Knoten zusammengebunden, aus dem eine einzelne Strähne heraushing. Das musste eine Pferdeschwanzvariante sein.

Ihre Augen hatten die dieselbe Farbe wie ihr Haar, und sie machte insgesamt einen treuherzigen und lieben Eindruck auf mich. Ihre Haut sah weich aus und war weiß wie Milch. Ich sah ihr jedoch an, wie meine Reaktion sie erstaunte.

Offensichtlich eine harmlose Bürgerin ... Was war nur mit mir los?!

»T... Tut mir leid, ich hab mich erschrocken und ...«

»N... Nicht doch, ich hab ja dir einen Schrecken eingejagt ...«

Jetzt entschuldigten wir uns um die Wette, was es irgendwie noch peinlicher machte.

Sie musste etwas jünger sein als ich, aber nicht mehr als ein, zwei Jahre.

Ob sie die Angestellte war, die ich vorhin kurz beim Herrichten der Terrasse beobachtet hatte? Sie war schwer bepackt, trug einen Tisch auf dem Rücken. »K... Kann ich dir helfen?«

»Oh, ach ja: Du hast das hier verloren.« In der Handfläche, die sie zu mir ausstreckte, lag ein violetter Kristall.

»Ein Magiestein? Wie kommt der denn ...« Ich sah nach dem faustgroßen Beutel an meiner Hüfte: Dort verwahrte ich sämtliche Magiesteine, die ich getöteten Monstern abnahm.

Normalerweise stellte ich stets sicher, dass er fest zugebunden war. Die Schnur musste sich aus irgendeinem Grund gelockert haben. Allerdings hatte ich bereits am Tag zuvor all meine Magiesteine im Tauschbüro der Gilde abgegeben. Hatte ich einen übersehen?

Schließlich bekamen so etwas praktisch nur Abenteurer in die Finger. Ja, vermutlich war er mir einfach entgangen. »D... Danke vielmals!«

»Ach, keine Ursache.« Sie lächelte mich freundlich an, und ich musste ebenfalls lächeln, wenn auch gequält. Offensichtlich hatte sie nur gute Absichten. Jegliche Anspannung wich aus meinen Schultern.

»Willst du so früh etwa schon in den Dungeon?«

»Ja, ich dachte, ich schaue mal vorbei ...« Die Angestellte schien von sich aus zum Small Talk überzugehen, was mir ehrlich gesagt recht gelegen kam, da ich nicht wusste, wie ich das Gespräch vorantreiben sollte. Ich nahm an, wir würden noch kurz ein paar Worte wechseln und uns dann verabschieden.

Wäre mir nur nicht mein Magen mit einem lauten Knurren dazwischengekommen.

»Ups ...«

Die junge Frau machte große Augen, und ich spürte, wie mir das Blut in die Wangen schoss.

Dann prustete sie los. Beschämt senkte ich den Blick. Sicher kam mir gerade Dampf aus den Ohren.

»Ha ha ha, du scheinst ja recht hungrig zu sein?«

»Ja, bin ich ...«

»Hast du etwa nichts gefrühstückt?« Ich nickte und wagte vor Scham nicht, ihr in die Augen zu sehen.

Sie dachte kurz nach und verschwand dann über die Terrasse hinweg in das Gasthaus, aus dem sie gekommen war. Wenig später tauchte sie wieder auf.

Unter ihrem zierlichen Arm trug sie einen Korb, in dem ein kleines Stück Brot und Käse lagen. »Leider hat unser Laden noch nicht geöffnet, deshalb kann ich dir nicht mehr anbieten ... Bitte, bedien dich!«

»Was?! Aber das kann ich doch nicht machen! Das ist bestimmt dein Frühstück, oder?«

Sie lächelte mich etwas verlegen an.

Sie schien zu jenen Frauen zu gehören, deren Reiz sich einem erst allmählich erschloss. Bei Hestia oder Aiz wusste man auf den ersten Blick, woran man war – ihre Vorzüge sprangen einem ins Gesicht.

Die Götter hätten sie vermutlich das »hübsche Mädchen aus der Stadt« genannt oder so.

»Ich könnte es nicht mit meinem Gewissen vereinbaren, dich hungrig in den Dungeon gehen zu lassen. Würdest du es also bitte annehmen?«

»D... Da kann ich ja schlecht Nein sagen ...« Wie hätte ich ihr Angebot jetzt noch ablehnen können? Nach diesem Lächeln und diesem Satz?

Während ich noch um die richtige Antwort rang, schloss die Angestellte kurz die Augen.

Dann öffnete sie sie wieder und brachte ihr Gesicht sehr nahe – zu nahe – an meines heran. Ihr Lächeln hatte nun etwas

Boshaftes. »Damit wir uns richtig verstehen: Ich biete dir das Essen nicht umsonst an. Im Gegenzug will ich ...«

»W... Willst du was?«

»Dass du heute in der Taverne, in der ich arbeite, zu Abend isst.«

Ooookay ...

Diesmal war ich an der Reihe, große Augen zu machen.

Ich nahm mir ein wenig Zeit, zu verarbeiten, was gerade geschehen war.

Nachdem sie mir derart die Pistole auf die Brust gesetzt hatte, war nun auch bei mir die Befangenheit verflogen.

»Ganz schön dreist«, sagte ich grinsend.

»He he he, nimm mein Angebot lieber an, bevor ich noch mehr verlange!«

Es gab keinen Grund mehr für mich, mich aus Höflichkeit zurückzuhalten. Sie war wirklich mit allen Wassern gewaschen. »Na schön, dann sehen wir uns heute Abend!«

»Ich freue mich auf deinen Besuch!«, sagte sie fröhlich. Sie hatte mich praktisch dazu genötigt, aber eigentlich war ich gerade ganz zufrieden damit. Ich fühlte mich wohlig, als hätte ich gerade auf ihrer Terrasse einen Tee getrunken.

Nachdem wir unser verabschiedet hatten, winkte sie mir nach, den Korb unter den anderen Arm geklemmt.

Am Ende der langen Hauptstraße ragte im Licht der Morgensonne der Himmelswachturm auf. Direkt darunter lag der Dungeon, mein Ziel.

Ich ging ein Stück in Richtung des grau-weißen Turms, dann drehte ich mich noch einmal zu der Angestellten um, die mich nur verwundert ansah. »Ich heiße übrigens Bell Cranel. Und du?«

»Ich bin Syr Flova.«

Nun kannten wir also auch unsere Namen.

Der Dungeon hatte bereits existiert, bevor die Götter in unsere Welt herabgestiegen waren.

Auch eine Stadt hatte es bereits gegeben, kleiner als das heutige Orario, mitsamt einer Vorgängerorganisation der heutigen Gilde.

Demnach hatte es schon vor langer Zeit Abenteurer gegeben. Sie hatten mit dieser alten Gilde zusammengearbeitet und gegen Monster gekämpft – ganz ohne den Segen der Götter.

»Ngiiiah?!«

»Ha!«

Einerseits war ich skeptisch: Konnte es diese unglaublichen Kämpfer wirklich gegeben haben? Andererseits erfüllte mich Ehrfurcht, wenn ich mir vorstellte, wie stark sie gewesen sein mussten. Ich kam gerade einmal mit Kobolden zurecht. Sie hingegen hatten sich entsetzlichen Monstern entgegenstellen müssen – mit nichts als ihrem Geschick und ihrer Muskelkraft.

»Rrraaa!!«

»Oh, oh!«

»Guäh?!«

Was, wenn sie nun hier an meiner Stelle gestanden hätten? Jene Kämpfer aus uralter Zeit, die ihre Feinde ohne jede göttliche Hilfe bezwungen hatten?

Vermutlich hätten sie diese Situation mit einem Finger im Nasenloch überwunden.

»Guuuooh!!«

»Das wird nichts!« Im Gegensatz zu mir. »Verdammt! Das ist gemeiiin!«

»SCHAAAH!!«, fauchte die Kobold-Meute mich an. Ich wirbelte herum und rannte davon, so schnell ich konnte. Sechs Monster klebten mir beharrlich an den Fersen – und das auf der ersten Ebene des Dungeons!

Leider hatte ich das Pech, auf eine riesige Ansammlung von Kobolden getroffen zu sein, was vermutlich auch damit zusammenhing, dass es noch sehr früh war und außer mir nur wenige andere Abenteurer bereits durch den Dungeon streiften.

Anfangs waren es sogar acht gewesen. Zwei hatte ich töten können, aber dann hatten die übrigen angefangen, mich einzukreisen. Mir war also keine andere Wahl geblieben, als die Flucht zu ergreifen.

Auf den Wänden und der Decke der Tunnel, die sich in alle Richtungen erstreckten, lag ein hellblauer Schimmer. Gabelungen, Kreuzungen, abschüssige Stellen ... Mit rudernden Armen flitzte ich durch die verschiedenen Abschnitte des unterirdischen Labyrinths.

Es war eine absolute Seltenheit, dass Kobolde sich zu so großen Gruppen zusammenrotteten. Diese Monster hatten hundeartige Köpfe, scharfe Krallen und Zähne und strichen üblicherweise allein oder zu zweit durch den Dungeon. Sicher, ich war nur ein blutiger Anfänger, aber so etwas wie heute hatte ich noch nie gesehen.

Am Vortag der Vorfall mit dem Minotaurus und nun das hier ... So langsam beschlich mich das Gefühl, in eine Pechsträhne gerutscht zu sein. Oder lag ein Fluch auf mir?

Ich schoss in einen Nebengang und versteckte mich dort. Ich wollte den Kobolden auflauern und mich auf sie stürzen, sobald sie um die Ecke bogen.

Voller Anspannung hielt ich mich bereit. Andere Abenteurer hätten wohl über meine Naivität gelacht. In der Theorie war es immer erstrebenswert, Kämpfe gegen mehrere Monster zu vermeiden und sich lieber nur eins auf einmal vorzunehmen.

Aber die Gänge auf der ersten Ebene waren breit, daher konnte es leicht passieren, dass man plötzlich mehreren Monstern gegenüberstand.

Man konnte auch nicht ständig weglaufen: Mit jedem Schritt lief man Gefahr, die Aufmerksamkeit weiterer Monster auf sich zu ziehen.

Nein, mir blieb nur die Flucht nach vorn, und zwar mit einem Überraschungsangriff.

Ich hörte ihre Schritte: Sie kamen immer näher. Ich blickte auf meine Hand hinunter und schloss die Finger noch fester um den Griff meines Dolchs.

Ich war nun einmal ein Dolchkämpfer und konnte auf keine andere Waffe zurückgreifen.

Mein Herz schlug immer lauter, übertönte beinahe das Knurren und Brüllen der Monster aus dem Gang. Meine Hände waren schweißnass. Ich atmete tief ein und aus.

Im nächsten Moment kamen sie um die Ecke geschossen, und ihre Augen blitzten mordlustig. Sofort sprang ich auf sie zu.

»Huuuaaaah!«

»Kruäh?!«

Blitzschnell stieß ich meine Klinge ins Herz des Anführers. Einer weniger.

Die anderen Kobolde waren sichtlich überrumpelt. Ich ließ ihnen keine Zeit, das Geschehene zu verarbeiten: Ich rammte sie mit dem toten Kobold wie mit einem Schild und riss zwei mit mir zu Boden.

»Kruäh?!«

Im Gegensatz zu den beiden war ich dank einer gekonnten Vorwärtsrolle schnell wieder auf den Beinen. Ich fuhr um und schnitt dem, der mich gerade angekräht hatte, die Kehle durch. Nummer zwei erledigt.

»K... Kaaahhh!« Mit meinem Rammbock-Manöver hatte ich die Kobolde überrascht, aber die drei Kobolde, die noch auf den Beinen standen, gewannen die Fassung zurück und stürzten sich auf mich.

Es gelang mir, ihren Angriffen auszuweichen und nebenbei noch dem Kobold am Boden, der noch lebte, mit voller Wucht gegen den Kopf zu treten. Nach einem lauten Knacken, das sehr ungesund klang, guckte er die Wand an, den Hundekopf auf unnatürliche Weise verdreht. Nummer drei.

»Das war's für euch!«, verkündete ich siegessicher.

»Kiiiraaah?!«

Nun waren nicht mehr genug von ihnen am Leben, um mich zu umzingeln. Dafür hätte es eine ausgeklügelte Zusammenarbeit gebraucht, und dazu waren niedere, wenig intelligente Monster wie Kobolde nicht in der Lage. Mit einem Schnitt durch den Bauch erledigte ich den vierten Kobold, und es waren nur noch zwei. Voller Furcht starrten sie mich an.

Es dauerte nicht lange, bis ich mich auch ihrer entledigt hatte.

»Puh ... Gewonnen.« Erschöpft setzte ich mich neben die Koboldleichen.

Es war das erste Mal, dass ich mich einer solchen Überzahl entgegengestellt hatte. Glücklicherweise war alles gut ausgegangen. Nicht nur hatte ich kaum Verletzungen davongetragen, ich hatte mich beim Kämpfen meiner Meinung nach auch recht geschickt angestellt.

Vielleicht hätte man es auch besser machen können. Aber ich war als Abenteurer eben auf mich allein gestellt und musste mich auf meine Intuition verlassen.

So konnte es allerdings nicht bleiben. Als einziges Mitglied der Hestia-Familia hatte ich niemanden, auf dessen Kampferfahrung ich zurückgreifen konnte. Ich musste ganz und gar mein eigenes Ding durchziehen. Das konnte unter Umständen eine tolle Sache sein, aber nicht für einen orientierungslosen Anfänger wie mich.

Immerhin ging es hier ums nackte Überleben. Ich hätte womöglich die Mitglieder anderer Familia auf Händen und Füßen anflehen können, mir ihre Kampftechniken beizubringen ... Aber das hätte nicht nur mich, sondern auch Hestia in Verruf gebracht, und die komplizierten Beziehungen zwischen den Familias hätten es vermutlich ohnehin nicht zugelassen.

All das führte mich zu dem Schluss, dass ich es doch weiterhin auf eigene Faust würde versuchen müssen. Ja, ich musste auch beim Kämpfen abenteuerlustig sein.

Versuche stets, nur gegen ein Monster auf einmal zu kämpfen. Folge deinem Gegner nie weiter als nötig. Nutze die Umgebung zu deinem Vorteil. Diese Grundsätze hatte Eina mir eingehämmert.

»So, dann weiter.« Ich stand auf und sah mir die Koboldleichen genauer an. Ein grausamer Anblick, wie sie tot dalagen, und die Zungen hingen ihnen aus den Mäulern. Ich schüttelte den Kopf und griff wieder nach meinem Dolch.

Mit Schwung stieß ich einer der Leichen die Klinge in die Brust und ignorierte dabei das letzte Zucken und das Blut, das aus der Wunde schoss. Stattdessen konzentrierte ich mich darauf, den violett leuchtenden Splitter in der Nähe des Herzens zu bergen: den Magiestein.

Es hatte wohl jedes Monster einen dieser magiegeladenen Kristalle in sich. Leider wusste ich hierüber genauso wenig wie über die meisten anderen Dinge. Hestia hatte recht: Ich hätte mehr Bücher lesen sollen.

Jedenfalls wohnte diesen Kristallen eine rätselhafte Kraft inne. Bei der Gilde konnte man sie gegen Geld eintauschen; so war es möglich, im Dungeon seinen Lebensunterhalt zu verdienen.

Magiesteine waren eine wertvolle Ressource. Verarbeitete man sie mit der Technologie der Menschen weiter, konnte man sie für alles Mögliche verwenden. Es gab zum Beispiel Magiestein-Lampen wie die in unserem Zimmer und Apparate, die Flammen erzeugten oder Lebensmittel kühlten. Offenbar konnte man sich in Orario eine goldene Nase verdienen, wenn man diese Waren in andere Regionen und Länder exportierte. Wobei mit »man« in diesem Fall die Gilde gemeint war.

Genau genommen waren das, was ich von den Kobolden erbeutet hatte, nur Magiesteinsplitter, etwa so groß wie ein Fingernagel. Soweit ich es beurteilen konnte, war das bei allen Monstern so, denen man auf den Ebenen 1 bis 4 begegnete. Je größer der Magiestein, desto mehr Geld bekam man dafür. Demnach fiel meine Ausbeute meist mager aus.

Während ich den Splitter in meiner Hand betrachtete, geschah etwas mit der Leiche des Kobolds, der ich ihn entnommen hatte: Zuerst verblassten am ganzen Körper die Farben, und dann begann er, vom Kopf her zu zerfallen, bis schließlich nichts als Asche mehr von ihm übrig war.

So erging es allen Monstern, die ihren Magiestein verloren.

Eina zufolge war der Magiestein der Kern eines Monsters, dem die Lebensenergie innewohnte. Deshalb sei es auch besonders effektiv, mit einem Angriff auf ebendiesen abzuzielen. Der Nachteil: Dabei wurde der Magiestein zerschmettert, und man konnte ihn nicht mehr bei der Gilde eintauschen. Von dieser Taktik machte man also nach Möglichkeit nur Gebrauch, wenn es um Leben und Tod ging.

Als der erste Kobold sich aufgelöst hatte, wandte ich mich den anderen zu und entnahm ihnen ebenfalls ihre Magiesteine. Ich hatte keine Zeit zu verlieren: Ich musste noch zu der Stelle zurück, an der ich die ersten beiden Kobolde erledigt hatte.

Wieder und wieder stach ich mit meinem Dolch zu, bis ich schließlich beim letzten Monster angekommen war. Auch seine Leiche hätte sich eigentlich vollständig in Asche verwandeln müssen, aber eine seiner scharfen Krallen blieb unversehrt zurück. Ich holte sie aus dem Aschehaufen und ließ sie in meiner Handfläche hüpfen, doch sie schien sich nicht auflösen zu wollen.

Daraus schloss ich, dass es sich um ein Beute-Item handeln musste: So nannte man besondere Körperteile, die von einem Monster zurückblieben, auch nachdem man ihm seinen Kern entrissen hatte. Das waren wohl Anomalien, die sich bei manchen Monstern entwickelten. Ihnen wohnte irgendeine Kraft inne – vermutlich Magie –, durch die sie auch ohne das Monster fortbestehen konnten. Zu Lebzeiten dienten diese Körperteile den Monstern als mächtige Waffen.

Glücklicherweise konnte man auch sie bei der Gilde eintauschen, denn sie wurden für die Herstellung von Waffen oder Rüstungen verwendet. In den meisten Fällen erzielte man damit einen besseren Preis als mit Magiestein-Splittern. »Glück muss man haben!«

Die Magiestein-Splitter verstaute ich in meinem Hüftbeutel und die Koboldkralle in dem schwarzen Rucksack, den ich auf dem Rücken trug.

Einer, der aufgrund einer Verzauberung wesentlich mehr Gegenstände fasste, als es von außen den Anschein machte ... war es natürlich nicht. Woher hätte ich so etwas auch haben sollen? Es war leider ein ganz gewöhnlicher Rucksack, in den nur eine gewöhnliche Menge Items passte, ehe er aus den Nähten platzte. Natürlich war auch das Gewicht ein entscheidender Faktor. Ein bodenloser magischer Rucksack klang zu schön, um wahr zu sein.

Üblicherweise gab es in einer Abenteurergruppe einen sogenannten Supporter, der nicht an Kämpfen teilnahm, sondern für das Aufsammeln und Verwahren von Items zuständig war. Als einziges Mitglied der Hestia-Familia kam ich leider nicht in den Genuss. Ich musste auf meinen Solo-Touren durch den Dungeon die schwere Beute ganz allein auf dem Rücken umherschleppen, während ich gegen Monster kämpfte.

Vielleicht sollte ich einen unabhängigen Supporter einstellen? Eina meinte ja auch, dass sie meine derzeitige Situation alles andere als optimal findet. Aber ich kann mir nicht vorstellen, dass unsere Familia dafür Geld übrig hat ...

»Rooooaaah!!«

»Wie jetzt, noch mehr Monster?! Gönnt mir doch mal 'ne Pause!«

Der Dungeon war ein einzigartiger Ort voller Mysterien, und wie gesagt hatte es ihn schon lange gegeben, bevor die Götter zu uns herabgestiegen waren.

Eine Theorie besagte, seine unterste Ebene sei mit der Hölle oder dem Jenseits verbunden. Die Götter wussten wohl mehr darüber, schienen jedoch kein Interesse zu haben, uns davon zu erzählen.

»Der Dungeon ist der Dungeon. Was sollte man sonst vom Dungeon erwarten, als einfach der Dungeon zu sein?« Offenbar ein berühmtes Zitat der Götter. Sie schienen den Dungeon sehr zu mögen.

Das Überraschendste, was man zu Anfang über den Dungeon erfuhr, war vermutlich die Tatsache, dass er lebendig war. Das bedeutete nicht, dass man plötzlich von Wänden aus Fleisch angegriffen wurde oder der Aufbau sich von allein veränderte. Schließlich gab es in der Gilde Karten der einzelnen Ebenen zu kaufen, angefertigt von Abenteurern auf ihren Erkundungstouren. Wobei es hieß, dass einige der unteren Ebenen so weitläufig seien, dass es noch niemandem gelungen sei, sie vollständig zu kartografieren.

Nein, dass der Dungeon lebte, erkannte man daran, wie zerstörte Teile sich von allein regenerierten. Angeblich bestand er aus einem Material, das den Magiesteinen ähnelte. Die genaue Zusammensetzung des Labyrinths war unter Wissenschaftlern allerdings noch umstritten. Die meiste Zeit über beobachteten sie lediglich, was im Dungeon vor sich ging.

Jedenfalls war es deswegen hell in den Gängen, obwohl kein Sonnenlicht hereinfiel. Auf der ersten Ebene beispielsweise hatte die Decke so viele phosphoreszierenden Stellen, dass es dort rund um die Uhr taghell war.

Dann waren da noch die Monster: Es mag albern klingen, doch sie schlüpften aus den Wänden wie Küken aus einem Ei – etliche Abenteurer waren bereits Zeuge davon geworden. Daher spielte es auch keine Rolle, wie viele Monster von Abenteurern getötet wurden: Sie wurden stets durch neue ersetzt.

Welche Monster aus den Wänden welcher Ebene schlüpften, war festgelegt. Hin und wieder kam es zwar vor, dass sich ein Monster aus einer tieferen Ebene weiter nach oben verirrte oder umgekehrt, aber im Allgemeinen konnte man damit rechnen, auf einer Ebene nur einer bestimmten Auswahl an Monstern zu begegnen. Die Stärke der Monster nahm zu, je tiefer man in den Dungeon vordrang.

Die Ebenen waren an verschiedenen Punkten miteinander verbunden, manchmal durch Treppen und manchmal durch Abhänge oder Ähnliches. Es gab keine Spielereien wie Teleporter, mit denen man sich durchschummeln konnte – schließlich waren wir keine Götter. Sowohl Monster als auch Abenteurer konnten das Labyrinth nur auf ihren eigenen Füßen durchqueren, sofern sie welche hatten.

Da Monster nur im Dungeon geboren wurden, konnte man die Bedrohung, die von ihnen ausging, kontrollieren, und zwar indem man den Dungeon kontrollierte. Mit diesem Gedanken war vor langer Zeit die Gilde gegründet worden. Wenngleich es mittlerweile sicher auch große finanzielle Anreize gab.

Als Kind war ich einmal fast von Goblins getötet worden. Sie müssen Nachfahren von Monstern gewesen sein, die noch vor der Gründung der Gilde zur Oberfläche vorgedrungen waren. Auch in Regionen, die von Orario weit entfernt lagen, wurden hin und wieder Monster gesichtet.

Sie mussten also über die Fähigkeit verfügen, sich fortzupflanzen.

Der Dungeon mit seinem Potenzial, unzählige Arten von Monstern hervorzubringen, kam einem göttlichen Mysterium gleich. Zwar bereitete mir die Vorstellung Albträume, aber ich fragte mich oft, ob der Dungeon nicht selbst eine Art Gottheit war. Hatte er die Monster erschaffen wie die Götter die Menschen und die Halbmenschen? Aber so oft ich auch nachfragte, Hestia gab mir keine Antworten.

»Hiiiah!«

»Gobaaa?!«

Ich trat nach dem Goblin, der sich mir in den Weg gestellt hatte, und traf ihn mitten in den Wanst. Er krümmte sich zusammen und riss die Augen so weit auf, dass ich glaubte, sie würden ihm jeden Moment aus dem Kopf springen. Dann brach er zusammen.

Diese widerlichen grünen Kreaturen hatten mich als Kind traumatisiert. Jetzt, dank des Segens der Göttin, erledigte ich sie mit Leichtigkeit.

Es schien eine halbe Ewigkeit vergangen zu sein, seit ich zum ersten Mal Goblins im Dungeon begegnet war. Ich hatte so gezittert, dass ich mich kaum hatte rühren können. Jetzt zitterte ich nicht mehr.

»Hui, wieder ein Beute-Item!« Diesmal hatte ich einen Goblin-Zahn gefunden. Als ich ihn in meinem Rucksack verstaute, spürte ich, wie mich dessen Gewicht herunterzog. Ich konnte fast hören, wie mein Rücken unter der Last ächzte.

Theoretisch würde schon noch mehr in den Rucksack passen. Aber bin ich dann noch agil genug, um zu kämpfen? Hm … Na ja, solange es nur diese Goblin-Würstchen sind, komme ich schon klar …

»Goschaaah!!«, zischte mich plötzlich etwas an und stürzte sich auf mich.

»Wa… Huärgh!!« Vielleicht wäre es besser gewesen, doch etwas Ballast abzuwerfen.

Der Angriff hatte mich zwar überrascht, aber unter normaler Last hätte ich noch ausweichen können. Irgendwo in den Schatten nahe der Wand hatte sich ein Goblin versteckt, und nun knurrte er mich an und fletschte die Zähne. Ich behielt ihn die ganze Zeit über im Blick, während ich meinen Rucksack langsam von den Schultern gleiten ließ.

Ja, ich durfte nicht nachlässig werden. Zwar hatte ich mich gerade nicht auf eine gefährliche Ebene hinabgewagt, aber hier im Dungeon konnte überall Gefahr lauern. Die größte Gefahr – das sagte Eina immer – bestand darin, dass man sich einmal zu oft dachte: »Passt schon!«

Ich sollte an die Oberfläche zurückkehren. Ich tausche meine Beute bei der Gilde ein und komme später wieder. Das ist zwar aufwendiger, aber sicherer.

Aber wollte ich nicht Aiz Wallenstein näherkommen? Ich wusste zwar nicht, was genau ich dafür tun musste, aber eines war mir klar: So weitermachen wie bisher konnte ich nicht!

Vor meinem geistigen Auge sah ich das Gesicht meiner Retterin mit dem goldenen Haar. In diesem Moment kam es mir plötzlich so vor, als würden die Gefühle, die ich ihr gegenüber empfand, etwas in mir verändern.

Ich hatte Syr versprochen, abends noch in ihrem Laden vorbeizuschauen, also musste ich heute mehr Geld verdienen als sonst. Ich musste alles geben.

»Jetzt revanchier ich mich erstmal für die Aktion eben!«

»Gobruäh?!« war das letzte, was der Goblin von sich gab.

Bell Cranel

Level 1

Stärke: I 82 → H 120

Ausdauer: I 13 → I 42

Geschicklichkeit: I 96 → H 139

Beweglichkeit: H 172 → G 225

Zauberkraft: I 0

Magie:

-

Skills:

-

Es war Abend. Nach meinem heutigen Streifzug war ich in unser Zimmer unter der Kirche zurückgekehrt und traute meinen Augen kaum: Hestia hatte mir wie üblich einen Zettel mit meinem Status übergeben, aber diesmal waren meine Statuswerte ungewöhnlich stark gestiegen.

»K... Kann es sein, dass du dich beim Übertragen der Werte vertan hast?«

»Meinst du, ich sei nicht einmal in der Lage, so eine simple Arbeit fehlerfrei zu erledigen?«, erwiderte sie empört.

»N... Nein, das nicht! Es ist nur ...« Die Zahlen, die ich da vor mir sah, kamen mir vollkommen unrealistisch vor. Wie war es möglich, dass meine Meisterschaftsgrade um insgesamt mehr als 160 Punkte gestiegen waren?

Demgegenüber wirkte das, was ich im letzten halben Monat erreicht hatte, geradezu lächerlich.

»Irgendwas kann da doch nicht stimmen! Sieh mal, meine Ausdauer zum Beispiel ... Mich hat gerade mal ein einziger Angriff getroffen. Warum steigt dann dieser Wert so stark?«

Hestia schwieg. Ich hatte tatsächlich den ganzen Tag über nur einmal Schaden erlitten, und zwar in dem Moment der Unachtsamkeit, als mich der Goblin erwischt hatte. Danach war ich vorsichtiger gewesen. Und trotzdem sollte meine Ausdauer um 29 Punkte gestiegen sein? Sie hatte sich im Handumdrehen mehr als verdreifacht! Um auf das vorherige Niveau zu kommen, hatte ich etliche Schläge einstecken müssen.

»Also irgendwas ist da ... Ähm, Göttin?«

Hestia schwieg noch immer. Langsam bekam ich es mit der Angst zu tun.

Sie machte eine finstere Miene und blickte mich aus schmalen Augen an. Ich verstand auch ohne Worte, dass sie richtig miese Laune hatte. Aber warum? Hatte ich etwas verbrochen?

So erlebte ich sie zum ersten Mal, und es machte mich derart nervös, dass mir der Schweiß auf die Stirn trat. *Genau so muss sich der Goblin vorhin gefühlt haben, als er dem Tod ins Auge gesehen hat …*

»G… Göttin …?«

Keine Antwort.

»Ähm, wie gesagt …«

Sie schwieg.

»Woran könnte es liegen, dass ich auf einmal so …«

»Weiß ich doch nicht!«, fauchte sie mich plötzlich an. »Und es ist mir auch schnurzpiepegal!«

Ich fand es niedlich, wie sie ihre Wangen aufplusterte, und ich schämte mich ein wenig dafür. So trotzig verhielt sie sich mir gegenüber zum ersten Mal.

Schnaubend wandte sie mir den Rücken zu und ging zum Schrank in der Zimmerecke hinüber. Bei jedem Schritt hüpften ihre Zöpfe, was in diesem Moment irgendwie bedrohlich auf mich wirkte.

Vor Wut zitternd öffnete sie die Schranktür, nahm den eigens an ihre spezielle Körperform (kleiner Körper, große Brüste) angepassten Mantel heraus und warf ihn sich über. Dann stapfte sie an mir vorbei, während ich nur wie gelähmt dastand und zusah.

»Ich muss jetzt zu einer Arbeitsbesprechung. Wenn du dich ohne mich so gut amüsierst, kannst du heute Abend auch gern allein essen!«

BATAMM! Mit einem Knall schlug sie die Tür hinter sich zu. Bis zum Schluss war sie meinem Blick ausgewichen. Zu was für einer Arbeitsbesprechung musste sie überhaupt zu dieser Uhrzeit? Ich war völlig perplex.

Ich ließ unser Gespräch noch einmal Revue passieren, aber ich kam einfach nicht darauf, was ich falsch gemacht haben könnte. Also nahm ich einfach hin, dass ich meine Göttin irgendwie erzürnt hatte, und verließ das Zimmer ebenfalls, allerdings nicht mit einem Knall, sondern mit einem tiefen Seufzer. *Bis ich in Syrs Laden ankomme, muss ich wieder gut drauf sein …*

Die Sonne versank im Westen, und das Abendrot wich bläulicher Dunkelheit. Hell stand der Vollmond am Himmel.

Überall in den Straßen hörte man Leute lachen: Das waren die Arbeiter, die einen erfolgreichen Arbeitstag hinter sich gebracht hatten, und die Abenteurer, die lebendig aus dem Dungeon zurückgekehrt waren. Sie alle fanden sich nun in den Wirtshäusern der Stadt ein. Schallendes Gelächter oder wütendes Geschrei gingen oft fließend ineinander über. Aus dem warmen Licht der Wirtsstuben drangen die Trinkenden nach draußen und tanzten auf den Pflastersteinen.

Hier irgendwo bin ich doch heute Morgen Syr begegnet, oder? Während ich mich durch das Gewühl auf der Hauptstraße kämpfte, schaute ich mich immer wieder um. Ich musste wie ein kleines Kind wirken, das sich verlaufen hatte. Dummerweise sah das Viertel so belebt völlig anders aus als noch am Morgen, als kaum jemand unterwegs gewesen war. Man hätte meinen können, ich sei in einer völlig anderen Stadt gelandet.

Auf der Straße herrschte eine Stimmung, die regelrecht mitreißend wirkte. Ein paar Halbmenschen standen zusammen, alle ein Lächeln auf dem Gesicht, und einige Gnome und Pallum, Vertreter der kleinsten aller Völker, begannen einfach mitten auf der Straße ein Lied zu trällern. Zu meiner Überraschung gesellte sich auch noch unter lautem Gelächter ein Zwerg dazu. Diese Zeitgenossen waren eigentlich eher als tapfere und stämmige Krieger bekannt.

Eine Tierfrau mit den Ohren und dem Schwanz eines Tiers setzte ihr ... sagen wir, riskantes Outfit ein, um Kunden in ihr Geschäft zu locken. Doch ein paar Amazonen machten den Plan zunichte, indem sie mit ihrem noch frivoleren Auftritt alle Blicke auf sich zogen. Sie scherten sich nicht um die Aufmerksamkeit, spazierten einfach die Straße hinunter. Als sich unsere Blicke trafen, schaute ich so schnell wie möglich weg. Von irgendwoher wehte der Klang von Streich- und Blasinstrumenten heran und brachte die Leute auf den Straßen zum Tanzen.

Die Hauptstraße hatte nun vollständig ihr nächtliches Gesicht angenommen.

»Hier müsste ich richtig sein ...«

Endlich hatte ich die Terrasse vom Morgen wiedergefunden. Neugierig ging ich auf den Eingang dahinter zu.

Wie auch die anderen Gaststätten ringsherum war sie aus Steinen gebaut. Sie hatte ein Obergeschoss, nahm viel Platz ein und war vermutlich größer als die meisten anderen Schenken in der Gegend. Hier, im »Hostess of Fertility«, arbeitete Syr.

Ein markanter Name, den ich da auf dem Schild an der Eingangstür las! Vorsichtig wagte ich einen Blick ins Innere.

Zuerst fiel mir die stämmige Zwergendame auf, die hinter dem Tresen mit Bier und Speisen jonglierte – sie war bestimmt die Inhaberin. In der Küche erspähte ich ein Tiermädchen, das geschäftig umherwirbelte. Ihren Katzenohren nach zu urteilen, gehörte sie dem Stamm der Felinen an. Die Bestellungen wurden, wer hätte es gedacht, von weiblichen Bedienungen aufgenommen und gebracht. Sämtliche Mitarbeiter dieses Ladens gehörten dem weiblichen Geschlecht an.

Langsam konnte ich mir denken, woher dieses Wirtshaus seinen Namen hatte.

So viel geballte Weiblichkeit könnte eine Nummer zu groß für mich sein …

Unter den Mitarbeiterinnen fand sich sogar eine stolze Elfenfrau, was mich überraschte. Ich schluckte nervös. In gewisser Weise war es, als wäre ich in meinem naiven Traum von einem Harem gelandet – wenn man die Inhaberin einmal außer Acht ließ. Nicht, dass dieser Ort auf irgendeine Weise anrüchig gewesen wäre … Ich hatte so wenig Erfahrung mit Frauen, dass ein Wirtshaus voller weiblicher Angestellter genügte, um mir die Schamesröte ins Gesicht zu treiben.

Die Stimmung war ausgelassen und heiter. Die Kellnerinnen bedienten ihre Gäste voller Elan, und überall hörte man nur Gelächter. Mir entging nicht, dass der Großteil der Kundschaft aus männlichen Abenteurern bestand, von denen einige den hübschen Kellnerinnen lüstern nachstierten. Aber alles in allem trank man hier einfach und amüsierte sich. Das Essen schien ebenfalls gut zu sein.

Die Einrichtung war etwas stilvoller als anderswo, ohne dass dabei das charakteristische Wirtshausfeeling verloren ging. Die Terrasse, die sich vor dem Eingang erstreckte, ließ das etwas gehobenere Flair bereits erahnen. Eigentlich hätte dies auch das Interesse weiblicher Kundschaft wecken müssen, aber …

Plötzlich wurde mir bewusst, dass ich schon seit einer Weile beobachtet wurde. Am liebsten wäre ich auf der Stelle wieder verschwunden.

»Bell?« Ich drehte mich um und sah Syr vor mir stehen. Ich war in Gedanken versunken gewesen und hatte sie nicht kommen hören.

Ich war so angespannt, dass ich nur ein verkrampftes Lächeln zustande brachte. *Jetzt reiß dich mal zusammen!*

»Äh, da bin ich …«

»Das sehe ich! Herzlich willkommen!«

Sie trug dasselbe Outfit wie am Morgen. Sie schlüpfte durch die Eingangstür ins Innere und rief: »Wir haben einen neuen Gast!«

»Ist es üblich, Gäste in einem Wirtshaus anzukündigen?«, murmelte ich in mich hinein. Ich machte mich so schmal wie möglich und folgte Syr unauffällig – ein Anblick, der mich wohl selbst zum Lachen gebracht hätte. Wie feige war ich eigentlich?

»Da wären wir. Mach es dir bequem!«

»D… Danke.« Ich setzte mich an den Rand des Tresens, direkt an die Wand. Somit saß ich in einem recht einsamen Winkel. Neben mir stand kein Hocker, auf den sich jemand hätte setzen können. Nur die Inhaberin, eine Zwergin, stand hinter dem Tresen und beäugte mich.

Ob Syr diesen Platz extra für mich ausgesucht hatte, weil ich zum ersten Mal hier war? Immerhin konnte ich so in aller Ruhe essen, ohne von anderen gestört zu werden. Ich wusste es zu schätzen.

»Bist du der Gast, den Syr mitgebracht hat? Ha ha, für einen Abenteurer hast du aber ein hübsches Gesicht!«

Lass mich bloß in Ruhe.

Die Zwergin lehnte sich über den Tresen und beäugte mich mit einem fast schon anrüchigen Blick. Als wäre mir hier nicht schon unwohl genug gewesen …

»Wenn mich nicht alles täuscht, wirst du kleiner Vielfraß uns ganz schön auf Trab halten! Aber keine Sorge: Hauptsache, du zahlst, dann lass ich das Essen aus der Küche strömen!«

»Vielfr… Wie bitte?!« Mir war vollkommen unklar, wie sie darauf kam. Ich drehte mich zu Syr um, die noch neben mir stand – und was tat sie? Sie hatte die Frechheit, einfach den Blick abzuwenden! Dabei hatte sie mir das doch eingebrockt!

»Hey, warum denkt deine Chefin, ich sei ein Vielfraß?!«

»Ach, he he he …«

»Von wegen ›he he he‹!« Dachte sie etwa, ich würde das einfach schluck… Ähm, hinnehmen?!

»Na ja, das war so … Ich hab Mama Mia erzählt, dass ich heute Abend jemanden herbringen würde und möglicherweise ein kleeeines bisschen übertrieben, was deinen Appetit angeht …«

»Ach, wirklich? Das war doch volle Absicht!«

»Ich wollte nur, dass du nicht hungrig nach Hause gehst!«

»Würdest du das ›Missverständnis‹ jetzt bitte erst mal aufklären?« Von wegen nettes Stadtmädchen – die hatte es faustdick hinter den Ohren!

»Ich bin weder ein Vielfraß, noch hat meine Familia das Geld, so ein ausschweifendes Fressgelage zu bezahlen.«

»Oooh, aber du musst genug essen, damit du groß und stark wirst. Das Frühstück ist die wichtigste Mahlzeit des Tages.«

»Leier hier keine Binsenweisheiten runter!« Wenn ich am Morgen schon gewusst hätte, was für einen diabolischen Plan sie verfolgte … Mir das ganze Essen aufzudrücken, das war eindeutig Betrug!

»He he, keine Sorge, ich nehm dich nur auf den Arm. Mach's dir einfach gemütlich und iss so viel du willst. Es reicht, wenn du ein bisschen spendabler bist als sonst!« Und mit diesen Worten verschwand sie.

Puh, also ... Aus dem Mädchen werde ich nicht schlau.

Ich unterdrückte den dicken Seufzer, der sich in mir angestaut hatte, und wandte mich wieder dem Tresen zu. Ich nahm die Speisekarte zur Hand, die man mir netterweise hingelegt hatte. Bevor ich mir das Angebot durchlas, schaute ich auf die Preise.

Heute hatte ich eine Rekordzahl an Monstern erledigt und obendrein noch einige Beute-Items ergattert, daher war meine Bezahlung großzügiger ausgefallen als sonst. Normalerweise lag sie ungefähr bei 2.000 Valis.

Für 50 Valis bekam man normalerweise schon ein füllendes Essen, aber die Items und Ausrüstung, die man als Abenteurer benötigte, gingen wesentlich mehr ins Geld. Selbst ein einfacher Heiltrank kostete bereits 500 Valis! Und natürlich wollte meine Ausrüstung auch regelmäßig repariert werden. Letzten Endes hatte ich daher nie genug übrig, um mir eine bessere Waffe zu kaufen.

Der Dolch, den ich benutzte, hatte mich 3.600 Valis gekostet. Das Geld hatte ich mir von der Gilde leihen müssen. Zusammen mit den Kosten für meine Rüstung hatte sich ein ordentlicher Schuldenberg angesammelt, den ich nach langer Zeit endlich zurückgezahlt hatte. Als Abenteurer wurde man ganz schön ausgenommen.

Jedenfalls wollte ich aus verschiedenen Gründen nicht zu viel Geld ausgeben, deshalb bestellte ich eine einfache Portion Nudeln ... die mich am Ende auch 300 Valis kostete. Eine Unverschämtheit!

Es gab etliche aufwändigere Gerichte auf der Karte; offenbar gab man sich in kulinarischer Hinsicht hier etwas mehr Mühe als in anderen Wirtshäusern. Wobei es für mich das erste Mal war, dass ich in einem Wirtshaus etwas aß.

»Darf's auch ein Bier sein?«, fragte mich die Inhaberin. Nach kurzer Überlegung antwortete ich, dass ich diesmal lieber verzichten wolle. Ich wies nicht darauf hin, dass ich dafür möglicherweise noch etwas zu jung war – damit hätte ich mich nur zum Affen gemacht. In erster Linie ging es mir sowieso darum, Geld zu sparen.

Sie knallte jedoch einfach trotzdem einen randvollen Krug vor mir auf den Tresen. Warum hatte sie dann überhaupt erst gefragt?

»Amüsierst du dich, Kleiner?«, fragte Syr. Ich hatte gerade die Hälfte meiner Nudeln aufgegessen.

»Um ehrlich zu sein, fühl ich mich ein bisschen unter Druck gesetzt …«, sagte ich geradeheraus.

Sie legte ihre Schürze ab, zog sich einen Stuhl heran und setzte sich zu mir.

»Kannst du jetzt einfach Pause machen?« Ich schaute sie verdutzt an.

»In der Küche geht's noch drunter und drüber, aber bis zum Abrechnen ist noch etwas Zeit …«

Sie warf Mama Mia einen fragenden Blick zu. Die wiederum nickte nur knapp - Erlaubnis erteilt.

»Ähm, jedenfalls noch mal danke für heute Morgen«, sagte ich. »Das Brot war echt lecker.«

»Nicht der Rede wert! Es war ja nicht ganz uneigennützig.«

»Eher überhaupt nicht uneigennützig, oder?« Angesichts meiner hohen Rechnung für das Abendessen konnte ich mir diesen bissigen Kommentar nicht verkneifen.

»Tut mir leid«, sagte sie etwas zerknirscht. Na, hoffentlich meinte sie das auch ehrlich.

Dann begann sie, ein wenig über das Wirtshaus zu erzählen.

Das »Hostess of Fertility« war von der Inhaberin Mia gegründet worden, die von allen »Mama« genannt wurde. Früher war sie selbst Abenteurerin gewesen. Mit der Erlaubnis ihrer Gottheit hatte sie sich mehr oder weniger von ihrer Familia gelöst, um diese Gaststube zu eröffnen. Solch eine Entschlossenheit verdiente Respekt, fand ich.

Mia stellte nur weibliches Personal ein, aber die Mitarbeiterinnen kamen mit den verschiedensten Hintergründen und Lebensgeschichten – sie empfing sie alle mit offenen Armen.

Als ich Syr fragte, wie sie hier gelandet sei, antwortete sie: »Ich fand die Arbeitsbedingungen einfach sehr ansprechend.« Nur unter Frauen zu sein, machte wohl vieles leichter.

»Außerdem läuft der Laden gerade sehr gut, also fällt das Gehalt auch gut aus«, fügte sie grinsend hinzu.

»Könnte es sein, dass es dir vor allem ums Geld geht?«

»Das war nur ein Witz, okay? Mir gefällt es einfach, wie viele Leute hier zusammenkommen.«

Sie reckte den Hals und blickte sich im Wirtshaus um. Gemeinsam sahen wir zu, wie ein Zwerg mit einer Bedienung flirtete und hungrig aussehende Elfen ihr Essen serviert bekamen. An einem Tisch veranstaltete eine Gruppe Pallum gerade eine Feier. Zugleich hoben sie ihre Krüge und stießen an. Sie alle hatten gerötete Wangen.

»Wenn viele Leute zusammenkommen, erfährt man auch allerhand«, sagte sie mit leuchtenden Augen.

Als sie bemerkte, dass ich sie von der Seite ansah, röteten sich ihre Wangen, und sie räusperte sich.

»Jedenfalls ist es für mich zu einer Art Hobby geworden, Leute kennenzulernen. Es macht mich einfach neugierig.«

Ich konnte sie gut verstehen. Seit ich in Orario angekommen war, ging es mir genauso. Dies war eins der Privilegien der Bewohner dieser Stadt: An jeder Straßenecke gab es etwas Neues zu entdecken.

Eine Gruppe aus etwa zehn Leuten verschiedener Völker betrat das Wirtshaus. Als hätten sie die Plätze für sich reserviert, wurden sie wie selbstverständlich an einen Tisch in der gegenüberliegenden Ecke geführt und nahmen dort Platz.

Das schienen mächtige Abenteurer zu sein.

Moment mal, ist das nicht ...!

Mein Herz klopfte mir plötzlich bis zum Hals. Schon von Weitem erkannte ich ihr leuchtendes, blondes Haar wieder. Ihre Konturen wirkten so zart, als könnte sie bei jeder Berührung zerbrechen. Sie war wie eine Puppe aus Porzellan – nein, eher wie eine Fee aus einem Märchen. Ein Blick in ihre goldgelben Augen genügte, und ich musste unwillkürlich schlucken. Ihrem Gesicht war keine Gefühlsregung anzusehen, als sie zusammen mit den anderen Abenteurern Platz nahm. Ja, das war ohne Zweifel Aiz Wallenstein, nach der ich mich so sehnte.

»Guck dir die an«, sagte einer der Gäste mit gedämpfter Stimme.

»Wer ist das, eine Edeldame mitsamt ihrer Entourage?«

»Nee, sperr doch mal die Glotzer auf! Da, das Emblem!«

»Oh ...«

Als die anderen Gäste ebenfalls bemerkten, dass es sich bei der Gruppe um die Loki-Familia handelte, hob ein Raunen an im Schankraum.

»Das sind doch die Riesentöter!«, murmelte einer erstaunt.

»Allesamt Abenteurer erster Klasse ...«, flüsterte ein anderer.

»Und wer von denen ist jetzt die Prinzessin der Klingen?«

Einige Dummköpfe pfiffen Aiz und den anderen weiblichen Mitgliedern der Gruppe zu, aber die meisten Gäste waren sichtlich von Ehrfurcht ergriffen – ein Gefühl, das mir nicht fremd war.

Ich war nicht darauf vorbereitet gewesen, meine Angebetete hier und jetzt wiederzutreffen. *W… Was mach ich denn jetzt?!*

»Ähm, Bell? Hallo?«

Ich dachte darüber nach, zu ihr zu gehen und mich für die Rettung zu bedanken, aber damit hätte ich mich vor den ganzen Leuten zum Gespött gemacht. Und überhaupt wusste ich gar nicht, wie es danach weitergehen würde. Sollte ich ihr meine Liebe gestehen und sie bitten, meine Freundin zu werden? Nein, ich musste einen kühlen Kopf bewahren. Wir kannten uns ja überhaupt nicht. Ich entschied mich, abzuwarten und die Lage zu beobachten.

»Bell? Was machst du da …«

Ich legte meinen hochroten Kopf auf dem Tresen und spähte von dort die Loki-Familia aus, wie ein Jäger, der im hohen Gras auf seine Beute lauert. Syr sprach mich immer wieder an, weil ich mich so eigenartig verhielt, aber darauf konnte ich gerade nicht eingehen.

Wie es das Schicksal wollte, saß Aiz Wallenstein mir direkt gegenüber. Ich sah sie an und spürte meinen Herzschlag bis in die Ohren.

»Das war gute Arbeit heute – dafür haben wir uns einen Umtrunk verdient! Prost!« Jemand war aufgestanden und sprach einen Toast aus. Die Person stand mir mit dem Rücken zugewandt, ich konnte ihr Gesicht also nicht sehen.

Daraufhin begann die große Feier der Loki-Familia. Sie schlugen ihre Krüge gegeneinander und aßen und tranken in rauen

Mengen. Nun, bis auf Aiz: Sie aß nur kleine Portionen, und das sehr langsam. Als bei den berühmten Kämpfern Feierstimmung aufkam, schienen sich auch die anderen Gäste des Wirtshauses wieder daran zu erinnern, warum sie eigentlich hergekommen waren, und hoben ihre Krüge.

Syr hatte unterdessen bemerkt, wem meine Aufmerksamkeit galt. Sie beugte sich zu mir herunter und flüsterte mir hinter vorgehaltener Hand etwas zu.

»Die Mitglieder der Loki-Familia sind unsere Stammgäste«, erklärte sie. »Anscheinend hat ihre Göttin uns ins Herz geschlossen.«

Alles klar, das würde ich mir merken. Wenn ich hierher kam, hatte ich also gute Chancen, Aiz zu begegnen.

Ich beobachtete jede einzelne ihrer Bewegungen: Wie sie beschämt lächelte, als man sie zum Trinken anhielt; wie sie ein Gespräch mit der Frau neben sich führte; wie sie mit kleinen, grazilen Bewegungen ihren Mund an einer Serviette abwischte ...

Mir war bewusst, dass mein Benehmen gruselig bis anstößig war, aber so konnten sich all die neuen Eindrücke dieser mir noch völlig unbekannten Person in mein Hirn einbrennen. Wie sie redete, wie sie lachte.

Und ich empfand etwas völlig Neues: Mir war, als würde mein Körper bis in mein Herz hinein in eine tiefrote Flamme getaucht.

»He, Aiz! Erzähl uns die Geschichte!«

»Welche Geschichte?«

Jedes Mal, wenn jemand ihren Namen rief, verkrampfte ich mich. Diesmal war es ein junger Tiermensch gewesen, der zwei Plätze von ihr entfernt saß. Selbst als Mann musste ich zugeben, dass dieser Kerl sehr gutaussehend war. Vor allem wirkte er sehr männlich.

»Die Minotaurus-Monster, die uns entkommen sind, als wir den Dungeon verlassen wollten! Du bist dem einen doch bis auf Ebene 5 gefolgt und hast ihn da erledigt. Und dann bist du dem Tomatenkerl begegnet!«

Wieder begann mein Herz schnell zu klopfen, diesmal aus einem anderen Grund. Der Rest meines Körpers war wie versteinert.

»Oh! War das, als uns auf Ebene 17 dieses Rudel angegriffen hat und uns ein paar entwischt sind?«

»Genau! Völlig verrückt, wie sie eine Ebene nach der anderen nach oben gestiegen sind. Die zu verfolgen, hat mich völlig erledigt ...«

Wie gesagt: Jeder wurde nur von seinen eigenen Füßen durch den Dungeon getragen. Abkürzungen gab es für niemanden; die Abenteurer mussten wieder und wieder dieselbe Strecke ablaufen.

Dementsprechend musste man gut planen, und zwar sowohl den Weg in den Dungeon hinein als auch den wieder hinaus! Es nützte schließlich nichts, auf eine tiefe Ebene vorzudringen, sich völlig zu verausgaben und dann festzustellen, dass man es nicht wieder hinausschaffte. Eine Familia, die regelmäßig in die unteren Ebenen vordrang, brauchte nicht nur genügend Personal und Material, sondern auch einen fähigen Anführer, der solche Faktoren berücksichtigte.

Was hatte ich also gerade mitangehört? Die Loki-Familia hatte eine Expedition in eine tiefere Ebene unternommen. Auf dem Rückweg waren sie auf ein Minotaurusrudel gestoßen. Eins der Monster war bis auf Ebene 5 geflohen, wo Aiz es dann erlegt hatte. Bis hierher konnte es noch gut um jemand anderen gehen, oder?

»Und da war er dann – dieser Knirps von einem Abenteurer!«

Nein, es geht um mich. Kein Zweifel.

»Hat sich in die Ecke gedrückt wie ein ängstliches Häschen! Sein Gesicht hättet ihr sehen sollen! Wie er gezittert hat!«

Sie hätten erst mein Gesicht in *diesem* Moment sehen sollen! Ich schämte mich so sehr, dass ich jederzeit in Flammen hätte aufgehen können.

»Und was ist dann passiert? Hat er überlebt?«

»Natürlich! Unsere Aiz hat den Minotaurus im Handumdrehen in Hackfleisch verwandelt. Hab ich recht, Aiz?«

Sie schwieg.

Währenddessen starrte ich den jungen Tiermann so wütend an, dass ich mir beim Zähneknirschen beinahe einen Muskel gezerrt hätte. Aiz hingegen runzelte leicht die Stirn.

»Und dann, gib dir das, hat er eine volle Dusche vom stinkenden Blut dieses Hornochsen abgekriegt! HA HA ... Knallrot von oben bis unten! Deshalb Tomatenkerl, verstehste? AAAH HA HA! Puh, mein Bauch! HA HA ...«

»Uff ...«, warf jemand anders ein.

Dann meldete sich der erste wieder zu Wort. »Uh ha ha! Sag, dass das Absicht war, Aiz! Bitte!«

»War es nicht«, erwiderte Aiz knapp.

Während der junge Tiermann noch immer Tränen lachte, lächelten die anderen in der Runde nur ein wenig beschämt. Die Gäste an den Tischen ringsum taten ihr Bestes, um sich das Lachen zu verkneifen.

»Und dann haut der Tomatenkerl auch noch schreiend ab! Ha ha ha! Unsere Prinzessin rettet ihm den Arsch, und der Feigling rennt einfach weg! Ha ha ha!«

Jeder Satz traf mich wie ein Stich ins Herz.

»Gaaah ha ha! Einfach genial! Unsere Prinzessin ist so gefürchtet, dass sogar andere Abenteurer die Flucht ergreifen!«

»Hmprfff ... Tehe ... Ha ha ha! Tut mir leid, Aiz ... Ich kann nicht mehr!«

Aiz schien unbeeindruckt von all dem Gelächter.

»Jetzt guck doch nicht so böse! Das ist die reinste Verschwendung deines hübschen Gesichts!«

Und so amüsierte sich die Loki-Familia prächtig, während sich um mich herum ein großes schwarzes Loch auftat. Mir kam es vor, als würden wir in völlig verschiedenen Welten leben.

»B… Bell?« Ich reagierte nicht, konzentrierte mich weiter auf die Loki-Familia, denn die Geschichte war noch nicht vorbei.

»So eine Witzfigur hab ich schon lange nicht mehr gesehen. Mir ist ein bisschen schlecht geworden, ohne Scheiß. Wie ein Baby hat er geheult!«

»Oje, der Arme ...«

»Einfach erbärmlich. Wenn er bei jedem Mist heulend zu seiner Mama rennt, hätte er kein Abenteurer werden sollen, diese Niete. Oder, Aiz?«

Plötzlich hatte ich das Gefühl, als würde etwas von innen an meinem Kopf kratzen.

»Der lässt uns doch alle wie Idioten aussehen!«

»Zügle dein vorlautes Mundwerk, Bete. Es war schließlich unsere Schuld, dass der Minotaurus entkommen ist und den Jungen angegriffen hat. Du hast kein Recht, dich über ihn lustig zu machen. Schäm dich!«

»Ja, ja, die Elfenfrau auf dem hohen Ross, hätt ich mir ja denken können! Wenn du ein schlechtes Gewissen hast, ist das dein Problem. Ich sag einfach nur, wie's ist: Der Typ ist ein Vollversager.«

»Bete, Riveria, reißt euch zusammen. Ihr macht mir mein Bier madig.«

Kratz, kratz, kratz …

»Sag du doch auch mal was dazu, Aiz! Stört's dich gar nicht, dass dieser bibbernde Winzling sich ebenfalls Abenteurer schimpfen darf?«

»Ich finde seine Reaktion unter diesen Umständen nachvollziehbar.«

Kratz, kratz, kratz, kratz, kratz …

»Jetzt tu bloß nich' so scheinheilig! Dann eben anders gefragt: Mit wem könntest du dir eher was vorstellen: mit mir oder diesem Würstchen?«

»Bist du betrunken, Bete?«

»Halt du dich da raus. Also, Aiz? Du bist das Weibchen. Welches von uns Männchen würdest du mit dem Schwanz anwedeln? Mit welchem würdest du dich paaren wollen, hm?«

Kratz, kratz, kratz, kratz, kratz, kratz, kratz, kratz …

»Von dir muss ich mir so etwas nicht sagen lassen, Bete.«

»Das gehört sich nicht.«

»Du hältst dich da raus, alte Hexe. Also? Was, wenn der Schwächling dir seine Liebe gesteht, hm? Seine unendliche Liebe? Empfängst du ihn dann mit offenen Armen, oder was?«

Aiz schnalzte mit der Zunge.

Kratz, kratz, kratz, kratz, kratz, kratz, kratz, kratz, kratz, kratz, kratz, kratz, kratz, kratz …

»Natürlich nich'! Du würdest niemals jemand an deiner Seite akzeptieren, der viel schwächer is' als du. So ein Versager hätte doch keine Chance bei dir!«

Ich hielt es nicht mehr aus. Schlagartig sprang ich von meinem Stuhl auf, warf ihn dabei um und rannte aus der Tür, ohne mich um die Blicke zu scheren, die ich dabei auf mich zog.

»Bell? Was ...«

Ich ignorierte Syrs Ruf und bahnte mir meinen Weg durch das abendliche Treiben auf der Hauptstraße.

»Bell!« Jemand stürmte aus dem Wirtshaus, eine Kellnerin auf den Fersen. Mehr bekamen die meisten der Gäste nicht mit, weil sich alles so schnell abspielte. Hier und da kam ein wenig Unruhe auf.

»Oho, ein Zechpreller?«

»Ganz schön mutig, so was in Mama Mias Laden zu versuchen!«

Aiz stand als Einzige auf. Sie warf Bete und den anderen strafende Blicke zu. In Windeseile lief sie der dürren Gestalt nach und sah unter dem weißen Haar kurz dunkelrote Augen aufblitzen.

Das ist doch ...

Vor dem Eingang des Wirtshauses blieb sie stehen, eine Hand gegen einen Pfeiler gestützt. Sie blickte die Straße hinunter und sah noch die Kellnerin verschwinden, die dem Jungen gefolgt war.

»Bell ...«, murmelte sie. Dann klopfte ihr von hinten jemand auf den Rücken – sie war so sehr auf den Namen fixiert, dass sie es nicht sofort bemerkte.

»Heeey, was machst du denn, Aiz?«

Aiz sagte nichts. Die Frau, die das Festmahl der Loki-Familia eröffnet hatte, legte ihr nun die Arme um den Bauch, presste ihren Unterleib an ihren Po und legte ihr eine Hand auf die Brust.

Wäre dies nicht die Göttin der Loki-Familia gewesen – und

wichtiger noch: eine Frau –, dann hätte sie schon längst Aiz' Fäuste zu spüren bekommen. Aber mit Loki konnte sie so nicht umspringen, auch wenn es ihr noch so sehr missfiel.

Kurz darauf stieß sie dennoch Lokis Hände weg, verpasste ihr einen Ellbogenstoß, sodass sie zurücktaumelte, wirbelte herum und gab ihr eine Ohrfeige.

»So wild kenn ich dich ja gar nich', Aiz! Dein Gesicht sagt mir was völlig anderes als dein Körper.«

»Bitte lass das«, erwiderte sie.

Lokis Wangen waren knallrot. Kurz sah es so aus, als müsste sie sich die Tränen verbeißen, doch dann schien sie sich schon wieder erholt zu haben. »So cool und doch so gefährlich – einfach süß!«

Aiz war nicht in der Stimmung, darauf einzugehen. Sie wandte den Blick ab.

»Jetzt mach doch nich' so ein Gesicht. Wenn Bete dir die Trinklaune verdirbt, lass ich ihn von Mama Mia vor dem Laden an den Pranger stellen!«

Loki schien nicht begriffen zu haben, warum Aiz zum Eingang geeilt war.

Kurz darauf wurde der junge Tiermann unter großem Geschrei von den anderen zu Boden gedrückt und gefesselt. Die Elfenfrau, mit der er sich zuvor gestritten hatte, stand nun mit einem Fuß auf seinem Kopf. Die anderen Gäste im Wirtshaus schien das Spektakel sehr zu belustigen.

»Komm schon, trink noch einen mit mir!«

Doch Aiz rührte sich nicht.

Loki legte Aiz einen Arm um die Schulter und zerrte sie zurück in den Laden. Aiz blickte noch einmal die Straße hinunter, konnte aber im schummrigen Licht der Magiestein-Lampen, die

die Hauptstraße stellenweise erleuchteten, nicht einmal mehr die Silhouette des Jungen ausmachen.

Schwere Regenwolken standen am Nachthimmel und verdeckten den Mond.

Verdammter Mist! Verdammt!

Bell rannte, und Tränen strömten ihm aus den zusammengekniffenen Augen. Wieder und wieder kreisten seine Gedanken um das, was er gerade erlebt hatte.

Er schämte sich so sehr dafür, zum Gespött des ganzen Wirtshauses geworden zu sein, und wäre zum ersten Mal in seinem Leben am liebsten im Erdboden versunken.

Was bin ich nur für ein Idiot! Warum bin ich so dumm?!

Die Worte des jungen Tiermanns hatten sich tief in sein Herz gebohrt: Feigling, Niete, Versager, Würstchen, Schwächling. Es reichte nicht, sich zu fragen, wie er sich Aiz am besten annäherte. Erst einmal musste er sich würdig erweisen, ihr überhaupt unter die Augen zu treten.

Sein Unmut richtete sich nicht gegen den jungen Tiermann oder die anderen, die sich über ihn lustig gemacht hatten, sondern gegen ihn selbst mit seinem lächerlichen Ego. Hatte er sich doch tatsächlich eingebildet, seinen Traum auf einem Silbertablett serviert zu bekommen!

Vor allem nagte an ihm, dass er den Eindruck, den sie von ihm hatten, auch noch bekräftigt hatte, indem er einfach davongelaufen war. Er hatte diesen Leuten nichts entgegenzusetzen, war für sie nicht mehr als ein Kiesel am Wegesrand.

Wütend blickte er aus seinen tiefroten Augen zu dem weißen Turm, der vor ihm in der Dunkelheit emporragte. Dort erwartete ihn der Schlund des Dungeons.

Mit Tränen in den Augen rannte er los, um über sich selbst hinauszuwachsen.

Kapitel 3:
Die Nacht vor dem Erwachen

Regen prasselte gegen das Fenster des Arbeitszimmers. Eina saß an ihrem Schreibtisch und blickte hinaus.

Das Wetter ist umgeschlagen ...

Kurz zuvor hatte noch ein goldener Mond am Himmel gestanden, doch jetzt hingen dort dicke Wolken, aus denen sich Sturzbäche ergossen. Draußen suchten die Leute eilig Schutz, und im Nu waren die Straßen wie leergefegt.

Eina beschloss, sich einen Moment lang von ihren Verwaltungsaufgaben abzuwenden. Sie legte den Stift nieder und widmete sich ganz der Beobachtung dessen, was sich vor dem Hauptsitz der Gilde abspielte.

»Ich hab echt ein Pech ... Erst muss ich Überstunden machen und dann auch noch durch den Regen nach Hause laufen!«

»Das ist nur ein Schauer.« Ihre Kollegin Misha – eine junge Menschenfrau - war neben sie getreten und blickte nun ebenfalls in den Regen hinaus. Sie wankte unter dem Stapel Dokumente, den sie trug. »Bis du fertig bist, ist er bestimmt vorbei.«

Es musste etwa neun Uhr abends sein. Auch jetzt arbeiteten noch etliche Angestellte an der Rezeption und in den angrenzenden Büroräumen. Das sei der Endspurt, hatten die Vorgesetzten gesagt. Einas Kollegin hatte sie mit abschätzigen Blicken gestraft. Erschöpft lehnte sie sich nun gegen Eina.

»Mir ist schon klar, dass kurz vor dem Festival viel zu tun ist, aber könnten die es uns nicht ein bisschen langsamer angehen lassen? Wir sind nicht alle so schnell wie du ...«

»Du bist zu schwer, so kann ich nicht arbeiten!«, beschwerte sich Eina, stieß jedoch auf taube Ohren. Misha lehnte sich ein wenig vor und warf einen Blick auf die Dokumente, die auf Einas Schreibtisch ausgebreitet lagen. Plötzlich machte sie große Augen.

Sie legte ihren Stapel ab und schnappte sich den Zettel, der zuoberst lag, ehe Eina etwas einwenden konnte.

»Das Profil eines Abenteurers … Ach, ist das der Neue, den du zugewiesen bekommen hast?«

»Ja.« Eina seufzte ergeben. Jetzt hätte es ohnehin nichts mehr genützt, etwas zu sagen. »Ich hab gerade einige Details nachgetragen, weil ich sein Profil beim Abteilungsleiter einreichen soll.«

Auf dem Dokument, das ihre Kollegin in der Hand hielt, waren die wichtigsten Daten eines Abenteurers verzeichnet, unter anderem die Volkszugehörigkeit, der Herkunftsort, frühere Berufe und die Familia, der er angehörte.

Ganz oben auf dem Zettel stand der Name: »Bell Cranel«.

»Waaa? Er ist allein unterwegs und hat's nach einem halben Monat schon auf Ebene 5 geschafft? Alle Achtung!«

»So würde ich es nicht ausdrücken. Er hat sich nicht schrittweise vorgearbeitet, sondern ist aufs Geratewohl bis auf Ebene 5 hinuntergestolpert und wäre dort fast gestorben.«

Weil er meinen Rat ignoriert hat, dachte sie.

Misha musste kichern, als sie Einas strengen Blick sah. Sie wusste, dass ihr bloß das Wohl des Jungen am Herzen lag.

»Aber ist er nicht an diesen Minotaurus geraten, der der Loki-Familia entwischt ist? Gegen so ein Monster haben nicht nur frischgebackene Abenteurer Probleme.«

»Sicher, dass ein so starkes Monster wie dieser Minotaurus bis zur fünften Ebene hinaufklettert, ist die absolute Ausnahme. Aber selbst Ebene 5 ist für den Jungen … Bell ist noch nicht so weit.«

Eina nahm ihrer Kollegin das Dokument aus den Händen und warf einen Blick auf ihre eigenen Einträge.

»Ab Ebene 5 verändert sich der Dungeon: Es tauchen andere Monster auf, und der Aufbau wird komplexer. Wenn er da immer noch so unvorsichtig ist, erwartet ihn dort der Tod.«

Bell war allein unterwegs und nicht besonders gut ausgerüstet. Mit seinem mickrigen Status konnte er keinen Blumentopf gewinnen.

Der Dungeon war zu gefährlich. Bell war erst seit einem halben Monat dabei; er durfte ihn nicht auf die leichte Schulter nehmen. Unter Berücksichtigung aller Umstände kam für Bell alles ab Ebene 5 einfach noch nicht in Frage.

»Wenn es nach mir geht, sind alle weiteren Ebenen für Bell erst einmal tabu.«

»Du machst dir ja richtig Sorgen!«, bemerkte ihre Kollegin schnippisch. »Der Bursche ist dir wohl ans Herz gewachsen?«

Diese Bemerkung traf Eina wie ein Blitz. Plötzlich fiel ihr wieder ein, wie Bell ihr beim Abschied im Spaß zugerufen hatte, dass er sie liebe. Wie er sie dabei angelächelt hatte! Sie spürte, wie ihre spitzen, langen Ohren warm wurden: Offenbar wurde sie gerade rot. Um gegenzusteuern, atmete sie tief ein und aus, dann warf sie ihrer Kollegin einen warnenden Blick zu. »Mishaaa!«

»Oh, oh – jetzt krieg ich aber Angst!«, sagte Misha, hob ihren Dokumentenstapel wieder auf und verließ grinsend das Zimmer. Eina sah ihr nach, entspannte ihre Gesichtsmuskeln und lehnte sich zurück.

Da hat er sich wirklich einen Spaß mit mir erlaubt …

Sie schürzte die Lippen und schalt innerlich den Jungen. In ihrer Vorstellung verbeugte er sich wieder und wieder, um sich bei ihr zu entschuldigen. Sie sah es so deutlich vor sich, dass sie selbst darüber lachen musste.

Was er wohl gerade macht? Sie blickte aus dem Fenster. Es regnete jetzt noch heftiger, als könnte der finstere Himmel nicht aufhören zu weinen und die Emotionen brächen nur so aus ihm hervor.

Ein Schritt, dann ein Sprung.

»Kieeeh!!«

Das Monster, an dem ich mit meiner Klinge gerade vorbeigesaust war, ging kreischend zu Boden. Ich drehte mich um und sah, wie aus der Wunde der riesigen, einäugigen Kröte dunkelrot das Blut strömte.

Das war ein »Schützenfrosch«, der seine Zunge auf unaufmerksame Abenteurer abschoss. Kurz blickte ich auf die Leiche hinunter, dann wandte ich mich um und ging weiter.

Ich ignorierte meine müden Glieder und hielt Ausschau, ob sich irgendwo etwas bewegte. Dabei drang ich immer tiefer in die verschlungenen Gänge des Labyrinths vor.

Der Dungeon mit seinen glatten Wänden und Böden gab mir den Weg durch sein eintöniges Inneres vor. Jeder Abschnitt glich dem davor, aber ich ließ mich nicht beirren.

Jetzt herrschte hier eine andere Stimmung als noch am Nachmittag. Es war kälter, dunkler und vor allem stiller. Ich konnte in der Nähe keine Monster ausmachen, geschweige denn Abenteurer. Nur das Geräusch meiner Schritte hallte durch die Gänge.

Während ich wie ein Geist umherwanderte, schaute ich an mir herab. Ich hatte meine Rüstung nicht angelegt. Meine Kleidung war zerfetzt von den Klauen und Zähnen der unzähligen Monster, die mir über den Weg gelaufen waren. Es sah aus, als würde ich Lumpen tragen.

Von dem Messer in meiner Hand troff Blut.

Ich sehe aus wie ein Wegelagerer …

Doch von alledem fühlte ich mich seltsam distanziert, als beträfe es mich gar nicht, sondern jemand anderen. Ich schloss die Augen und setzte weiterhin einen Fuß vor den anderen.

Nach meiner Flucht aus dem Wirtshaus hatte ich mich in den Dungeon gestürzt und war einfach durch die Gänge gerannt auf der Jagd nach Monstern. Der immer wiederkehrende Gedanke daran, wie schwach ich doch war, hatte mir die Kraft gegeben, allein mit meinem mickrigen Dolch bewaffnet ein Monster nach dem anderen zu bezwingen. Um Aiz näherzukommen, war ich bereit, all meine Kräfte aufzubieten und jedes noch so große Hindernis zu überwinden, was auch immer mich erwartete mochte. Ich gab mich voll und ganz dem flammenden Eifer hin, der nun tief in mir brannte.

Aber wo bin ich hier eigentlich?

Den Höhepunkt der Unvernunft hatte ich überwunden. Nach all den Monstern hatte ich nun endlich einen Moment Zeit, mich zu fangen. Zum ersten Mal sah ich mich bewusst um.

Die Wände, die mich jetzt umgaben, schimmerten nicht mehr in dem mir vertrauten Blau, sondern in einem fahlen Grün. Außerdem waren die Gänge merklich schmaler geworden und komplexer verzweigt. Und war ich nicht eben auch anderen Monstern begegnet als den niedrigstufigen Zeitgenossen, mit denen ich es sonst zu tun gehabt hatte?

Das muss die fünfte … nein, die sechste Ebene sein.

Meine Erinnerungen waren zwar etwas verschwommen, aber ich strengte mich an und rief mir die Anzahl der Treppen ins Gedächtnis, die ich hinabgestiegen war. Irgendwie war ich auf eine tiefere Ebene gelangt als je zuvor. Ich dachte jedoch nicht daran, jetzt kehrt zu machen. Zu schockiert war ich noch von den Ereignissen des Abends, als dass ich es jetzt schon hätte gut sein lassen können. Wie getrieben machte ich mich auf die Suche nach meinem nächsten Opfer.

»Hah ... hah ... hah ...« Mein Atem ging zunehmend schwer. Womöglich hatte ich mich doch mehr verausgabt, als mir bewusst gewesen war. Ich wusste ja nicht einmal, wie viele Stunden ich schon im Dungeon verbracht hatte.

Es hatte seine Vorteile, dass die phosphoreszierenden Stellen an der Decke für gleichbleibend helles Licht im Dungeon sorgten, doch Tag und Nacht ließen sich hier nicht unterscheiden. Und da ich keine Uhr bei mir trug, wusste ich nicht, wie spät oder früh es mittlerweile war.

Wo bin ich nur?

Ich marschierte noch eine Weile weiter und gelangte schließlich in einen weitläufigen, quadratischen Raum. Von meinem Standpunkt aus konnte ich in allen Richtungen grün schimmernde Wände sehen – ein trostloser Anblick.

Ich ging in die Mitte des Raumes und sah mich genauer um, entdeckte jedoch nirgends einen Weg hinaus, abgesehen von dem, auf dem ich hereingekommen war.

Ungläubig drehte ich mich im Kreis: Ich war in einer Sackgasse gelandet. Doch plötzlich hörte ich etwas.

Krack!

»...!«

Krrrack, krack!

Es klang, als würde gerade irgendwo etwas brechen. Wachsam blickte ich mich um – nichts. Der Raum war völlig leer; kein Monster hätte sich hier verstecken können. Und doch wurde die

Stille immer wieder durch dieses rätselhafte Knacken unterbrochen.

Mir fiel ein, dass bei der Verbesserung meines Status ja auch meine fünf Sinne verfeinert worden waren – daher wohl diese ganz ungewohnten Wahrnehmungen.

Ich spitzte die Ohren und versuchte, den Ursprung des Knackens ausfindig zu machen. Und dann fand ich ihn: Es kam aus einer der Wände.

Ich konnte zusehen, wie ein Riss entstand und immer größer wurde, bis plötzlich vor meinen Augen die Wand einstürzte.

Ich wurde gerade Zeuge, wie die Dungeonwand ein Monster gebar. Es musste jedoch nicht erst verschiedene Wachstumsphasen durchlaufen, sondern war schon jetzt, direkt nach der Geburt, bereit und willens, sich auf mich zu stürzen. Der ganze Dungeon war wie eine gigantische Gebärmutter für all jene Wesen, die uns Oberflächenbewohner bedrohten.

Nach und nach befreite das Monster seine Gliedmaßen aus der Wand, wobei immer mehr von ihr wegbröckelte. Mit einem letzten großen Kraftakt brach es dann krachend ganz aus ihr hervor. Sein Äußeres ließ sich am besten mit einem Wort beschreiben: Schatten.

Es war etwa so groß wie ich, also 160 Celti, und hatte eine humanoide Gestalt mit zwei Armen und Beinen, sah jedoch aus, als hätte es jemand mit pechschwarzer Farbe übergossen. Da waren weder Haut noch Haare, die an ein organisches Lebewesen hätten erinnern können.

In der Mitte seines kreuzförmigen Kopfes, wo man das Gesicht erwartet hätte, befand sich so etwas wie ein kreisrunder Spiegel. Diese merkwürdigen Monster hießen »Mauerschatten« und tauchten auf Ebene 6 auf.

Im nächsten Moment knackte es auch in der Wand hinter mir: Der Dungeon brachte einen weiteren Mauerschatten hervor. Nun hatten sie mich in der Zange. Zwei gegen einen – ungünstig!

Vorher war es so still gewesen, und nun plötzlich diese brenzlige Situation ... Es war, als hätte der Dungeon mich absichtlich in eine Falle gelockt .

»Mist ...«

Die Mauerschatten schienen über keinerlei Sprechorgane zu verfügen. Schweigend bauten sie sich vor mir auf. Von den Spiegeln an ihren Köpfen ging ein seltsames Leuchten aus. Nun richteten die Monster sie blitzartig auf mich, als hätten sie ihre Beute erspäht. »Das ist gar nicht gut ...«

Ich stieß die Luft aus und griff erneut nach meinen blutbeschmierten Dolch.

Vermutlich gab es für mich schon längst keine Hoffnung mehr. Ich war zu tief in den Dungeon vorgedrungen. Ich musste jedoch nur an die Szene im Wirtshaus denken, und die Flamme in mir, mittlerweile etwas schwächer, schlug abermals hoch.

Meine Instinkte schlugen Alarm, doch ich ignorierte sie und stürzte mich in den Kampf.

Mauerschatten verfügten über scharfe, klauenartige Fortsätze. Ihre ungewöhnlich langen Arme endeten in jeweils drei Fingern, die wie Messer geformt waren. Sie attackierten ihre Feinde in einem Tempo, von dem Goblins oder Kobolde nur träumen konnten.

Unter allen Monstern, denen man auf Ebene 6 begegnete, waren sie mit Abstand die gefährlichsten. Für frischgebackene

Abenteurer gehörten sie zu den tödlichsten Monstern der »oberen Ebenen« – also der Ebenen 1 bis 12. Und das sollte ich nun zu spüren bekommen.

»Gah!« Bereits beim ersten Angriff steckte ich einen Treffer ein. Die Mauerschatten attackierten immer wieder auf die gleiche Weise, jedoch schnell und brachial. Ihre langen schwarzen Arme ritzten meine Kleidung und Haut mit einer Geschwindigkeit, wie ich es noch nie zuvor erlebt hatte.

Darüber hinaus hatten sie mit ihren langen Armen eine große Reichweite. Zunächst kam ich nicht nahe genug an sie heran, um selbst anzugreifen. Diese Monster waren ein völlig anderes Kaliber als alles, was ich bisher erlebt hatte. Ich konnte ihre Angriffe nicht kontern, sie meinerseits nicht angreifen und auch nicht fliehen. Sie waren einfach extrem stark.

»Was zum ...« Ohne Vorwarnung sauste ein potenziell tödlicher Angriff auf mich zu. Im letzten Moment wich ich aus und sah noch aus dem Augenwinkel die schwarzen, gebogenen Krallen an mir vorbeizischten, was meinen Puls hochschnellen ließ. Doch schon kam der nächste Angriff, der mich zum Glück nur streifte.

Von vorne, von der Seite, von hinten – unaufhörlich hieben sie mit ihren langen Armen auf mich ein. Es war beinahe, als würden sie durch die Luft schwimmen. Geschickt tänzelte ich zwischen ihnen hindurch, duckte mich und entkam so den zeitgleichen Angriffen, aber all die Schweiß- und Blutstropfen in der Luft raubten mir die Sicht.

Schlagartig wurde mir wieder bewusst, in welcher Gefahr ich schwebte, und ich begann heftig zu atmen.

Wie kann das sein?!

Angst ergriff von mir Besitz. Es keimte das Gefühl in mir auf, dass hier etwas nicht stimmte.

Wie kann es sein, dass ich noch am Leben bin?

Das hätte mir schon früher auffallen sollen. Wie hatte ich völlig unversehrt bis auf Ebene 6 vordringen können? Und wieso ging ich in einem Kampf gegen diese Monster nicht krachend unter?

Ein Abenteurer mit meiner mickrigen Erfahrung hatte auf dieser Ebene normalerweise keine Überlebenschance.

Eina hatte mich sogar extra davor gewarnt, mich tiefer in den Dungeon vorzuwagen, weil ich mit meinem Status ... *Moment. Mein Status ...*

Plötzlich fiel mir wieder ein, wie ungewöhnlich stark meine Werte bei der letzten Status-Aktualisierung gestiegen waren, und es kam mir vor, als würden die Hieroglyphen auf meinem Rücken anfangen zu brennen. War es möglich, dass diese Statuswerte ...

Doch dann riss mich ein stechender Schmerz aus meinen Gedanken, und ich wurde durch die Luft geschleudert: Einer der Mauerschatten hatte meine Unaufmerksamkeit ausgenutzt und mir einen direkten Treffer versetzt. Ich prallte seitlich auf dem Boden auf und verlor dabei mein Messer: Klirrend rutschte es über den Boden davon.

Daraufhin näherte sich der andere Schatten und holte mit seinem langen Arm aus.

Plötzlich hatte ich den Eindruck, dass alles um mich herum sich in Zeitlupe abspielte. Erinnerungen blitzten vor meinem geistigen Auge auf wie in einem Kaleidoskop.

Aus all den Bildfragmenten leuchtete eine einzige golden hervor: Die Göttin, die mir ihren Segen geschenkt hatte, lächelte mich an.

»Hngh!« Ich nahm all meine Kraft zusammen, kämpfte mich hoch und preschte auf den Schatten zu, der mich angreifen wollte.

Seine schwarzen Klauen zischten an meiner Wange entlang und fügten mir einen Kratzer zu, doch davon ließ ich mich nicht beirren. Da ich keine Waffe mehr hatte, blieb mir nichts anderes übrig, als ihm einen Hieb mit meiner bloßen Faust zu verpassen, mitten in sein Gesicht.

KLIRR! Ein lautes Geräusch hallte durch den Raum. Ich hatte dem Monster nicht nur seinen spiegelartigen Körperteil zerschmettert, sondern ihm die Faust durch den Kopf gerammt. Eine zähe, pechschwarze Flüssigkeit ergoss sich über mich. Die Schattengestalt zuckte kurz und ging dann in die Knie.

Doch es war noch zu früh, um eine Pause einzulegen. Ich befreite meine Hand und wirbelte zu dem Monster herum, das meinen tödlichen Angriff mitangesehen hatte.

Blitzschnell rannte ich los und schnappte mir unterwegs mein Messer, ohne dabei an Tempo zu verlieren. Der Schatten machte sich gerade zum Gegenangriff bereit, doch ich war ihm einen Schritt voraus. *SSSCHING!*

Die Klinge meines Messers zog eine leuchtende Spur über seine Brust. Kurz blitzte in der klaffenden Wunde ein gespaltener Magiestein auf, doch dann zerbröselte er, seiner Kraft beraubt. Es dauerte nicht lange, da zerfiel auch der restliche Körper des pechschwarzen Schattens zu Asche.

Starr stand ich da, das Messer erhoben, und beobachtete das Schauspiel. Aschepartikel wirbelten durch den Raum. Dann endlich wich die Anspannung aus meinem Körper und bereitete der Erschöpfung den Weg. Keuchend rang ich um Luft und blickte zur Decke hinauf.

Das war knapp gewesen. Ich hatte meinen Körper bis an seine Grenze getrieben. Müde ließ ich die Augenlider sinken und lauschte auf meinen rasenden Puls.

Doch die Fragen blieben. Was war mit mir geschehen? Wie konnte ich gegen Monster gewinnen, die mir eigentlich haushoch überlegen hätten sein müssen? Hing das alles mit dem ungewöhnlich starken Anstieg meiner Statuswerte zusammen?

Aber ich hatte jetzt keine Zeit, lange darüber nachzudenken.

Unerwartet knickten meine Beine ein: Meine geschundener, mit Wunden übersäter Körper drohte, mich im Stich zu lassen. Ich verdrängte die unaufhörlichen Fragen und setzte mich mühsam in Bewegung. Ich war wieder bei klarem Verstand und begriff, dass ich so schnell wie möglich von hier verschwinden musste. Also ging ich auf demselben Weg zurück, auf dem ich gekommen war ...

Doch anscheinend hatte der Dungeon andere Pläne für mich.

Krack!

Ich hielt inne und sah mich um. Vor mir, über mir, hinter mir ...

Krack! Knack! Krrrack!

Überall in den Wänden taten sich Risse wie Spinnennetze auf. Es dauerte nicht lange, und vier weitere Mauerschatten brachen daraus hervor.

Dies war einer der Gründe, warum Eina mich davor gewarnt hatte, zu weit vorzudringen: Ab der fünften Ebene begann der Dungeon, Monster in kürzeren Abständen zu reproduzieren. Zu allem Überfluss hörte ich nun auch noch ein wildes Knurren – aus der Richtung meines einzigen Fluchtwegs! Ich drehte mich dorthin, und die Augen etlicher Monster blitzten mir entgegen. Ich stieß einen Seufzer aus.

Nach und nach strömten sie herbei, und bald versperrte mir eine Meute aus Monstern der Ebene 6 den Weg zum Ausgang. Die Mauerschatten hinter mir begannen ebenfalls, mich einzukreisen.

Es erstaunte mich jedoch selbst, wie gelassen ich angesichts all dessen blieb.

Langsam ging ich zu den Überresten des Mauerschattens, den ich gerade getötet hatte, und kniete nieder. Inmitten des Aschehaufens lag ein Beute-Item: eine Schattenklaue. Ich streckte die Hand danach aus. Von den drei scharfen Fingern des Monsters war einer übriggeblieben, und den hielt ich nun als provisorische Waffe in der linken Hand. Da es sich im Prinzip um eine einzige scharfe Klinge ohne Griff handelte, schnitt ich mich direkt daran. Blut tropfte mir von der Hand.

Ich musterte meine Gegner und spürte trotz ihrer Überzahl keine Verzweiflung, sondern einen unbedingten Siegeswillen. Ich hatte ein klare Ziel vor Augen und keine Zeit, mich hier lange aufhalten zu lassen.

Umringt von Monstern, angefaucht von allen Seiten, sammelte ich mich und hob meine Waffe. Die Hieroglyphen auf meinem Rücken entfachten ein Feuer in mir, dass mich gegen meine Angreifer in den Kampf trieb.

Kapitel 4: Deshalb will ich helfen.

Die Uhr an der Wand tickte unaufhörlich. Ihren Zeigern nach zu urteilen, war es morgens um fünf. Mit verschränkten Armen ging Hestia immer wieder an derselben Stelle auf- und ab, in der Kirche, die sie ihr Zuhause nannte.

Irgendwas stimmt da nicht! So lang ist er sonst nie weg ...

Sie war krank vor Sorge. Am Abend zuvor hatte sie gesehen, wie sehr Bells Gefühle gegenüber dieser Wallenstein seine Entwicklung gefördert hatten, und das passte ihr überhaupt nicht. Mürrisch war sie mit ihren Arbeitskollegen trinken gegangen, doch als sie heimgekommen war, hatte sie ein leeres Zimmer vorgefunden, und kein Bell hatte sie begrüßte. Sicher, sie selbst hatte ihm ja gesagt, er solle ohne sie essen, aber das war doch nur Stichelei gewesen, keine ernst gemeinte Aufforderung! Wie hatte er es wagen können, sie allein zu lassen? Schlecht gelaunt hatte sie sich umgehend im Bett verkrochen, doch mit jeder Stunde war ihre Sorge gewachsen. Irgendwann hatte sie genug davon gehabt, sich herumzuwälzen. Sie war aufgesprungen und hatte die unmittelbare Umgebung nach dem Jungen mit den weißen Haaren abgesucht, doch vergebens. Mit einem letzten Funken Hoffnung war sie wieder ins Zimmer unter der Kirche zurückgekehrt, aber er war noch immer fort gewesen. Sie war erschöpft von der hektischen Suche, wurde jedoch immer nervöser.

Kommt er nicht mehr zurück, weil ich ihm diese Sachen an den Kopf geworfen habe? Nein, das passt nicht zu ihm ... Er würde immer eher seine eigenen Gefühle hintanstellen, als anderen Kummer zu bereiten. In so einer Situation hätte er sich normalerweise schon längst bei mir entschuldigt ...

Sie dachte an seinen Blick zurück, als sie aus dem Zimmer gestürmt war: Wie ein verlassenes Häschen hatte er sie angesehen.

Heftig schüttelte sie den Kopf. Dies war nicht der richtige Moment, um sich in Schuldgefühlen zu suhlen. Sie musste bei klarem Verstand bleiben.

Aber wenn es nicht an mir liegt, dann kommt Bell vielleicht nicht zurück, weil er …

Irgendetwas musste ihm zugestoßen sein. Wie ein Schloss aus Sand fiel ihre Gelassenheit in sich zusammen, und der Schweiß trat ihr auf die Stirn. Sie hielt es nicht länger aus, untätig herumzustehen, und ging zur Tür, um weiter nach Bell zu suchen. Doch gerade, als sie die Hand nach dem Griff ausstreckte …

DOTZ!

Die Tür öffnete sich mit Schwung und traf Hestia mitten ins Gesicht. Leider konnte ihr stattlicher Busen den Zusammenstoß nur bedingt abfedern. Sie krümmte sich auf dem Boden und hielt sich die schmerzenden Wangen.

»G… Göttin! Tut mir leid, ich wusste ja nicht …«

Die Stimme, die sie aus dem Türrahmen hörte, ließ sie den Schmerz vergessen. Sie nahm die Hände vom Gesicht und sah, dass es sich um den Jungen handelte, um den sie sich solche Sorgen gemacht hatte. Sofort sprang sie auf. »Bell?!«

Endlich sah sie ihn wieder, nach all den Stunden des Bangens! Tränen traten ihr in die Augen. Doch dann fiel ihr auf, in welchem Zustand ihr Schützling sich befand, und sie schlug sich die Hand vor den Mund.

Im Gesicht hatte er überall Schnittwunden, und es war voller Dreck und getrocknetem Blut. Bell war bleich vor Erschöpfung, und ihm war die Reue anzusehen. Sein dünnes Hemd hing in Fetzen an ihm herab, und am Oberkörper hatte er Schnittwunden und blaue Flecken. Im schlimmsten Zustand war allerdings sein rechtes Knie: Drei fürchterlich schmutzige und blutverkrustete Schnitte. Sie sahen aus, als wären sie ihm von scharfen Klauen zugefügt worden.

Bestürzt lief Hestia zu ihm. »Was ist dir denn passiert? Du siehst ja schrecklich aus! Wurdest du überfallen?!«

»Nein, das nicht, aber ...«

»Was dann?!«, fiel sie ihm ins Wort.

»Ich war im Dungeon.«

Seine Antwort traf kam so überraschend, dass es einen Moment dauerte, bis die Wut in ihr hochkochte.

»Du Idiot! Was hast du dir nur dabei gedacht?! Du kannst doch nicht ohne deine Ausrüstung in den Dungeon gehen ... Und auch noch mitten in der Nacht!«

»Tut mir leid«, sagte Bell mit einem erschöpften Seufzen.

Er trug keinerlei schützende Rüstungsteile. Ebenso gut hätte er nackt in den Dungeon spazieren können. In dieser Verfassung hätte ein einziger unglücklicher Treffer eines Monsters gereicht, um ihn tödlich zu verwunden. Die vielen Schnitte sprachen Bände.

Immerhin schien er sein Messer dabei gehabt zu haben ... Dennoch war es der Gipfel der Dummheit und Waghalsigkeit, sich so in den Dungeon zu wagen. Hestia bemerkte jedoch, dass ohnehin schon dunkle Wolken über ihm hingen, und verlor die Lust, ihn weiter zu rügen.

»Warum machst du nur so etwas?« Sie wechselte zu einer fürsorglichen Stimme, um zu ihm durchzudringen. »Das sieht dir gar nicht ähnlich, Bell.«

Er schwieg. Der weiße Pony hing ihm über die Augen, ein Zeichen, dass er nicht gesprächsbereit war. Hestia seufzte.

»Na schön, wenn du so ein Sturkopf bist, quetsche ich dich nicht weiter aus.«

»Tut mir leid«, murmelte Bell.

»Schon gut. Du solltest erst mal duschen. Deine Wunden scheinen nicht mehr zu bluten, aber sei trotzdem vorsichtig beim Waschen. Danach heile ich dich.«

»Danke ...« Endlich hoben sich Bells Mundwinkel, wenn auch nur ein wenig. Auch Hestia brachte nur ein gequältes Lächeln zustande.

Sie öffnete ihm die Tür, und er humpelte hindurch. Seine Kniewunden schienen ihm zuzusetzen.

Hestia stützte ihn, so gut sie konnte, und verfluchte dabei ihre geringe Körpergröße.

»Entschuldige. Jetzt musst du mich auch noch ...«

»Wenn es dir wirklich leidtut, dann lerne aus der Sache und mach so was nicht wieder, okay?«

»J... Ja, tut mir leid ...«

»Hör auf, dich zu entschuldigen!«

Das Bad befand sich neben dem Bett, hinter einer alten Tür aus weißem Holz: Sie hing schief, weil eins der Scharniere locker war. Dort blieben sie stehen.

»Du solltest heute im Bett schlafen«, sagte Hestia.

»Wäre das wirklich in Ordnung?«, fragte er zögerlich.

»Natürlich«, antwortete Hestia rundheraus. »So egoistisch bin ich nicht, dass ich dich in diesem Zustand auf dem Sofa schlafen lasse.«

Sein Körper brauchte nun möglichst viel Ruhe, damit er rasch heilte. Dafür überließ sie ihm gern ihren bequemen Schlafplatz.

Sie würde es sich jedoch nicht nehmen lassen, ihn erst noch ein wenig zu necken. Sie sah zu ihm auf und grinste.

»Glaub aber nicht, dass ich deswegen woanders schlafe! Ich bin selbst ganz schön erschöpft, Schließlich musste ich draußen alles nach dir absuchen. Dafür hast du doch bestimmt Verständnis, oooder?«

»Ja, natürlich ... Du musst völlig kaputt sein. Dann schlafen wir eben zusammen ...«

Bells todernste Antwort traf Hestia unvorbereitet. Sie hatte ihn in Verlegenheit bringen wollen, und nun war sie diejenige, die nervös wurde.

Offenbar war er so erschöpft, dass er nicht mehr klar denken konnte. Hatte er ihre Frage überhaupt verstanden? *Verflixt, dieser Junge!*

Sie lief rot an, und ihr Herzschlag beschleunigte sich. Zähneknirschend schwor sie Rache für diesen emotionalen Überraschungsangriff. *Dafür werde ich ihn heute Nacht so fest umarmen, wie ich nur kann! Und ich lasse garantiert nicht los!* Diesmal würde er ihr nicht entkommen. Beim Gedanken daran geriet sie so ins Schwärmen, dass ihr ein Sabbertropfen über das Kinn lief.

»Göttin ...«

Unvermittelt riss die Stimme ihres Schützlings sie aus ihrer Fantasiewelt, zurück in die Realität. »J... Ja, was ist denn?«

»Ich muss stärker werden.«

Sie sah ihn an, aber er schien durch sie hindurchzublicken. Als sähe er nichts mehr außer dem Weg, der vor ihm lag – einen Weg voller Herausforderungen.

»In Ordnung«, erwiderte sie.

Bell Cranel

Level 1

Stärke: H 120 → G 221

Ausdauer: I 42 → H 101

Geschicklichkeit: H 139 → H 232

Beweglichkeit: G 225 → G 313

Zauberkraft: I 0

Magie:

-

Skills:

Realis Phrase - *Zielstrebige Sehnsucht*

- Beschleunigt das Wachstum.
- Wirkung hält an, solange die Gefühle der Zuneigung bestehen.
- Intensität der Gefühle verstärkt den Effekt.

Hestias Hände hielten plötzlich inne. Erschrocken blickte sie auf die Hieroglyphen auf Bells schmalem Rücken, an denen sich sein Status ablesen ließ. Sie konnte kaum glauben, was der göttliche Segen – die Falna, die sie dem Jungen gewährt hatte –, für Auswirkungen auf sein Wachstum hatte.

Es war der Morgen nach Bells Rückkehr. Beim Aufwachen hatte er einen panischen Schrei ausgestoßen: Hestia und er hatten die Nacht im selben Bett verbracht! Doch dann hatten sie sich rasch daran gemacht, seinen Status zu aktualisieren.

Wie üblich saß Hestia auf seinem Rücken und nutzte ihr göttliches Blut, um die Hieroglyphen einzugravieren ... Doch diesmal traute sie ihren Augen kaum, als nach und nach die Schriftzeichen erschienen.

Bell war der Erste, den sie in ihre Familia aufgenommen und dem sie ihre Falna gewährt hatte. Alles, was sie über die Wirkung ihres Segens wusste, hatte sie nur von anderen Göttern gehört. Ihr war nicht bekannt, wodurch genau der Meisterschaftsgrad stieg und nach welchen Regeln man sich Magie oder Skills aneignete. Sie wusste jedoch, dass in Bells Fall etwas nicht stimmen konnte. Es ging einfach zu schnell – viel zu schnell.

Verglichen mit anderen ist das ein geradezu explosives Wachstum …

Wenn alle Abenteurer so schnell Erfahrung gesammelt hätten, wären die meisten wohl auf Level 2 und hätten damit den dritten Rang erreicht.

Wer es auf Level 2 geschafft hatte, war meist schon ein Mitglied einer größeren Familia. Der Rest, und das waren etwa die Hälfte aller Abenteurer, rackerte sich auf Level 1 ab. Bell war gerade auf dem besten Weg, all diese Leute zu überholen, obwohl sie eine viel längere Laufbahn hinter sich hatten.

Dass Meisterschaftsgrade um 10 oder mehr Punkte auf einmal anstiegen, war in fast allen Fällen nur zu Beginn der Abenteurerkarriere so, das hatte Hestia von einer befreundeten Göttin gehört. Dann, so die Beschwerde jener Göttin, würden die meisten von ihnen auf eine Mauer stoßen, die sich nur schwer überwinden ließ.

Bells ungezügeltes Wachstum musste damit zusammenhängen, dass sich etwas tief in ihm verändert hatte. Und sie als die Einzige erahnte die Ursache: Es musste an seinem Skill Realis Phrase liegen, von dem nur sie wusste.

Sie biss sich auf die Unterlippe. Eifersucht, ein Gefühl, dass die Götter sonst nur von ihren Kindern kannten, brachte ihr Herz nun ins Wanken.

»Göttin?«, fragte Bell, nachdem er eine Weile lang keine Bewegungen mehr gespürt hatte.

»Oh! Ha ha, entschuldige.« Eilig machte sie sich wieder an die Arbeit, um keinen Verdacht zu erregen. Sie war ohnehin bald fertig.

Und jetzt? Soll ich ehrlich sein und Bell einfach von seinem wundersamen Wachstum erzählen?

Ein plötzlicher Anstieg seiner Stärke konnte dazu führen, dass er übermütig wurde. Nicht nur die Menschen, alle Kinder der Götter hatten diesen Makel. Übermut führte zu Nachlässigkeit und Nachlässigkeit zum Tod.

Zwar glaubte sie nicht, dass Bell zum Hochmut tendierte, aber sie fühlte sich für ihren Schützling verantwortlich, und das ewige Was-wäre-wenn nagte an ihr. Hochmut konnte schließlich dazu führen, dass sie Bell verlor. Meistens, wenn sie sich zwischen Vertrauen und Sorge hin und her gerissen fühlte, siegte bei ihr die Sorge.

Aber wenn ich es ihm verheimliche, belüge ich ihn ja eigentlich …

Es konnte sogar dazu führen, dass ihm sein wahres Wachstumspotenzial verschlossen blieb. Hestia hatte gehört, man bekäme mehr Excelia für den Kampf gegen Monster, die mindestens genauso stark waren wie man selbst. Wenn Bell sich unterschätzte und dauerhaft gegen zu schwache Monster kämpfte, würde er womöglich nie herausfinden, was wirklich in ihm steckte.

Mit einer Lüge würde sie seine Ambitionen sabotieren. Sie ging noch einmal in sich.

Du willst also stärker werden, Bell?

Zuletzt entschied sie sich doch für das Vertrauen, nur dieses eine Mal, auch wenn sie dafür all ihre Sorgen in ihrem Herzen verschließen musste. Bell wollte etwas tun, was den perfekten Götterwesen fremd war: Er wollte über sich hinauswachsen. Und Hestia wollte ihm dabei helfen.

»Bell? Darf ich dir deinen Status heute einfach mündlich mitteilen?«

»Hm? Oh, na klar ...«

Sie blickte ihm in die Augen und erzählte ihn von seinen ungewöhnlich schnell angestiegenen Werten. Nur ein Detail ließ sie aus: Seinen Skill Realis Phrase.

Das muss ein seltener Skill sein.

Wie genau man sich bestimmte Skills aneignete, war nicht bekannt. Die meisten Abenteurer verfügten über ganz ähnliche Skills: Sie mochten anders heißen, unterschieden sich jedoch vom Effekt her kaum. Das galt besonders für Abenteurer, die demselben Volk angehörten. Elfen beispielsweise waren dafür prädestiniert, einen Skill mit magieverstärkender Wirkung zu erlernen, während bei Zwergen die körperliche Kraft im Vordergrund stand. Darunter gab es auch sogenannte seltene Skills mit einzigartigen Effekten.

Es würde nicht gut ausgehen, wenn er davon wüsste. Nein, bestimmt nicht ...

Hestia hatte gute Gründe, ihm nicht davon zu erzählen. Die Eifersucht gegenüber dieser Wallenschwein machte dabei vielleicht siebzig Prozent aus. Nun, höchstens neunzig. Viel wichtiger war doch, dass man durch Besonderheiten wie seltene Skills für die Götter zu einer Zielscheibe wurde! Aus irgendeinem Grund waren sie verrückt nach allem, was irgendwie originell war, und mussten wie kleine Kinder ständig damit herumspielen.

Einige gingen sogar so weit, Mitglieder anderer Familias abzuwerben. Als wäre das alles nur ein Spiel.

Bell ist einfach viel zu ehrlich, um seinen Skill anderen zu verheimlichen. Tut mir leid, aber es ist nur zu deinem Besten!

Realis Phrase war zweifellos ein zuvor unentdeckter Skill. Eine extreme Steigerung des Wachstums, basierend auf besonderen Bedingungen. Um Bell vor den anderen Göttern zu beschützen, wollte Hestia sein Geheimnis bewahren.

Während er noch völlig baff war, machte sich Hestia daran, ihm so zügig wie möglich die restlichen Hieroglyphen einzugravieren.

»Das ist ja ein unglaublicher Anstieg!«, sagte sie scheinheilig. »Hast du eine Ahnung, woran das liegen könnte?«

»Ich? Ähm, also ...« Er rang offenkundig mit sich.

»Ja?«

»Nun ... Ich bin gestern bis auf Ebene 6 runtergestiegen ...«

PRUST! »Wie bitte? Ohne deine Ausrüstung?!«

»T... Tut mir leid ...«

Hestia sprang von seinem Rücken. Er hatte nicht einmal Zeit, sich etwas überzuziehen, da ging schon ihre Tirade los. Mit jeder Sekunde fühlte er sich etwas kleiner.

»Hmpf.« Hestia seufzte. »Aber zurück zum eigentlichen Thema: Ich weiß zwar nicht warum, aber in absehbarer Zukunft wirst du schneller stärker werden als sonst. Du scheinst dich in einer Wachstumsphase zu befinden. Ich kann dir nicht sagen, wie lang sie anhalten wird.«

»O... Okay ...«

»Wenn du mich fragst, ist das ein Zeichen dafür, dass du als Abenteurer Potenzial hast. Du bringst eine Veranlagung und das nötige Talent mit.«

Waren seine Leistungen wirklich allein auf jenen mysteriösen Skill zurückzuführen? Nein, das glaubte sie nicht. Der Junge war in einem bäuerlichen Umfeld aufgewachsen und hatte sich ohne jegliche Anleitung Tag für Tag durch den Dungeon gekämpft. Er war nicht auf irgendeinen Skill angewiesen, um seinen Weg zu gehen. Die Entscheidungen, die er im Kampf traf, hatten damit schließlich auch nichts zu tun – die entstammten seiner eigenen Kraft.

»Du hast ja selbst gesagt, dass du stärker werden willst. Und ich bin mir sicher, dass du das auch schaffst.«

»Danke.«

Sie setzte sich neben Bell aufs Bett und sah ihn an. Dann faltete sie flehend die Hände.

»Du musst mir aber versprechen, dass du dich nicht übernimmst. Schwör mir, dass du dich nicht wieder so unnötig in Gefahr bringst wie gestern!«

»Ich …« Bell zögerte.

»Keine Sorge, ich will nicht, dass du deinen Traum aufgibst. Ich finde es löblich, dass du so entschlossen bist! Und ich werde dich dabei unterstützen, so gut ich kann.«

Dann traten ihr Tränen in die Augen.

»Bitte«, flehte sie, »du darfst mich nicht allein lassen …«

Die Wirkung setzte sofort ein. Bells Schultern zitterten, und er riss die Augen auf, als wäre ihm plötzlich etwas eingefallen, als hätte er sich eines Versprechens erinnert. Er schloss die Augen, ließ den Kopf hängen und verfiel ins Grübeln. Es folgte eine lange Stille, bis …

»In Ordnung!«, sagte Bell schließlich. Sein Lächeln, von Bedauern und Freude erfüllt, drückte mehr aus, als tausend Worte es vermocht hätte. Hestia glaubte dem Jungen: Er würde sein Versprechen halten.

»Ich passe auf mich auf. Ich möchte zwar alles tun, um stärker zu werden, aber ich werde dich auf keinen Fall verlassen, Göttin!«

»Da bin ich beruhigt«, antwortete Hestia. Sie unterdrückte den Impuls, ihm vor Freude in die Arme zu springen. Dann hob sie sein Hemd vom Boden auf und reichte es ihm, wofür er sich leicht beschämt bedankte. Während er sich wieder anzog, wandte sie ihm den Rücken zu und blickte zur Decke.

Gut, dass wir das geklärt haben!

Hestia beschloss, alle Hebel in Bewegung zu setzen, um Bell zu helfen. Mit ihren zarten Füßen trippelte sie über den unebenen Boden zum Küchenschrank, öffnete eine Schublade und fischte darin herum, bis sie eine kleine Schachtel fand, in der Flugblätter und Dokumente von ihrem Teilzeitjob wild verteilt lagen. Zielstrebig griff sie nach einer Einladungskarte. »Ganeshas Bankett der Götter« stand darauf.

Hephaistos wird sicher auch dort sein …

Sie sah das Gesicht ihrer Freundin vor sich, die ihr dieses Gebäude überlassen hatte. Leider war es nie leicht, sie in die Finger zu bekommen, denn sie reiste wegen ihrer Arbeit kreuz und quer durch ganz Orario. Vermutlich war dieses Bankett eine der wenigen Gelegenheiten, sie zu sehen. Doch dann ging Hestia auf, dass das Bankett bereits am heutigen Abend stattfinden sollte. Sie ächzte und begann hektisch mit den Vorbereitungen.

»Bell, ich muss heute Abend … nein, vermutlich für ein paar Tage weg. Ist das okay für dich?«

»Oh, wirklich?«, fragte Bell. »Wegen der Arbeit?«

»Nein, ich gehe zur Feier eines Freundes. Eigentlich hatte ich keine Lust, mich dort blicken zu lassen, aber jetzt glaube ich, es wäre schön, die anderen mal wiederzusehen.«

»Das klingt, als solltest du wirklich hingehen!«, sagte er. »Gibt schließlich kaum was Wichtigeres als Freunde.«

Sie hatte zwar Gewissensbisse, ihn ausgerechnet jetzt zurücklassen zu müssen, nickte aber. Dann warf sie einen Blick in ihren Kleiderschrank. Für solche Anlässe war sie nicht gut ausgestattet. Sie wählte das passendste Kleid aus, das sie finden konnte, und packte es zusammen mit ein paar anderen Dingen in ihre Tasche. Ehe sie abreiste, musste sie noch jemanden finden, der ihre Schicht am Stand übernahm. Sie hatte die Hand schon am Türknauf, drehte sich jedoch noch einmal zu Bell um. »Hast du heute auch vor, in den Dungeon zu gehen?«

»Eigentlich schon ... Sollte ich lieber nicht?«, fragte Bell mit ängstlichem Blick. Gerade eben noch hatte er ihr versprochen, es nicht zu übertreiben.

Doch Hestia schüttelte nur den Kopf und lächelte. »Geh ruhig. Aber mach Schluss, wenn es zu viel wird. Denk an deine Wunden.«

»Das werde ich. Danke!«

Bell lächelte und verneigte sich vor seiner Göttin. Dann verließ sie das Zimmer.

Es war Mittag, und die Sonne stand gleißend am Himmel. Zügig ging ich die Hauptstraße hinunter, die um diese Zeit schon wieder mit Menschen gefüllt war. Nachdem Hestia gegangen war, hatte ich meine Abenteurerausrüstung angelegt und war ebenfalls aufgebrochen. Nun war ich auf den Weg zum Dungeon.

Sie hatte recht: Meine Wunden waren noch nicht verheilt. Mit jedem Schritt spürte ich einen leichten Schmerz. Aber das war ja auch kein Wunder, denn die Angriffe der Monster der sechsten Ebene waren erbarmungslos.

Ich würde es langsam angehen. Bis meine Wunden verheilten, würde es wohl eine Weile dauern. Heute würde ich mich nicht auf irgendwelche Abenteuer einlassen! Eina wäre bestimmt stolz, dachte ich.

Ich nahm mir vor, nicht waghalsig zu sein, sondern mit Bedacht vorzugehen. Ich hatte mein Ziel nun klar vor Augen und fühlte mich, anders als noch am Vortag, nicht mehr so gehetzt, es in Windeseile erreichen zu müssen.

Dank Hestia konnte ich nun einen kühlen Kopf bewahren und meinem eigenen Tempo folgen. Bis ich Aiz Wallenstein einholte, würde es wohl noch lange dauern, aber ich war mir sicher, dass es auf diese Weise am schnellsten gehen würde. Jede unvernünftige Entscheidung, die ich traf, holte mich nur irgendwann wieder ein.

Ich sah das Gesicht meiner Göttin vor mir, während ich leise immer wieder vor mich hinmurmelte: »Nur nichts überstürzen, ein Schritt nach dem anderen.« Und dann kam ich an meinem Ziel an.

Nein, ich stand nicht vor dem Dungeon: Vor meiner nächsten Erkundungstour wollte ich noch woanders vorbeischauen. »Das wird jetzt peinlich ...«

An der Tür hing ein Schild: »Geschlossen«. Nervös kratzte ich mich am Kopf und dachte kurz darüber nach, ob ich nicht doch lieber die Kurve kratzen sollte. Doch dann nahm ich meinen Mut zusammen und betrat das »Hostess of Fertility«. Als ich die Tür öffnete, klingelte eine Glocke direkt über meinem Kopf.

»Tut mir leid, wir haben gerade geschlossen. Bitte komm später wieder vorbei!«

»Mama Mias Miezen sind noch nicht einsatzbereit, miau!«

Das Elfenmädchen und die Felina, die gerade dabei waren, Tücher auf den Tischen zu verteilen, sprachen mich sofort an, als ich einen Fuß in das Innere des Wirtshauses setzte. Sie waren beide ziemlich hübsch, eher bodenständig, und trugen dieselbe Arbeitskleidung wie Syr. Die Stimme des Elfenmädchens machte mich ein wenig nervös, was mich daran erinnerte, dass ich in letzter Zeit ein Faible für die zarten, spitzohrigen Wesen entwickelt hatte.

»Tut mir leid, ich bin kein Gast, sondern, ähm … Ich wollte mit Syr sprechen … und mit der Wirtin, falls das möglich ist.« Als die beiden meine Stimme hörten, machten sie große Augen. Sie schienen sich an mich zu erinnern.

»Mrrrau, wenn das nicht der Zechpreller von neulich ist!«, fauchte die Felina. »Erst nimmst du Syr aus, und dann lässt du sie einfach sitzen!«

»Red nicht so mit unserem Gast«, sagte das Elfenmädchen.

»W… Was?! Mrrrau!«

»Bitte entschuldige ihr Verhalten. Ich werde Syr und Mama Mia rufen.«

Erleichtert bedankte ich mich und sah unbehaglich zu, wie sie die Felina am Halsband packte und die Treppe hinaufzerrte.

Als die beiden verschwunden waren, blickte ich mich im Wirtshaus um. Jetzt wirkte es völlig anders als neulich Abend, eher wie ein Café. Ob sie tagsüber, wenn die meisten Abenteurer im Dungeon unterwegs waren, auf eine andere Klientel abzielten? Vielleicht war das ja der Grund für die Terrasse am Eingang. Da hatte jemand ein Auge fürs Geschäft …

»Bell?« Ich hörte, wie jemand die Treppe heruntereilte, und dann kam aus der hinteren Ecke des Wirtshauses Syr gelaufen.

Wenn ich daran dachte, wie wir neulich auseinandergegangen waren, wollte ich am liebsten in einem Loch verschwinden. Aber nun war ich schon extra hergekommen, also nahm ich meinen Mut zusammen und ging auf sie zu. »Der plötzliche Abgang neulich tut mir sehr leid. Ich bin einfach weggerannt, ohne zu bezahlen …«

»Schon in Ordnung«, sagte sie lächelnd. »Ich freue mich, dass du da bist!«

Dass sie mich so herzlich empfing, ohne eine Erklärung zu verlangen, rührte mich. Ich behauptete, mir sei Staub in die Augen geflogen, und wischte mir ein Tränchen aus dem Augenwinkel. Schließlich gab ich ihr das Geld, das ich mitgebracht hatte. »Hier, für meine Schulden. Falls es nicht reicht, kann ich euch später noch mehr bringen …«

»Das kann ich auf Anhieb dir nicht sagen. Aber ich danke dir vielmals, dass du extra hergekommen bist, um noch zu bezahlen!« Dann fügte sie noch leise hinzu: »Tut mir leid, was passiert ist …«

Ich sagte überstürzt, dass sie doch keinen Grund habe, sich zu entschuldigen. Offenbar amüsierte sie das, denn sie fing an zu kichern. Ich atmete erleichtert auf.

Dann schien ihr etwas Wichtiges einzufallen, und sie klatschte in die Hände. »Warte kurz hier, ja?« Sie verschwand in der Küche und kam kurz darauf mit einem großen Korb in den Händen zurück. »Du gehst heute doch bestimmt noch in den Dungeon, oder? Nimm das hier bitte mit!«

»W… Was?«

»Das hat unser Koch für uns zubereitet, es wird dir bestimmt schmecken! Und ein paar Dinge sind von mir … «

Mir verschlug es die Sprache. »Aber das kann ich doch nicht …«

»Hör zu. Ich möchte dir das gern schenken, ja? Also nimm es bitte. Es sei denn, du möchtest es nicht ...« Beschämt blickte sie zu Boden.

Ich mochte ja begriffsstutzig sein, aber jetzt hatte ich es kapiert: Sie wollte mich aufmuntern! Möglicherweise hatte ich in ihr ja sogar eine Unterstützerin gefunden? »Oh, natürlich. Vielen Dank!« Mit einem breiten Grinsen nahm ich den Korb entgegen. Sie erwiderte mein Lächeln, und ihre Wangen röteten sich leicht.

Plötzlich öffnete sich die Tür hinter dem Tresen. »Der Bursche von neulich also?« Ich erschrak ein wenig: Ich hatte nicht damit gerechnet, Mama Mia zu sehen. Für eine Zwergin war sie ziemlich groß, größer als ich sogar. Und breiter.

»So, so, du bist hier, um deine Schulden zu begleichen? Löblich!«

»J... Ja ... Tut mir leid.«

Dann wandte sie sich Syr zu. »Geh du mal lieber zurück an die Arbeit. Ihr habt noch einiges zu tun, oder?«

»Sehr wohl.« Syr verbeugte sich und ging in die Küche.

Dann kam Mia mit einem weniger freundlichen, sondern eher bedrohlichen Lächeln auf mich zu und stieß mir ihren dicken Finger in die Brust. »War eine gute Entscheidung von dir, heute hier aufzukreuzen. Spätestens morgen wäre nämlich ich bei dir aufgekreuzt, und meine Kelle und dein Gesicht hätten eine angeregte Unterhaltung geführt.« Dieser Gefahr mochte ich entgangen sein; dennoch fürchtete ich um das Leben meines vergangenen Ichs.

Währenddessen unterhielten sich die Kellnerinnen in der Küche ...

»Syr, du hast ihm ja dein ganzes Mittagessen mitgegeben!«

»Ich weiß. Aber das ist okay, ich komme auch mal ohne aus.«

»Aber warum machst du denn so was, miau?«, fragte die eine Felina. »Abenteurer können doch wohl ihr eigenes Essen bezahlen, schnurrr?«

»Na ja, ich ...«

»Mrrrau! Hört auf, sie mit euren Fragen zu ärgern!«, sagte die andere. »Euch ist doch klar, dass sie den Jungen ... Ihr wisst schon!«

»Das stimmt nicht!«

Ich konnte zwar hören, wie sie sich unterhielten, verstand aber nicht, wovon sie sprachen. Außerdem musste ich mich gerade voll und ganz darauf konzentrieren, vor Mia nichts Falsches zu sagen.

»Du solltest dich später noch mal bei Syr bedanken. Wenn sie uns nicht überredet hätte, dich in Ruhe zu lassen, hätten wir uns dich schon längst vorgeknöpft wie diesen anderen Kerl neulich.«

Sollte ich an dieser Stelle lachen? Ich war mir nicht sicher. Jedenfalls brachte ich es nicht fertig.

»Als Syr dich nicht mehr finden konnte, ist sie ganz zerknirscht zurückgekommen. Es hat uns viel Mühe gekostet, Ryu davon abzuhalten, dir nachzulaufen, um dir den Hintern zu versohlen. Wir haben alle ein gewisses Temperament, verstehst du?«

Offenbar war es voreilig von mir gewesen, von der Elfenmitarbeiterin zu schwärmen.

Dann ist Syr mir sogar noch hinterhergelaufen ... Hoffentlich kann ich mich für all das irgendwann bei ihr revanchieren.

Ich spürte, wie mir ganz warm ums Herz wurde.

»Hör zu, Junge.«

»J... Ja?«

»Als Abenteurer sollte man keine Zeit mit Eitelkeiten verschwenden. Vor allem am Anfang geht es in erster Linie ums Überleben.«

Ich riss die Augen auf. Offenbar hatte Mia mitbekommen, was bei mir los war. Natürlich: Sie hatte ja auch die ganze Zeit über am Tresen gestanden!

Sie grinste mich an. »Wenn man am Ende noch steht, ist man ein Gewinner, klar? Völlig egal, wie mickrig man sich fühlt. Alle, die es abends zu mir ins Wirtshaus schaffen, sind für mich Siegertypen und haben sich einen ordentlichen Krug Bier verdient. Und du willst doch zu den Siegertypen gehören, oder?«

M… Mama Miaaa!

»Guck mich nicht so an mit deinen Kulleraugen! Mach dich lieber auf den Weg – wir müssen uns jetzt um den Laden kümmern.« Sie packte mich an den Schultern, drehte mich um und gab mir einen Schubs.

Mir blieb zwar kurz die Luft weg, aber ich war Mia ungeheuer dankbar. Es kam mir vor, als hätte sie den letzten Rest Finsternis aus meinem Herzen verscheucht. Die Worte des jungen Tiermanns der Loki-Familia hatten plötzlich kein Gewicht mehr.

Mein Plan stand nun fest: Ich tue, was ich kann, so schnell ich es kann, mute mir aber nicht zu viel zu. Überleben war das oberste Gebot.

»Lass dich bloß nicht umbringen, sonst war meine Predigt umsonst. Und ich arbeite nicht gern umsonst!«

»Verstanden, wird nicht passieren! Vielen Dank! Bis später!«

Mit glühenden Wangen rannte ich auf die Straße hinaus.

Es war Nacht, und Dunkelheit hatte sich über die Umgebung gebreitet. Fahler Mondschein fiel auf das leise raschelnde Laub des Waldes. Der Wind trug den Ruf einer Eule über das sanft wogende Gras eines weiten Feldes hinweg, bis er schließlich auf ein gewaltiges Hindernis traf: die Stadtmauer.

Sie bestand aus riesigen Steinen und war so dick, hoch und solide wie die einer Festung. Sie hielt die Finsternis der Außenwelt ab, sodass im Inneren Licht und Leben gedeihen konnten.

Es war die Mauer der Labyrinthstadt Orario.

Wie andere Städte hatte sie schon vor dem Herabsteigen der Götter existiert, seit einer Zeit, die man das Altertum nannte. Aber im Gegensatz zu jenen anderen Städten war Orario die einzige Labyrinthstadt.

Ihre Mauer bildete einen nahezu perfekten Kreis. Entgegen der meisten Erwartungen standen die höchsten Gebäude in den Außenbezirken, und je weiter man sich der Mitte näherte, desto niedriger wurden die Bauten.

Blickte man bei Nacht über die Stadt hinweg, so war es, als schaute man zum klaren Sternenhimmel hinauf. Wohin man auch sah, breitete sich dank der Magiestein-Lampen ein Lichtermeer aus.

Im Zentrum ragte der graue Himmelsturm hoch in die Lüfte. Er war das höchste aller Gebäude und warf bei Tag einen imposanten Schatten über die Stadt. Kamen Besucher nach Orario, so sahen sie als erstes diesen Turm, und oft war er auch das letzte, woran sie bei der Abreise dachten.

Der Himmelsturm, der den Namen Babel trug, saß wie ein Deckel auf dem Dungeon und erwies der Labyrinthstadt damit einen wichtigen Dienst – denn der Dungeon war ihr Dreh- und Angelpunkt. Da kein anderer Ort einen Dungeon vorzuweisen hatte, gab es in Orario so viele Abenteurer wie sonst nirgends. Sie wurden von den Geheimnissen angelockt, die in den Tiefen des Labyrinths verborgen lagen. Als Geburtsstätte aller Monster, die sich später auf dem ganzen Kontinent verteilt hatten, galten die schier unendlich verzweigten, unterirdischen Gänge als eines der großen Mysterien der bekannten Welt.

Selbstverständlich wurden auch etliche der Abenteurer, die hier ihr Glück versuchten, nicht von Wissensdurst, sondern von Gier getrieben: nach dem Geld, das sich durch die unendlich wiederkehrenden Monster mit ihren Beute-Items und Magiesteinen verdienen ließ, oder dem Ruhm, den man erlangte, wenn man ein besonders gefährliches Ungeheuer bezwang. Wer auf diese Weise zum Helden werden wollte, war auf das Gutdünken der etwas eigenwilligen Götter Orarias angewiesen, denn sie bestimmten oft völlig willkürlich darüber, wessen Heldentaten sich in Windeseile in der Welt verbreiten würden.

Das Unbekannte unter der Stadt brachte Reichtum, Ruhm und Macht, daher war sie wie ein Magnet für Glücksritter aus aller Welt. Vielleicht auch für Exzentriker auf der Suche nach der großen Liebe. Wegen alledem war Orario für viele die angesagteste Stadt der Welt.

»Hey, sieh dir den an! Ist das nicht Takemikazuchi, das Oberhaupt der ärmsten Familia aller Zeiten? Ha ha! Haaallooo! Hier, um ein paar Almosen einzusammeln? Ha ha ha!«

»Tatsache! Der sieht aus, als hätte er jahrelang nichts mehr zu essen gekriegt! He he he, wink uns doch mal zu, Takemikazuchi!«

»Diese räudigen Götter! Grrr ...«

Für gewisse Wesenheiten war das Unbekannte noch verlockender als für die Abenteurer, und auch sie zog es hierher: die Götter.

In einem Viertel der Stadt hatte sich eine ungewöhnlich große Gruppe zusammengefunden.

»Hallöchen.«

»Oh, lang nicht mehr gesehen! Wie viele Jahrhunderte ist das jetzt her?«

»Jahrhunderte? Ähm, wir haben uns vor vier Tagen das letzte Mal gesehen.«

»Ach, so sehr hast du dich verändert in der kurzen Zeit?«

»Entschuldigt, dass ich euch unterbreche, aber findet hier das Bankett statt?«

Über der Menge ragte etwas auf, was von einer ebenso zweifelhaften Aura umgeben war wie die Versammlung darunter. Selbst inmitten der zahllosen Stadtlichter fiel dieses Objekt auf, wirkte geradezu deplatziert. Es war eine gigantische Statue, die eine Elefantenmaske trug und im Schneidersitz saß, eingerahmt von einer weißen Mauer.

Sie war etwa 30 Medol groß, und wer sie ansah, verfiel in Staunen und Verwunderung. Gerade wurde ihre majestätisch geschwellte Brust von mehreren großen Magiestein-Lampen angestrahlt.

Dass eine solche Statue eine lange Geschichte besaß, hätte wohl niemanden überrascht.

Ganesha, das Oberhaupt der Ganesha-Familia, hatte sie aus einer Laune heraus mithilfe der Finanzen seiner Familia erbauen lassen. Der muskulöse, braunhäutige Gott war für seine exzentrischen Ideen bekannt.

Die Statue trug den Namen »I AM GANESHA« und war in Wahrheit ein Gebäude: das Hauptquartier der Familia. Bedauerlicherweise war es nicht einmal unter ihren Mitgliedern beliebt:

Oft gingen sie hier unter Tränen ein und aus. Der Eingang befand sich zwischen den Schenkeln der Statue.

»Ganesha kommt vielleicht auf Ideen ...«

»Der lässt sich echt nicht lumpen!«

Lachend strömte die Menge extravagant gekleideter Gestalten in das Gebäude. Sie alle waren Götter und damit Gäste des Banketts, das Ganesha an diesem Tag veranstaltete. Diese Banketts gaben den herabgestiegenen Göttern regelmäßig eine Gelegenheit, einander zu treffen. Wer das Bankett wann ausrichtete, bestimmten keine Regelungen, sondern einzig und allein die Launen der Gottheiten. Wer Lust hatte, kam. Wer keine Lust hatte, blieb zu Hause. Der Wille der Götter war unergründlich.

»Herzlich willkommen! Ich bin Ganesha, euer Gastgeber. Dickes Danke an euch, dass ihr so zahlreich erschienen seid – ich liebe euch alle! Bevor es losgeht, noch eine Ankündigung in eigener Sache: In drei Tagen beginnt die alljährliche Monsterphilia, und ich hoffe, dass eure Familia sich wie üblich rege ...«

Der große Innenraum war überraschend gediegen. In der Mitte stand ein Podest, von dem aus Ganesha seine Gäste mit übertrieben lauter Stimme begrüßte. Wie die Statue trug er eine riesige Elefantenmaske. Die Gäste ließen ihn der Höflichkeit halber ausreden, bemühten sich aber nicht, ihm aktiv zuzuhören, sondern unterhielten sich währenddessen angeregt miteinander.

Der kulinarische Teil des Abends fand im Stehen statt. Auf Tischen mit weißen Tüchern war ein Buffet verschiedenster Speisen angerichtet. Der süße Duft nach frischen Früchten wehte durch den Saal, und überall hallten die gedämpften Schritte der Gäste und des Personals wider. An der Wand wartete eine Band auf ihren Einsatz: Offenbar war für später am Abend noch ein Tanz eingeplant.

Man brauchte den Blick nur kurz durch den Saal schweifen zu lassen und sah, dass die meisten Götter Orarios hier versammelt waren. Wie viele Gäste ein Gastgeber auf ein solches Bankett einlud, hing ganz von seinen Ressourcen ab. Die Ganesha-Familia war eine der führenden Familia der Stadt und verfügte über die finanziellen Mittel, um sämtliche Götter der Stadt einzuladen.

Dazu zählte auch Hestia.

»Hmpf! Du da, Bediensteter! Bring mir einen Schemel, und zwar zackig!«

»S... Sehr wohl!«

Mithilfe eines Bediensteten, einem Mitglied der Ganesha-Familia, kämpfte sie sich durch das reichhaltige Essensangebot. Ihrer geringen Körpergröße wegen hatte sie Schwierigkeiten, an die Speisen weiter hinten auf den Tischen zu kommen.

Immer rein damit, los, los, los! Hektisch schaufelte Hestia eine Köstlichkeit nach der anderen in einen Behälter, den sie extra mitgebracht hatte. Der junge Bedienstete, der ihr den Schemel gebracht hatte, beobachtete sie mit Schrecken, sagte jedoch nichts.

Ein Buffet bedeutete für Hestia: Kostenloses Essen, so weit das Auge reicht. Und sie hatte gewiss nicht vor, sich zurückzuhalten. Verglichen mit den anderen anwesenden Sippen war die Hestia-Familia bettelarm und hatte keinen guten Ruf zu verlieren. Und wenn sie Bell etwas Gutes damit tun konnte, indem sie ihm leckeres Essen mitbrachte, dann käme sie mit etwas Häme allemal zurecht.

Hestia war als Einzige unter den Anwesenden nicht in besonders eleganter Kleidung erschienen, sondern in einem Alltagskleid, das immerhin etwas förmlicher wirkte.

»Oh, das ist doch die Megabusen-Lolita!«

»Wusste gar nicht, dass die noch lebt.«

»Doch, doch. Sie arbeitet fleißig an einem Stand im nördlichen Händlerviertel! Da dürfen die Kunden ihr den Kopf tätscheln.«

»Mal wieder typisch für unsere Zwergengöttin!«

Natürlich zog sie die Blicke der anderen Götter auf sich, als sie in ihrem ordinären Aufzug das Essen nur so in sich hineinschaufelte. Sie wusste, dass die anderen sie verspotteten, doch sie hatte beschlossen, sie alle zu ignorieren – und ihren Mund würde sie ausschließlich für etwaige Leckereien öffnen.

»Was machst du denn da?«, hörte sie jemanden mit genervter Stimme sagen.

»Hrmpf? Waff ...«

Als sie sich umdrehte, sah sie feuerrote Haare und ein karmesinrotes Kleid. Die Frau hatte ein schmales Gesicht, allerdings mit markanten Zügen, an denen sich ihr starker Wille ablesen ließ. Nicht einmal die glänzenden Ohrringe aus Edelmetall vermochten es, dieser Schönheit die Show zu stehlen. Besonders auffällig war die schwarze Augenklappe, die sie rechts trug. Mit dem anderen Auge warf sie Hestia einen müden, abschätzigen Blick zu.

»Hephaistos!«

»Lange nicht gesehen, Hestia. Ich bin froh, dass es dir gut geht. Wobei ich noch froher wäre, wenn ich dich in einem etwas zivilisierteren Zustand angetroffen hätte.« Sie seufzte und blickte zur Decke hinauf.

Das Licht der Magiestein-Lampe ließ ihre hüftlangen Haare glitzern, als wären sie mit feinem Zucker bestreut. Selbst Hestia, die diesen Anblick kannte, war davon beeindruckt. Freudig ging sie auf ihre Freundin zu. »Super, du bist wirklich hier! Dann hat es sich ja gelohnt, herzukommen.«

»Warum? Falls du wieder Geld willst: Ich leihe dir keine einzelne Valis mehr.«

»Wa… Frechheit!«

Hephaistos schien ihre Freude nicht zu teilen. Sie sprach bissig mit ihr und blickte sie alles andere als freundlich an. Früher waren sie eng befreundet gewesen, aber Hestia hatte sich mit ihr zerstritten, bevor sie Bell begegnet war.

Damals hatten sie sich schon lange gekannt. Hestia hatte nach ihrer Ankunft in Orario weder eine Familia gegründet noch irgendwelche Anstalten gemacht, einen Arbeitsplatz zu finden. Hephaistos hatte das eine Weile mitangesehen, dann hatte sie die Geduld verloren und Hestia aus dem Zuhause ihrer Familia verbannt. Hestia hatte sie dennoch weiterhin um Geld angebettelt, angeblich, weil sie keine Arbeit und keinen Unterschlupf gefunden hatte. Hephaistos hatte in einer Zwickmühle gesteckt: Einerseits hatte sie ihre langjährige kleine Freundin nicht im Stich lassen wollen, andererseits hatte sie sich aber auch nicht bis aufs Hemd ausnehmen lassen können. Letzten Endes hatte sie ihr das Zimmer unter der Kirche überlassen und ihr geholfen, ihre jetzige Arbeitsstelle beim Essensstand zu finden. Nur eins hatte Hestia allein zustande gebracht: Sie hatte Bell in ihre Familia aufgenommen.

Vor ihm gab sie sich zwar immer erwachsen, in Wahrheit war sie jedoch einer der größten Faulpelze unter den Göttern.

»Sehe ich aus wie eine Göttin, die so was nötig hat?! Okay, in der Vergangenheit war das vielleicht so, aber jetzt komme ich finanziell gut über die Runden! Glaubst du echt, ich würde meine gute Freundin ausnehmen wollen?«

»Zumindest sieht es so aus, als hättest du das Buffet eben ganz schön ausgenommen.«

»Was? Nein, das ... Davon bleibt doch sowieso ganz viel übrig, und das wird dann nur weggeworfen! Ist es wirklich so falsch von mir, dass ich kein Essen verkommen lassen will?«

»Wie überaus gütig von dir!« Hephaistos schnaubte. »Einfach rührend, wie du dich der armen Essensreste annimmst!«

Hestia brummte frustriert.

Kurz darauf hörten die beiden ein Klopfen. *Tock! Tock!* Jemand stapfte hinter Hephaistos über den glatten Boden des Saales.

»He he ... Wie ich sehe, versteht ihr beiden euch immer noch prächtig!«

»F... Freya?«

Da stand eine Göttin, die mit ihrer Anmut selbst hier inmitten der schönsten und einflussreichsten Götter noch herausstach. Ihre zarte Haut war weiß wie Neuschnee, und sie hatte lange, grazile Beine. Wenn sie beim Gehen dezent die Hüfte schwang, brachte sie damit selbst die hartgesottensten Helden um den Verstand. Ihr Kleid war mit goldenen Stickereien verziert und brachte mit seinem tiefen Ausschnitt ihre üppigen, wohlgeformten Brüste gut zur Geltung. Ihre Proportionen waren so vollkommen, dass manch einer glaubte, das Idealbild einer Frau müsse einst von ihrem Körper abgeleitet worden sein. Schier endlos waren ihre Wimpern und warm und eindringlich ihr Blick. Ihr Gesicht schien geradezu in einem blendend hellen Licht zu strahlen. Sie war von unvergleichlicher, fast schon transzendenter Schönheit.

Freya, so lautete ihr Name, ging auf Hestia zu und schwang dabei ihr langes, silbernes Haar.

»W... Was macht die denn ...«

»Freya?«, fragte Hephaistos. »Ach so, wir haben uns gerade eben begrüßt und sind dann losgezogen, um uns zusammen im Saal umzusehen.«

»Störe ich euch beide etwa?«, fragte Freya, ihr typisches dezentes Lächeln auf den Lippen.

»Gar nicht.« Hestia verzog einen Mundwinkel. »Ich kann dich nur einfach nicht leiden.«

»Hi hi. Ich mag diese Seite an dir.«

Hestia machte eine wegwerfende Handbewegung.

Die anderen Götter zählten diese Göttin aufgrund ihrer unvergleichlichen Proportionen und der vielen anderen bereits erwähnten Vorzüge zu einer exklusiven Gruppe: den »Göttern der Schönheit«. Selbst die anderen Götter mit ihren Launen wusste sie im Handumdrehen zu verzaubern; man konnte sich kaum ausmalen, welche Auswirkungen ihr Anblick erst auf einen gewöhnlichen Menschen hätte.

Leider gab es auch eine nicht ganz so schöne Seite an den Göttern der Schönheit: Sie waren allesamt durchtrieben. Auch in dieser Hinsicht hatten sie den anderen Göttern etwas voraus. Unter anderem deshalb hielt sich Hestia lieber von ihnen fern.

»Na, wen haben wir denn da? Phai, Freya und die Zwergin!«

»Du hast Glück, Freya.« Hestia seufzte. »Da kommt jemand, den ich noch viel weniger leiden kann als dich.«

»Das ist aber nicht sehr freundlich von dir.«

Hestia beachtete Freya nicht weiter und wandte sich der anderen Göttin zu, die enthusiastisch winkend auf sie zugelaufen kam.

Ihre Haare waren zinnoberrot, so wie ihre Augen. Anders als sonst trug sie keinen Zopf, sondern hatte sich das Haar auf elegante Weise hochgesteckt. Sie trug ein schlankes, schwarzes Kleid. Direkt nach Freya zu erscheinen, ließ sie beinahe unscheinbar wirken. Doch Hestia und den anderen Göttinnen stand sie in nichts nach.

»Oh, Loki!«

»Was willst du denn hier?«

»Das ist ein Bankett. Wäre doch unhöflich, nicht die Runde zu machen und Hallo zu sagen. Ziemlich taktlose Frage, du Winzling!«

»Wa... Du ... Grrr!«

»Wenn du jetzt dein Gesicht sehen könntest!«

Nur weil Loki zwei Köpfe größer war, konnte sie sich noch lange nicht alles erlauben. Hestia hatte ihr nichts mehr zu sagen. Diese Frau war ihre Feindin.

»Wir haben uns wirklich lange nicht mehr gesehen, Loki. Was für eine schöne Überraschung, euch alle hier zu sehen!«

»Ja, das stimmt ... Wobei das nicht für alle Anwesenden gilt.«

Loki lächelte und blickte die Göttin mit dem silbernen Haar aus schmalen Augen an. Die jedoch nippte genüsslich an einem Glas Wein. Einer der Bediensteten hatte es ihr gebracht – bei ihrem Anblick hatte er sich sofort in einen wehrlosen Sklaven verwandelt.

»Was denn, habt ihr beide euch vor Kurzem erst getroffen?«

»Ja, ist gar nicht lange her. Aber ein vernünftiges Gespräch kam dabei nicht zustande.«

»Sagen wir mal so: An mir lag's nicht!«

»Hm. Ach ja, Loki ... In letzter Zeit ist deine Familia in aller Munde. Es scheint ja gut für euch zu laufen.«

»So was ausgerechnet von dir zu hören, Phai - du bist doch von uns allen hier am erfolgreichsten! Hach, was macht mich das stolz. Aber Spaß beiseite, meine Kinder stellen sich im Moment echt gut an.« Etwas verlegen kratzte Loki sich mit der Hand am Hinterkopf. Man merkte ihr an, dass ihre Kinder ihr am Herzen lagen.

Hestia, die bis eben geschmollt hatte, klinkte sich nun doch ins Gespräch ein. »Hör mal, Loki. Ich müsste dich bezüglich dieser Wallenschwein aus deiner Familia was fragen.«

»Du meinst die Prinzessin der Klingen? Über die würde ich auch gern reden.«

»Wie bitte? Die Zwergin interessiert sich für meine Familia? Das muss das Ende der Welt sein! Ragnarök! Armageddon! Oder so.«

Hestia knirschte mit den Zähnen. *Diese Nervensäge!*

»Ich will bloß wissen, ob deine Prinzessin der Klingen einen Liebhaber oder Gefährten oder so was hat.«

»Wie bitte? Aiz ist mein größter Schatz. Ich würde sie niemals hergeben! Wenn irgendjemand außer mir sie anfasst, reiß ich ihn in Stücke, klar?«

Hestia schnalzte mit der Zunge.

»Was soll das Geräusch denn bedeuten?«

Aiz Wallenstein genoss also den besonderen Schutz Lokis, soviel wusste Hestia jetzt. Vermutlich hätte sie selbst genauso über Bell gesprochen. Um ehrlich zu sein, wäre es ihr fast lieber gewesen, wenn Aiz einen Geliebten gehabt hätte. Hestias Gedanken führten sie auf einen finsteren Pfad.

Bis jetzt hatte Hephaistos die Konversation der beiden wortlos verfolgt, doch nun schien ihr plötzlich etwas einzufallen. »Loki, sag mal, du trägst ja ein Kleid! Normalerweise sieht man dich doch nur in Männerkleidung.«

Loki kicherte. »Mir hat ein Vögelchen gezwitschert, dass ein gewisser Zwerg heute beim Bankett aufkreuzen würde.« Sie blinzelte kokett, dann beugte sie sich herunter und brachte ihr Gesicht ganz nah an Hestias heran. »Ich konnte es mir doch nicht nehmen lassen, dich mit deinem Abendkleid für Arme bloßzustellen!«

Dieses mieses kleine … NGAAAAAH! Hestia war kurz davor zu explodieren. Loki entging das nicht, und sie setzte ein breites, fieses Grinsen auf. So verlief jede Begegnung der beiden. Sie kannten sich noch nicht einmal einhundert Jahre und pflegten keinerlei Umgang miteinander, und dennoch ließ Loki keine Gelegenheit aus, Hestia aufzuziehen … nein, lächerlich zu machen. Hestia fielen nur zwei Gründe ein. Zwei große Gründe, um genau zu sein – sie trug sie beide vor sich her.

»Das ist ja zum Schießen! Du Knochengerüst machst dich über mich lustig? Während du mit dem Kleid da deine Flachbrüstigkeit nur so in die Welt hinausposaunst? Du bist echt ein Genie!«

»WAS?! Sag das noch mal!«

»Ein Genie bist du – und zwar darin, dir dein eigenes Grab zu schaufeln!«

Hestia war längst die Hitze ins Gesicht gestiegen, und nun wurde auch Loki puterrot vor Zorn.

Mit ihrem Kleid zeigte sie ziemlich viel Haut, was aber, fand Hestia, traurigerweise nur noch mehr Aufmerksamkeit auf ihre nicht vorhandene Oberweite lenkte.

Hephaistos seufzte, verschränkte die Arme und beobachtete die beiden aus sicherer Distanz. »Es geht wieder los …«

Freya nippte wieder an ihrem Fruchtwein und lächelte. Sie hatte sichtlich Spaß an dem Schauspiel.

»Was glaubst du, wie viele Männer du schon enttäuscht hast, hm? Deine Brüste sind genauso flach wie dein Humor!«

»Oh, du bist ja ein richtiger Scherzkeks! Na, dann pass mal auf! Hnnngaaah!« Mit Tränen in den Augen kniff Loki Hestia in die weichen Wangen und zog sie lang.

»Hffeeeee!!« Hestia, der nun selbst Tränen in die Augen stiegen, fuchtelte wild mit den Armen, erreichte Loki aber nicht: Der Größenunterschied war einfach zu groß.

»Oh, haben die zwei schon angefangen?«

»Megabusen-Lolita gegen Flachland-Loki ...«

»10.000 Valis auf die Megabusen-Lolita!«

»Ich setz 10 Elixiere darauf, dass Loki am Ende alles vergisst!«

»Und ich verwette all meine Sternensplitter darauf, dass ich mich über Loki lustig mache, wenn sie am Boden zerstört ist!«

»Das ist keine richtige Wette, du Idiot!«

Immer mehr Götter kamen, um dem Kampf zuzusehen, der immer hitziger wurde. Hephaistos schüttelte nur den Kopf.

Je weiter Loki Hestia die Wangen auseinanderzog, desto wilder zappelte sie herum – und Loki bemerkte, dass dabei bestimmte Körperteile besonders ins Wanken gerieten.

»Hmpf. So, das reicht für heute«, verkündete sie trotzig. Sie ließ los, und Hestia fiel zu Boden. Loki würdigte sie keines Blickes mehr und stapfte davon, zitternd vor Wut. So sah eine Gewinnerin aus, die tief in ihrem Herzen doch verloren hatte.

»Ach ja?«, rief Hestia, wobei sie sich die schmerzenden Wangen rieb. »Wenn du das nächste Mal aufkreuzt, erspar mir bitte den traurigen Anblick deines Flachbusens!«

»H... Halt die Klappe, du blöde Kuuuh!« Mit Tränen in den Augen lief Loki davon.

Die anderen Götter zogen enttäuscht von dannen, als hätten sie schon geahnt, wie es ausgehen würde.

»Loki ist in letzter Zeit nicht mehr so streitlustig wie früher«, bemerkte Freya.

»Findest du?«, wandte Hephaistos verwundert ein. »Mir kommt es eher so vor, als würde sie immer kindischer werden.«

Freya kicherte und strich sich durchs Haar. »Bevor wir Götter in diese Welt hinabgestiegen sind, haben wir uns gegenseitig zum Spaß die Köpfe eingeschlagen. Im Vergleich dazu ist so eine Zankerei doch eher herzerwärmend.«

»Da hast du wohl recht. Du kennst Loki auch schon eine ganze Weile, oder?«

»Ja, etwa so lang, wie ihr beide euch kennt.«

Hephaistos stützte Hestia, die wankend versuchte, wieder auf die Beine zu kommen. Unsere Beziehung ist etwas kompliziert, gab sie Freya mit einem gequälten Lächeln zu verstehen.

»Ich schätze, Loki ist aus Liebe zu ihren Kindern weicher geworden.«

»Ich geb's zwar nur ungern zu, aber in der Hinsicht bin ich mit ihr einer Meinung.«

Hephaistos staunte. »Vor einer Weile meintest du doch noch, dass dich die Kinder nicht interessieren, weil niemand deiner Familia beitreten will. Hat sich das so stark verändert, seit dieser … Wie heißt er noch gleich? Bell? Seit der sich dir angeschlossen hat?«

»Tja, sieht so aus. Er ist so ein gutes Kind … Ich hab ihn gar nicht verdient.«

»Er ist ein Mensch, oder? Mit weißen Haaren und roten Augen? Ich war ganz schön überrascht, als du zu mir gekommen bist und meintest, du hättest jetzt auch eine Familia.«

Hestia nickte eifrig. Freya ging unterdessen zum Tisch hinüber, stellte mit einem lauten *TOCK!* ihr Glas ab und fuhr sich demonstrativ durchs Haar.

»Für mich ist es jetzt auch Zeit zu gehen.«

»Was, jetzt schon? Bist du nicht hergekommen, um etwas in Erfahrung zu bringen?«

»Das ist nicht mehr nötig. Ich weiß bereits alles, was ich wissen wollte.«

»Du hast doch keinerlei Anstalten gemacht, irgendwen etwas zu fragen ...« Hephaistos sah skeptisch aus. Schließlich war sie die ganze Zeit mit Freya zusammen gewesen.

Doch Freya ignorierte sie und blickte stattdessen zu Hestia hinunter, diesmal mit einem etwas anderen Lächeln als zuvor. »Außerdem hab ich mich an den Männern hier schon sattgegessen.«

WIE BITTE?!, schrie Hestia innerlich.

»Also dann ...« Und damit verschwand Freya in der Menge der Götter. Hestia und Hephaistos blieben zurück und lächelten einander verdutzt an.

»Tja, Freya zählt nicht umsonst zu den Göttinnen der Schönheit. Sie hat es offenbar nicht nötig, sich zurückzunehmen.«

»Irgendjemand muss sich ja für Liebe und Lust zuständig fühlen ...«

»Aber sie trägt dennoch die Verantwortung für ihre Familia, das sollte sie nicht vergessen. Überleg mal, was passieren würde, wenn sie mit dem Gott einer verfeindeten Familia ins Bett steigen würde ... Ich kann mir nicht vorstellen, dass ihre Kinder das einfach so hinnehmen würden.«

»Wirklich? Ich glaub, sie müsste nur einmal lächeln, und alles wäre vergeben und vergessen.«

Hephaistos seufzte und kratzte mit einem Finger über ihre Augenklappe, eine Angewohnheit, die immer dann zu Tage kam, wenn sie mit irgendetwas unzufrieden war.

Hestia reagierte darauf ihrerseits mit einem Schnauben.

»Was hast du denn jetzt vor? Ich wollte noch ein bisschen rumlaufen und ein paar Leuten Hallo sagen.«

Hestia zuckte zusammen. Ihr war wieder eingefallen, mit welchem Ziel sie eigentlich hergekommen war.

»Wir könnten ja was zusammen trinken. Oder willst du schon gehen?«

»K… Klar, das können wir! Ähm …«

Es schien Hephaistos stutzig zu machen, dass Hestia so verlegen war.

Hestia warf einen flüchtigen Blick auf Hephaistos' rotes Haar, das ihr über den zarten Nacken fiel. Dann schluckte sie und nahm ihren Mut zusammen.

»Ich … würde dich gern um einen Gefallen bitten …«

Hephaistos verfiel sofort in Schweigen und kniff ihr Auge bedrohlich zusammen. Alle Freundlichkeit war verflogen, und eine finstere Strenge trat an ihre Stelle. Jetzt bedachte ihre Freundin sie wieder mit dem gleichen Blick wie kurz zuvor, als sie ihr nachdrücklich erklärt hatte, dass sie ihr kein Geld mehr leihen würde.

»Kommst du schon wieder angekrochen? Hast du vergessen, was du mir noch vor ein paar Minuten hoch und heilig versprochen hast?«

»Nein, also, hör zu …«

»Du wolltest deine ›gute Freundin‹ nicht ausnehmen, richtig?«

Ach ja, richtig. Das hab ich gesagt … Hestia setzte ein falsches Lächeln auf, mit dem sie Hephaistos wie erwartet nicht umstimmte: Fast schon angewidert blickte ihre Freundin nun auf sie herab. Doch der Gedanke an Bell gab Hestia die Kraft, sich diesem Blick zu stellen.

Bereits als sie den Entschluss gefasst hatte, am Bankett teilzunehmen, war sie darauf gefasst gewesen, dort das letzte Fünkchen der alten Freundschaft aufs Spiel zu setzen. Und der Zeitpunkt dafür war nun gekommen.

»Na schön, dann lass mal hören. Was für ein Gefallen?« Hoch ragte sie über Hestia auf und funkelte sie aus ihren roten Augen an.

Im Reich der Götter war Hephaistos als die Göttin des Feuers bekannt. In Orario hingegen kannte man sie vor allem dafür, dass ihre Familia nicht auf den Ertrag angewiesen war, den ihre Abenteurer im Dungeon erwirtschafteten. Das war in der Labyrinthstadt, in der sich sonst alles um den Dungeon drehte, äußerst ungewöhnlich.

Man kannte die Hephaistos-Familia als eine Art Großunternehmen, dessen Name gleichzeitig ein Qualitätssiegel war. Ihre Mitglieder wurden speziell dazu ausgebildet, einzigartige Waren herzustellen. Diese Schmiede waren nicht nur in Orario, sondern in der ganzen Welt gefragt.

Nun stand Hestia der ewigen Geschäftsführerin dieses einflussreichen Familia-Unternehmens gegenüber und trug mit lauter Stimme ihre Bitte vor.

»Ich möchte dich darum bitten, für Bell, das einzige Kind meiner Familia, eine Waffe herzustellen!«

Kapitel 5:
Ein Streich der Göttin

Suzuhito Yasuda

»BLUARGH!«

Ich wich den Krallen, die auf mich zuschnellten, mit Leichtigkeit aus – dieser Angriff hatte mich weit verfehlt. Das Jaulen des Goblins wurde von den blau schimmernden Wände des Dungeons zurückgeworfen.

Ich beobachtete das wütende Monster ganz genau, als es mit gewetzten Krallen erneut auf mich zustürmte. *Links, rechts ... und jetzt diagonal!* Geschickt ließ ich jede seiner Attacken ins Leere gehen.

Glücklicherweise war diese Ebene quadratisch aufgebaut: So konnte ich mich in den engen Gängen darauf konzentrieren, meinen Angreifern auszuweichen, ohne Gefahr zu laufen, die Orientierung zu verlieren oder weiteren Monstern in die Arme zu laufen. Es war so schwül im Dungeon, dass meine Haut bereits klebte.

Offenbar wollte der Goblin nicht locker lassen. Er verfolgte mich und fuchtelte dabei mit seinen kurzen Armen, bekam mich aber nicht zu fassen. Mit tänzelnden Schritten hielt ich ihn mir vom Leib.

»Grrrriaaah!«, schrie er voller Zorn und riss die Augen weit auf.

Da gingen in meinem Kopf plötzlich die Alarmglocken los, aber nicht wegen des offensichtlich frustrierten Goblins: Über mir an der Wand lauerte ein anderes Monster, bereit, sich auf mich zu stürzen.

»Gegegegeeeeck!«, hörte ich es schreien, und dann stürzte ein großer Schatten auf mich herab.

Durch eine beherzte Ganzkörperdrehung entging ich dem Überraschungsangriff. Aus dem Augenwinkel sah ich etwas Vierbeiniges vorbeizischen, das Ähnlichkeit mit einer gewöhnlichen

Echse hatte: Braune, geschuppte Haut und ein breites Maul, aus dem eine lange Zunge heraushing. Mit seinem langen Schwanz musste dieses Monster etwa so lang sein, wie ich groß war.

Es handelte sich um einen Kerkergecko: ein niederes Monster, in Sachen Stärke mit Kobolden oder Goblins vergleichbar und auf den Ebenen 2 bis 4 beheimatet.

Ich passte den richtigen Moment ab und ging zum Angriff über. Den Goblin ließ ich links liegen und stürzte mich stattdessen direkt auf den Kerkergecko, der vor mir zu Boden gegangen war.

Kerkergeckos trotzten mit den Saugnäpfen an ihren Füßen der Schwerkraft und huschten über Wände und Decken, was sie zu lästigeren Gegnern als Kobolde oder Goblins machte. Wenn sie sich irgendwo im Dunkeln an der Decke versteckten, hatte man kaum Möglichkeiten, sie anzugreifen. Außerdem konnten sie sich von dort aus unbemerkt auf nichtsahnende Abenteurer stürzen – so, wie es dieser Kerkergecko gerade bei mir versucht hatte. Deshalb wollte ich die Gunst der Stunde nutzen und ihn mir schnappen, solange er noch am Boden und leicht zu erreichen war.

Der Goblin griff mich schon so lange an, dass ich langsam ärgerlich wurde. Wieder wich ich seinen Krallen aus, dann machte ich mich bereit und stürzte mich mit meinem Dolch auf den Gecko. »Huaaaah!«

»Gegeck?!«

Er spürte die Gefahr von hinten auf sich zurasen und versuchte, überstürzt zu fliehen – doch zu spät.

Mit voller Wucht rammte ich ihm die Klinge in den Rücken und drang mühelos durch seine Schuppen.

KLING! Ich schien den Magiestein im Innern getroffen zu haben. Ob er noch intakt war? Zitternd versuchte der Kerkergecko, sich umzudrehen, doch dann erschlaffte er plötzlich und sank zu Boden. Fürs Erste schien er jedoch nicht zu Asche zu zerfallen.

»GOBRAAAH!«, hörte ich den Goblin schreien – ein Gegner war noch übrig.

Ich zog meine Klinge aus dem Echsenkadaver. Dann, ohne den Goblin auch nur eine Sekunde aus den Augen zu lassen, löste ich den Schultergurt meines Rucksacks, packte ihn und schleuderte ihn in seine Richtung.

Der Goblin riss die Augen weit auf und schlackerte mit den Beinen, als er das improvisierte Geschoss auf sich zufliegen sah. Erwartungsvoll sah ich dem Rucksack nach – und dann traf er sein Ziel. »Gooo… BLARGH!!«

Es gab einen dumpfen Knall, und der Goblin fiel nach hinten um, als hätte ihn eine Gewehrkugel getroffen.

Mein stark angestiegener Stärke-Statuswert in Kombination mit dem schweren Rucksack voller Beute-Items reichte, um den Goblin regelrecht von den Beinen zu fegen. Er kullerte ein ganzes Stück über den Boden, zuckte noch einmal und blieb dann reglos liegen.

Ich beobachtete ihn noch einen Augenblick lang, um sicher zu gehen, dass der Kampf auch wirklich vorbei war. Dann atmete ich erleichtert aus, lockerte die Schultern und ließ das Messer sinken.

»Das wäre erledigt.«

Ich nutzte die Gelegenheit, um meinen Zustand kurz zu überprüfen. Mein Knie war noch einigermaßen in Ordnung. Mittlerweile konnte ich das verletzte Bein auch wieder gut bewegen.

Darüber war ich so erleichtert, dass ich lächeln musste. »Ich glaub, ich werde tatsächlich langsam stärker!«

Derzeit befand ich mich auf Ebene 4 des Dungeons. Nachdem ich mich vergewissert hatte, dass keine weiteren Monster in der Nähe waren, ging ich den Kampf im Kopf noch einmal durch.

Ich hatte allein gegen zwei Monster kämpfen müssen, und eins von ihnen hatte mich dazu noch überrascht; trotzdem hatte ich sie problemlos besiegt. Ich hatte mich nicht zu sehr verausgabt und sogar noch Zeit gehabt, nach meinen Wunden zu sehen. All das zeigte, wie sehr sich mich als Abenteurer verbessert hatte.

Ich hatte nun am eigenen Leib erfahren, welche Auswirkungen die Veränderung meines Status hatte. Hestia hatte recht gehabt: Ich war spürbar stärker geworden, und das in kürzester Zeit.

Unruhig fragte ich mich, ob ich damit Aiz schon ein Stückchen nähergekommen war. Ich wünschte mir von Herzen, dass es so war, und fasste erneut den Entschluss, ihr Niveau zu erreichen, auch wenn sie mir im Moment unerreichbar erschien. Entschlossen ballte ich die Hand zur Faust.

Ich schnitt dem Goblin und der Kerkerechse noch die Magiesteine heraus, dann beschloss ich, meine heutige Tour zu beenden. Schließlich musste ich mich auch noch wieder aus dem Dungeon herauskämpfen. Es war heute schon das vierte Mal: Immer wenn mein Rucksack voll gewesen war, war ich sofort umgekehrt und hatte meine Beute gegen Valis eingetauscht. Ich verließ mich auf mein Gedächtnis und kletterte über drei Treppen von der vierten bis in die erste Ebene hinauf. Auf dem Weg begegnete ich Goblins und Kobolden, die ich aber so leicht besiegte, dass ich Zeit hatte, nebenher noch darüber nachzudenken, ob es an der Oberfläche wohl schon dunkel wurde und die Abendsonne den Himmel feuerrot färbte.

Etwa auf halber Strecke durch die erste Ebene begegnete ich anderen Abenteurern, was nicht unüblich war, da der Dungeon nur einen Ein- und Ausgang hatte.

Als ich ihnen näherkam, erkannte ich, dass es sich um einen Zwerg und einen Elfen handelte. Beide trugen hochwertig wirkende Rüstungen – im Gegensatz zu mir mit meinem billigen Lumpen. Aus Scham begann ich schneller zu laufen, damit sie mich gar nicht erst bemerkten.

Ob Hestia heute immer noch nicht nach Hause kommt ...?

Zwei Tage waren vergangen, nachdem sie zu jener Feier aufgebrochen war. Sie hatte ja vorausgesagt, dass sie einige Zeit außer Haus sein würde, daher gab es eigentlich keinen Anlass zur Sorge, aber ... Vermutlich war ich ohne sie einfach ein wenig einsam. Was sie wohl gerade machte?

Oh, ich bin ja schon da! Ich war auf der sogenannten »Straße des Anbeginns« angekommen. Folgte ich ihr bis ans Ende, dann erreichte ich den Durchlass zur Oberwelt.

Sie hatte einen Durchmesser von ungefähr zehn Medol und formte einen beinahe perfekten Kreis. Am Rand führte eine Wendeltreppe spiralförmig nach oben. Auf der letzten Stufe angelangt, breitete sich ein großer Raum vor mir aus, und ein künstlicher, kühler Duft stieg mir in die Nase.

Ich befand mich nun im ersten Untergeschoss des gigantischen Turms Babel, der direkt über dem Dungeon errichtet worden war. Der kreisrunde Saal bot mehreren Tausend Abenteurern Platz. Er wirkte sauber und rein, beinahe wie ein Tempel. Man ahnte nicht, dass sich darunter der Hort unzähliger Monster befand. Hätte mir jemand erzählt, der Turm diene allein dazu, den Göttern Opfergaben darzubringen, ich hätte es geglaubt. Erstaunlich, wie viel architektonische Finesse in diesem Bauwerk stecken musste.

Die dominierenden Farben waren blau und weiß. An den Wänden standen schwarze Steinstatuen – vermutlich von Abenteurern –, in die etliche Namen eingraviert waren. Unzählige dicke, Säulen überall im Raum ragten zur Decke auf. Dort prangte ein Gemälde des tiefblauen Himmels, so realistisch, dass man Gefahr lief, sich darin zu verlieren.

Wenn man sich irgendwo sicher fühlen konnte, dann hier. Hier setzte die Entspannung von ganz allein ein, und es zeigte sich jede Müdigkeitserscheinung, die einem der Körper bisher vorenthalten hatte.

Hm? Was ist denn …

Um all den Abenteurern und ihren Supportern, die schwere Rucksäcke durch die Gegend schleppten, nicht in den Weg zu kommen, bewegte ich mich so nah wie möglich an der Wand entlang. Durch das Gewühl erblickte ich plötzlich etwas, was ich so noch nicht gesehen hatte.

Unweit der großen Öffnung im Boden standen riesige Frachtkisten nebeneinander aufgereiht. Sie hatten Räder, damit man sie leichter bewegen konnte. Ich glaubte schon einmal gehört gehabt zu haben, dass so etwas für Expeditionen in die tiefen Ebenen des Dungeons verwendet wurde.

Ich fing an, meinen Kopf nach weiteren Details zu durchforsten, aber da begann mit einem Mal eine der Kisten zu wackeln.

Was zum …?!

Überrascht riss ich die Augen auf. Hatte sie sich etwa von allein bewegt? Nein. Es hatte eher so ausgesehen, als wollte sich irgendetwas daraus befreien.

Steckt da etwa ein Monster drin?!

Mein Verdacht bestätigte sich sofort: Aus der Kiste drang ein leises Heulen. War es wirklich eine gute Idee, Monster absichtlich aus dem Dungeon mitzubringen? Schließlich war der Himmelsturm Babel im Altertum eigens errichtet worden, um zu verhindern, dass die Monster aus dem Dungeon ein weiteres Mal an die Oberfläche drangen und dort ihr Unwesen trieben. Man hatte mir erzählt, sie hätten damals alles verwüstet.

Heutzutage stiegen wir Abenteurer mithilfe der Falna unserer Götter in den Dungeon hinab und dünnten die Monster aus, ehe sie sich zu größeren Gruppen zusammenrotten konnten, darum stellten sie keine so große Bedrohung mehr dar. Dennoch waren im Turm immer Gildenleute stationiert, die die Vorgänge im Dungeon im Auge behielten. Die Gilde verwaltete die Stadt. Sie hatte die Verantwortung für Orario und tat ihr Möglichstes, um Monsterangriffe auf die Stadt zu verhindern.

Eigentlich hätte daher kein Monster hier sein dürfen, im sicheren Bereich, außerhalb des Dungeons.

Doch genau in diesem Moment sah ich, wie eine weitere Gruppe mit einer Kiste die spiralförmigen Treppen heraufgestapft kam. Frustriert blickte ich ihnen nach. Nahm die Gilde ihre Aufgaben womöglich nicht ernst genug?

»Ach, ist es wohl wieder so weit?«, fragte einer der Abenteurer neben mir.

»Ja, die Monsterphilia steht an …«

»So viel Aufwand für diese lächerliche Veranstaltung …«

»Tja, du weißt ja … Monster und Spiele, oder so.«

»Dass Ganesha der Gilde diese Sache aber auch jedes Jahr aufdrücken muss, nur um den Stadtbewohnern eine Show zu bieten … Das Zeug kostet ihn doch auch ein Vermögen, oder? «

»Man nennt ihn nicht umsonst den Unterhalter der Massen, ha ha ha!«

Was hatten sie gerade gesagt? Monsterphilia? Nachdenklich legte ich den Kopf schief. Wurden all die Kisten mit Monstern also für diese »Monsterphilia« aus dem Dungeon heraufgebracht? Zusammen mit den Abenteurern um mich herum beobachtete ich, wie Kiste um Kiste abtransportiert wurde. Die Träger trugen das Emblem eines Elefantenkopfes.

Oh, ist das da etwa Eina?

Ich sah eine Elfenfrau mit mittellangem, braunem Haar, die mir den Rücken zugewandt hatte. Ich näherte mich ein paar Schritte, dann war ich mir sicher. Heute machte sie ein besonders ernstes Gesicht. Sie hatte Dokumente in der Hand und schien sich gerade mit einem anderen Mitglied der Gilde über etwas Wichtiges zu unterhalten. *Ob sie beruflich hier ist?*

Jedenfalls sah sie sehr beschäftigt aus. Ich war unschlüssig, ob ich sie ansprechen sollte. Ihre Anwesenheit ließ jedenfalls darauf schließen, dass die Gilde den Transport dieser Monster billigte, wenn nicht sogar unterstützte. Die beiden Abenteurer hatten also keinen Unsinn erzählt.

Ich würde zwar zu gern wissen, was genau hier vor sich geht, aber ich glaub, das frage ich sie lieber ein andermal.

Weder wollte ich Eina bei der Arbeit stören, noch war ich besonders scharf darauf, mich bei den anderen Abenteurern zu erkundigen und damit mein Unwissen zur Schau zu stellen.

Um nicht im Weg herumzustehen, trottete ich davon, obwohl noch viele Fragen offen waren. Außerdem war ich völlig verschwitzt und wollte mir eine wohlverdiente Dusche gönnen. Ich warf Eina noch einen kurzen Seitenblick zu, dann betrat ich einen der Duschräume, die es im Turm gab.

»Beehre uns bald wieder!«, sagte der Rezeptionist. Nachdem ich ausgiebig geduscht hatte, hatte ich meine Magiesteine und Beute-Items im Hauptsitz der Gilde eingetauscht, den ich nun verließ. Ich wusste ja bereits, dass Eina nicht hier war, daher erledigte ich nur das Nötigste und ging gleich wieder.

»Bald geht die Sonne unter …« Der Himmel färbte sich bereits rot.

Der Hauptsitz der Gilde wirkte von außen betrachtet fast wie ein Tempel, ähnlich dem Inneren von Babel. Ich hatte gerade einen Fuß vor die Tür gesetzt, da hörte ich schon den Lärm von der zentralen Straße.

Ich ging am Monument im Vorgarten des Hauptsitzes vorbei und durch das Tor auf die zentrale Straße hinaus. Angehörige verschiedener Völker zogen in Strömen nach links und rechts an mir vorbei.

Die zentrale Straße war streng genommen keine einzelne Straße, sondern ein Stern aus insgesamt acht Straßen, die sich von der Mitte der Stadt in die verschiedenen Himmelsrichtungen bis zur Stadtmauer ausbreiteten. Man stellte sich den Aufbau der Stadt am besten wie eine Torte vor, in acht gleiche Stücke geteilt.

Die zentrale Straße, die nach Norden führte, nannte man dementsprechend »zentrale Nordstraße«, die nach Südosten »zentrale Südoststraße«. Übrigens stand die Kirche, in deren Keller meine Göttin und ich wohnten, zwischen der zentralen Nordweststraße und der zentralen Weststraße. Das »Hostess of Fertility«, in dem Syr arbeitete, lag direkt an der zentralen Weststraße.

Im Nordwesten befand sich der Hauptsitz der Gilde, daher traf man auf dieser Straße zum Großteil Abenteurer an. Wer sein Glück im Dungeon versuchen wollte, war auf die Unterstützung der Gilde angewiesen. Üblicherweise suchten darum Abenteurer regelmäßig den Hauptsitz auf.

Wo viele Abenteurer waren, siedelten sich selbstverständlich auch Händler an, die um ihre Geldbeutel konkurrierten. Rechts und links der Straße reihten sich Waffenläden, Rüstungsschmieden und Wirtshäuser. Selbst auf den vielen Seitenstraßen fand man neben zwielichtigen Item-Händlern alles, was das Abenteurerherz begehrte. Natürlich gab es auch ausreichend Übernachtungsmöglichkeiten.

Als ich über die Steinplatten der Straße schlenderte, wurde ich plötzlich von jemandem begrüßt.

»Hm? Na, wenn das nicht Bell ist!«

Der hochgewachsene junge Mann vor mir wirkte wie ein Adliger. Er hatte kobaltblaues Haar und ein hübsches Gesicht mit einem prägnanten Kinn. In seinem grauen Gewand strahlte er eine etwas andere Aura aus als die Menschen und Halbmenschen um uns her. Kein Wunder: Schließlich war er eine Gottheit. Die Götter besaßen einfach eine besondere Ausstrahlung, an denen wir Sterbliche sie stets erkannten.

Es handelte sich um Miach, Oberhaupt der Miach-Familia und neben Hestia die einzige Gottheit, zu der ich Kontakt pflegte.

»Guten Tag, Miach! Seid Ihr auf dem Weg zum Händler?«

»Ja, einige Besorgungen für unser Abendessen. Und was führt dich hierher, Bell?«

»Ich habe mich in ein paar Läden umgesehen. Zu mehr reicht das Geld leider nicht.«

»Ha ha, ob es unseren winzigen Familias jemals gelingen wird, aus der Armut auszubrechen?«

Miach lachte schallend, wobei etwas in den Papiertüten in seinen Händen leise klirrte. Seinen Charme hätte er gar nicht gebraucht, denn schon mit seinem Lächeln allein konnte er jeden verzaubern, ob Mann oder Frau.

Unter unseren Gottheiten fand sich vom Erscheinungsbild her alles, von Kindern bis hin zu Senioren. Doch eines hatten sie alle gemein: Sie sahen verflixt gut aus. Verglichen mit ihnen kamen wir Menschen uns oft klein vor. Der Neid war groß.

Ich erwiderte sein Lächeln. Dann fiel mir ein, dass ich mich ja bei ihm nach Hestia erkundigen konnte.

»Sagt, Miach ... Wisst Ihr, wo Hestia gerade ist? Vor zwei Tagen meinte sie zu mir, sie würde zur Feier eines Freundes gehen, aber seitdem hab ich sie nicht mehr gesehen ...«

»Hestia? Hm, das weiß ich leider auch nicht. Tut mir leid, ich wünschte, ich könnte dir weiterhelfen.«

»Ach, kein Problem«, sagte ich und winkte ab – ich wollte nicht, dass er sich schlecht fühlte. »Macht Euch keine Gedanken!«

»Mit der Feier meinte sie sicherlich Ganeshas Bankett. Ich habe aber nicht daran teilgenommen, daher weiß ich nicht, ob sie da war.«

»Wurdet Ihr etwa nicht eingeladen?«

»Doch, aber als Oberhaupt einer armen Familia wie meiner kann ich es mir nicht leisten, zu einem Trinkgelage zu gehen, wenn ich stattdessen auch bei der Zubereitung von Tränken helfen kann.«

Der Miach-Familia ging es offenbar noch miserabler als uns. Das mochte der Grund sein, dass er sich überhaupt mit mir blutigem Anfänger abgab: Wir befanden uns in einer ähnlichen Situation.

»Ach ja, wo wir gerade bei dem Thema sind: Hier, ich möchte, dass du diese Tränke bekommst.«

»W... Was?!«

Miach balancierte beide Tüten auf einem Arm, holte zwei Phiolen aus seinem Mantel hervor und hielt sie mir nonchalant hin.

Widerwillig nahm ich die Fläschchen entgegen, und die tiefblaue Flüssigkeit darin schlug kleine Wellen.

»Aber das kann ich doch nicht annehmen!«

»Warum nicht? Das ist nur eine kleine nachbarschaftliche Geste.« Er ignorierte meinen überraschten Gesichtsausdruck. Er lächelte mich neckisch an, klopfte mir auf die Schulter und ging an mir vorbei.

»Auf bald, Bell – ich hoffe, dich bald mal wieder in unserem Laden begrüßen zu dürfen!« Er winkte mir noch mit einer Hand zu, dann ging er davon. Lächelnd steckte ich die beiden Heiltränke ein, die er mir geschenkt hatte.

Miachs Familia war auf den Handel mit Items spezialisiert und besaß ein Geschäft. Es war klein, aber durchaus professionell ausgestattet, soweit ich das mit meinem bescheidenen Wissen über Alchemie sagen konnte. Die Familia stellte ja vorwiegend Items her, daher arbeiteten ihre Mitglieder Tag und Nacht daran, die eigenen Rezepte zu verfeinern und sich so von der Konkurrenz abzusetzen. Die Tränke der Miach-Familia hatten mir schon mehr als einmal das Leben gerettet.

Man hätte meinen können, diese Familia sei die Ausnahme und die meisten bestünden nur aus Abenteurern, die ihr Geld im Dungeon verdienten. Aber so war es keinesfalls. Es gab unzählige solcher Familias: Einige waren auf den Handel spezialisiert, andere auf die Herstellung von Waffen und Rüstungen, und wieder andere waren Fischer, die auf den weiten Ozean hinausfuhren, um ihren Fang einzuholen.

Sie alle hatten eins gemein: Sie mussten Geld verdienen, um zu überleben. Wie genau das vonstatten ging, darüber entschied allein die Gottheit an der Spitze.

Häufig hing daher die Hauptbeschäftigung einer Familia eng mit den Interessen ihrer Gottheit zusammen. Hatte sie beispielsweise eine Vorliebe für die Delikatessen der irdischen Welt, so lag es nahe, dass die Familia ein Restaurant eröffnete. Politisch bewanderte Götter konnten ihre Familia sogar dazu bewegen, einen eigenen Staat zu gründen. Der göttlichen Fantasie waren wirklich keine Grenzen gesetzt.

Da es jedoch immer wieder zu Streitigkeiten unter den Sippen kam, war es für jede Familia unerlässlich, wenigstens einige fähige Kämpfer aufzunehmen, die sie im Zweifelsfall verteidigen konnten – also Abenteurer. In Orario galt dies in besonderem Maße, da es hier ohnehin so viele Abenteurer gab, die danach strebten, stärker zu werden.

In meinem Fall hatte das Abenteurerdasein einfach nahegelegen: Ich wollte so schnell wie möglich Geld verdienen und war von meiner romantischen Vorstellung einer schicksalhaften Begegnung getrieben. Außerdem verfügte ich über keine besonderen Fähigkeiten, die mich für etwas anderes qualifiziert hätten.

Während ich die linke Seite der Straße entlangging und meinen Blick über die Läden schweifen ließ, fragte ich mich, wie ich mich wohl als Schmied geschlagen hätte. Ach nein, das hätte überhaupt nicht zu mir gepasst. Ich lächelte gequält.

Allmählich nahm die Zahl der Ausrüstungsläden zu, an denen ich vorbeikam, und zugleich sah ich auch immer mehr schwer bewaffnete Abenteurer. Schließlich blieb ich vor einer Schmiede stehen, die mindestens doppelt so groß war wie die Läden links und rechts davon. Mit ihrem feuerroten Anstrich stach sie unter all der Konkurrenz heraus. Über dem dicken Türrahmen prangte eine mysteriöse Tafel mit der Aufschrift »Ήφαιστος«. Diese Schrift konnte ich zwar genauso wenig lesen wie die Hieroglyphen der

Götter, aber zufällig wusste ich, was da stand: Hephaistos. Das war der Name der weltberühmten Schmiede-Familia.

Ich vergewisserte mich, dass niemand neugierige Blicke in meine Richtung warf, dann ging ich näher ans Schaufenster der Schmiede heran, um mir – wie so oft – das Angebot anzusehen. In der Auslage hinter dem Glas lagen Klingen, deren hochwertige Verarbeitung selbst ein Laie auf den ersten Blick erkannte. Zwillingsschwerter mit smaragdgrünen Klingen, ein Langschwert mit unheimlich großer Reichweite oder ein Degen mit goldenen Verzierungen.

Ich sah mir eine Waffe nach der anderen ausgiebig an, aber vor allem ein Dolch erregte meine Aufmerksamkeit.

Er war clever in Szene gesetzt: Die Magiestein-Lampen über ihm strahlten den weißen Griff des Messers an, und die Klinge lag in einer kleinen Schatzkiste, inmitten von Edelsteinen. So erweckte die Waffe den Eindruck, selbst Teil des Schatzes in dem Kästchen zu sein. Die Klinge war aus dem Fangzahn einer Bestie gefertigt. In Sachen Schärfe war sie den längeren Waffen ebenbürtig, die neben ihr aufgereiht waren.

So weit, so fantastisch. Doch die Ernüchterung kam mit dem Preisschild neben dem Kästchen: Das waren so viele Nullen, dass ich sie kaum zählen konnte.

Von so einer Waffe kann ich nur träumen …

Es war beinahe schon ein Ritual für mich, auf dem Heimweg von der Gilde noch einen Abstecher zu diesem Laden zu machen und mein Gesicht ans Schaufenster zu kleben. Nur herausragende Abenteurer konnten sich diese erstklassigen Waffen leisten – nicht jemand wie ich, noch immer mit der Ausrüstung unterwegs, die mir die Gilde ganz am Anfang zur Verfügung gestellt hatte. Das war mir völlig klar. Und doch hätte ich diese Waffen nur zu gern einmal ausprobiert.

Hätten andere Abenteurer das gehört, sie hätten sich wahrscheinlich vor Lachen am Boden gewälzt. Ich glaubte jedoch fest daran, dass auch ich einmal so eine Waffe in den Händen halten würde – wenn ich nur Aiz Wallenstein auf den Fersen blieb.

Ich starrte das Messer mit seinem weißen Griff noch eine Weile an und stellte mir vor, wie ich damit auf Monsterjagd im Dungeon ging.

Bell, der sich die Nase am Schaufenster der berühmten Schmiede plattdrückte, ahnte nicht, was sich zur selben Zeit im zweiten Obergeschoss abspielte.

»Wie lange willst du das noch machen?«, fragte Hephaistos mit genervter Stimme.

Hestia sagte nichts.

Die Schmiedegöttin saß an ihrem Schreibtisch und trug ihre Arbeitskleidung. Vor ihr auf dem Boden kauerte Hestia, ein Häufchen Elend. Im Arbeitszimmer der Hephaistos-Familia hatte sich eine leicht angespannte Stimmung breit gemacht.

»Du weißt aber schon, dass ich zu tun hab, oder?«

Doch Hestia schwieg weiterhin.

»Ich kann nicht arbeiten, wenn du da wie ein Käfer auf dem Boden sitzt, auch wenn du leise bist. Kapiert?«

Noch immer kein Wort.

»Hey, Hestia!«, rief Hephaistos ungeduldig. »Ich rede mit dir!«

Aber Hestia ließ sich nicht aus der Ruhe bringen.

Die Göttin des Feuers seufzte. Ihre kleine Freundin verharrte nun schon sehr lange in ihrer Bettlerpose auf dem Boden, ohne einen Mucks von sich zu geben.

Beim Bankett der Götter hatte sie Hephaistos gebeten, eine Waffe für Bell herzustellen, was Hephaistos aber entschieden abgelehnt hatte.

Die Erzeugnisse ihrer Familia galten als äußerst hochwertig, wertvoll und aufwendig. Hephaistos konnte sie nicht einfach kostenlos herausgeben, und Hestia hatte nicht das nötige Geld.

Ebenso wenig kam ein Rabatt in Frage; dafür hatte sie zu viel Respekt vor der Arbeit ihrer Kinder. Als Oberhaupt der Familia konnte sie doch nicht ein Kunstwerk, in das ihre Kinder so viel Schweiß und Herzblut gesteckt hatten, unter Wert verkaufen! Ein absolutes Tabu.

Sie hatte Hestia mehrmals gesagt, sie müsse etwas mehr Geld zusammensparen, wenn sie eine Waffe nach ihren Wünschen anfertigen lassen wolle.

Aber Hestia hatte sich nicht von ihrem Einfall abbringen lassen und sich nach dem Bankett vor ihrer langjährigen Freundin niedergeworfen. Hephaistos hatte immer wieder versucht, sie loszuwerden, aber vergeblich: Hestia war einfach zu stur.

Deshalb hatte sie beschlossen, einfach zu warten, bis Hestia von allein aufgab. Irgendwann würde sie sicher Hunger bekommen und nach Hause gehen. Seither waren jedoch zwei Tage vergangen, und Hestia hatte noch immer nicht aufgegeben.

Warum war sie nur so ungewöhnlich hartnäckig? Frustriert kniff sich Hephaistos in die Nasenwurzel. Selbst wenn sie mal ein Nickerchen machte, verharrte die kleine Göttin in ihrer Pose auf dem Boden. Hephaistos erschrak dann beim Aufwachen so, dass sie aus dem Bett purzelte.

Es war sicherlich nicht das erste Mal, dass Hestia sich ihr mit einer Bitte aufdrängte, aber so viel Entschlossenheit hatte sie noch nie gezeigt. Diese Angelegenheit musste ihr unheimlich wichtig sein. Aber warum? »Was soll das eigentlich werden, wenn's fertig ist?«

»Ein Kniefall.«

»Ein Kniefall?«

»Take hat mir erklärt, das sei eine Geheimtechnik, mit der man jede Bitte durchbekommt!«

»Welcher Take?«

»Takemikazuchi.«

Natürlich, wer sonst. Hephaistos sah das Gesicht des Gottes vor sich. Sie kannte ihn gut und wusste, dass sie Hestia diese Schnapsidee nur schwer wieder würde ausreden können, wenn sie von ihm stammte. *Hättest du ihr nicht einen anderen Ratschlag geben können …?*

Schließlich gab sie ihren Widerstand auf. Solange Hestia dort auf dem Boden kniete, war ohnehin nicht an normale Arbeit zu denken. Sie legte ihre Feder auf den Schreibtisch, seufzte resigniert und blickte aus dem Fenster. Das letzte Licht der Abendsonne fiel durch die Scheiben des Arbeitszimmers herein. Bald würde die Nacht anbrechen.

Hephaistos richtete sich auf und blickte auf Hestia hinunter. Üblicherweise nahm sie stets eine korrekte Körperhaltung ein, vielleicht sogar ein wenig zu korrekt.

»Verrat mir mal eins, Hestia«, sagte sie, während sie mit einem Finger über ihre Augenklappe kratzte. »Warum gehst du für diese Sache so weit?«

»Weil ich Bell unterstützen will!«, platzte Hestia heraus. Für kurze Zeit vergaß sie ihren Kniefall. »Er hat sich unheimlich hohe Ziele gesteckt, für die er hart an sich arbeiten muss! Und ich möchte ihm eine Waffe geben, die ihm dabei hilft, den schweren Weg zu gehen, den er vor sich hat! Dafür tue ich alles!«

Während ihres leidenschaftlichen Vortrags löste Hestia ihren Blick nicht ein einziges Mal vom Boden.

Knien allein reichte nicht. Damit Hephaistos ihr half, offenbarte Hestia ihr nun auch alles, ihre innersten Beweggründe.

»Ich bin seine Göttin und müsste mich eigentlich um ihn kümmern, aber stattdessen füttert er mich durch! Er ist derjenige, der mir ständig hilft! Ich fühl mich wie die nutzloseste Göttin aller Zeiten ...« Beim letzten Satz verkrampfte sie sich regelrecht, als würde es ihr körperliche Qualen bereiten, diese unangenehme Wahrheit aussprechen zu müssen. »Ich will nicht mehr tatenlos zusehen müssen ...«, fügte sie mit schwacher Stimme hinzu.

Glücklicherweise waren diese Worte ausreichend, um Hephaistos von ihrer Aufrichtigkeit zu überzeugen.

»Na schön, ich werde eine Waffe für dein Kind anfertigen«, sagte sie schulterzuckend. »Wenn ich dir nicht helfe, kommst du ja doch nicht in die Gänge.«

Hestia blickte erstaunt zu ihr auf. »Danke, Hephaistos!«

Sie versuchte aufzustehen, doch weil sie so lange in ihrer Kniefallpose verharrt hatte, knickten ihre Beine ein, und sie landete auf allen vieren. Ihrem Strahlen konnte es jedoch nichts anhaben.

Wieder einmal hatte sich Hephaistos breitschlagen lassen. Vor nicht allzu langer Zeit hatte Hestia mit ihrem faulen Lebenswandel ihre Gutmütigkeit überstrapaziert. Diesmal zeigte sie jedoch eine andere, aufrichtigere Seite von sich. Sie hatte sich verändert, und vielleicht war das eine Belohnung wert. Hephaistos konnte sich ein kleines Lächeln nicht verkneifen.

Sie stand auf und stupste Hestia herausfordernd gegen die Nase. »Ach ja, freu dich nicht zu früh: Ich erwarte, dass du mir den vollen Wert der Waffe bezahlst, und wenn es Jahrhunderte dauert. Haben wir uns verstanden?« Guter Wille hin oder her – Hestia musste lernen, Verantwortung für ihr Handeln zu übernehmen. Niemand in der berühmten Familia der Schmiede arbeitete je umsonst, und auch in diesem Fall gab es keine Ausnahme.

»D... Da mach dir mal keine Sorgen«, sagte Hestia mit stolzgeschwellter Brust. »Wenn es drauf ankommt, kann ich auch richtig ranklotzen! Ich werde dir beweisen, wie groß meine Liebe zu meinem Kind ist!«

Hephaistos hörte ihr nur mit einem Ohr zu und ging schon einmal zu einem Ständer mit einer Auswahl verschieden großer Schmiedehämmer. »Da bin ich mal gespannt.« Jeder einzelne davon war so gut in Schuss, als wäre er noch nie verwendet worden.

»Welchen Waffentyp bevorzugt dein Kind?«

»Ähm ... Dolche.«

»Verstehe«, murmelte Hephaistos. Sie griff nach einem scharlachroten Hammer, der völlig ohne Verzierungen auskam und auf reine Funktionalität ausgerichtet war, und steckte ihn in die Tasche an ihrer Hüfte.

Dann öffnete sie eine kristallene Schachtel, in dem sie Barren aus verschiedenen Metallen aufbewahrte. Als Basismaterial für ihr Schmiedeprojekt wählte sie Mithril aus. Dieses Metall schimmerte silbern, war leichter und härter als Eisen und ließ sich wesentlich angenehmer formen.

Da Hephaistos in der irdischen Welt nicht über ihre göttlichen Kräfte verfügte, war sie auf die Muskelkraft ihrer physischen Form angewiesen. Leider hatte sie in dieser Hinsicht aufgrund ihrer schlanken Figur einige Defizite. Ein hochwertiges Metall wie Mithril eignete sich daher am besten: So ruinierte sie sich nicht ihren Schmiedearm.

»Sag bloß, du willst die Waffe persönlich schmieden?«, fragte Hestia erstaunt. Sie musste neben Hephaistos herlaufen, denn die war bereits auf dem Weg in die kleine Schmiedestube, die sich im Erdgeschoss des Ladens befand.

»Natürlich. Das ist schließlich eine private Abmachung zwischen uns beiden. Ich denke gar nicht daran, den Rest meiner Familia damit zu belasten.« Sie warf der kleinen Göttin einen vielsagenden Blick zu. *Hast du damit ein Problem?*

Hestia lächelte nervös und schüttelte heftig den Kopf. »Wie könnte ich etwas dagegen haben? Die Meisterschmiedin und Göttin des Feuers bietet mir an, höchstpersönlich eine Waffe für mich herzustellen ... Ich könnte mich gar nicht glücklicher schätzen!«

»Vergiss nicht, dass wir uns in der irdischen Welt befinden. Hier unten nützen mir meine göttlichen Kräfte gar nichts.«

Die Götter hatte verboten, ihre göttlichen Kraft, das Arcanum, in der Welt der Sterblichen einzusetzen. Dementsprechend war selbst die Schmiedegöttin Hephaistos, die in der Götterwelt unzählige legendäre Waffen und Rüstungen hergestellt hatte, auf die gleichen Mittel beschränkt wie die anderen Schmiede ihrer Familia.

»Das ist mir doch egal! Ich freue mich einfach riesig darüber, dass du sie für mich herstellst!«

Hat sie wirklich keinerlei Zweifel an meinen Fähigkeiten? Hestias bedingungsloses Vertrauen rief bei Hephaistos schon ein Stirnrunzeln hervor. Sie musste sich jedoch eingestehen, dass es ihr auch ein wenig gefiel. Um es sich nicht anmerken zu lassen, fing sie an, sie ihre Freundin schroff herumzukommandieren. »Dann bist du hoffentlich auch bereit, deinen Teil dazu beizutragen. Ich werde dich ordentlich schuften lassen!«

»Kein Problem!«, rief Hestia. »Auf mich kannst du dich verlassen!«

Hephaistos stutzte ein wenig. Dann drehte sie sich um und ging zur Tür, während Hestia aufgeregt hinter ihr her hüpfte.

Auch wenn man es der Schmiedegöttin nicht anmerkte: Sie war ebenfalls hochmotiviert. Als sie das Werkzimmer betrat, schaltete sie vollkommen in ihren Arbeitsmodus um. *Dann wollen wir mal eine Waffe schmieden, die den Wünschen meiner Kundin gerecht wird. Eine Klinge, die dem Jungen hilft, seinen Weg in die Zukunft zu beschreiten. Ein Meisterwerk, das das Siegel von Hephaistos verdient hat.* Doch plötzlich hielt sie inne.

Sie erinnerte sich daran, für wen die Waffe gedacht war. Bell Cranel, ein Mensch, gerade einmal vierzehn Jahre alt. Er war das einzige Mitglied der Familia ihrer Freundin und hatte erst vor zwei Wochen ihren Segen erhalten. Kurzum: Als Abenteurer war er ein blutiger Anfänger.

Hephaistos steckte in einer Zwickmühle. Wenn sie eine Waffe schmiedete, die zu mächtig für ihn war, könnte es seinen Charakter verderben und somit sein Wachstum einschränken. Zudem könnte er ihr niemals ihr volles Potenzial entlocken.

Andererseits musste das Erzeugnis hochwertig genug sein, um ihrem Namen keine Schande zu machen. Im Moment dachte sie mehr wie eine Schmiedin als wie eine Göttin. Sie konnte es nicht mit ihrem Gewissen vereinbaren, absichtlich schlechtere Qualität hervorzubringen – das widerspräche all ihren Prinzipien. Und das war ihr Dilemma. *Was mache ich denn jetzt?*

In Gedanken ging sie all ihre bisherigen Werke durch und hoffte auf eine Eingebung. Währenddessen schielte sie zu Hestia hinüber, die gutgelaunt neben ihr stand. *Wenn meine liebe Freundin wüsste, wie viel Ärger sie mir mit diesem Auftrag macht …*

Ein neuer Morgen brach an. Hestia war nun seit drei Tagen verschwunden. Bei meinem Frühstück hatte ich mich zugegebenermaßen etwas einsam gefühlt. Nun bereitete ich mich darauf vor, wieder in den Dungeon zu gehen.

Die Tatsache, dass meine Göttin nicht hier war, änderte nichts an dem, was ich zu tun hatte. Vielmehr war es eine gute Gelegenheit: Ich würde so viel Geld wie möglich verdienen und es ihr stolz präsentieren, wenn sie zurückkam. Ich betrachtete mich im Spiegel und klatschte mir mit beiden Händen auf die Wangen, um meinen Kampfgeist zu aktivieren.

Als Nächstes band ich mir die Tasche um, in der ich neulich die Heiltränke verstaut hatte, und steckte meinen Dolch in das Holster an meiner Hüfte. Zu guter Letzt warf ich mir noch meinen Rucksack über den Rücken. »Ich geh dann mal los!«, rief ich ins leere Zimmer hinein. Dann machte ich mich auf den Weg.

Mein Bein fühlt sich wieder völlig gesund an. Heute könnte ich mich vielleicht ein bisschen weiter runterwagen als bis Ebene 5 …

Letztes Mal war ich ohne Sinn und Verstand in die Tiefen des Dungeons vorgestolpert und nur knapp mit dem Leben davongekommen. Diesmal wollte ich es richtig angehen und mich für die Demütigung rächen. Jetzt, wo mein Status sich so enorm verbessert hatte, sollte das kein Problem darstellen. Sollte. Um auf Nummer sicher zu gehen, beschloss ich, vorher Einas Rat einzuholen.

Den Kopf voller Gedanken über meine Pläne, verließ ich die heimelige Kirchenruine, und prompt begrüßte mich die frische, kühle Morgenluft. Wie gewohnt folgte ich den verschlungenen Seitengassen, um auf die zentrale Weststraße zu gelangen.

Mit jedem Schritt ging ich etwas schneller. Um mich her beobachtete ich das bekannte morgendliche Schauspiel.

Eine Bedienung, die die Terrasse vor einem Wirtshaus herrichtete. Zwei Tiermenschen, die sich an einer Straßenecke herumdrückten. Nur das Mädchen, das aus einem Fenster im ersten Stock die Straße beobachtete, war heute nicht da.

»Miaaaau! Weißschopf, warte mal!« Ich zuckte zusammen und blieb dann stehen. Weißschopf?!

Als ich mich umdrehte, sah ich eine junge Felina mit ihren Katzenohren und ihrem dünnen Katzenschwanz, die mir zuwinkte. Es war eine der Kellnerinnen aus dem »Hostess of Fertility«.

Ja, an das Geläster der Mädchen erinnerte ich mich gut. Ich schaute mich noch einmal in der Umgebung um. »Meinst du mich?«, fragte ich schließlich, woraufhin sie eifrig nickte.

Den Korb, den Syr mir für das Essen ausgeliehen hatte, hatte ich schon längst zurückgebracht. Was konnte sie sonst von mir wollen? Verdutzt ging ich auf sie zu.

»Guten Morgen, miaaau«, maunzte sie und verbeugte sich dabei. »Tut mir leid, dass ich dich so plötzlich herwinke.«

»Oh, ähm, Morgen. Kann ... Kann ich etwas für dich tun?« Heute wirkte sie manierlicher als noch beim letzten Mal.

Sie redete nicht lang um den heißen Brei herum. »Ich möchte dich um etwas bitten, miaaau. Hier.«

»Hm? Was ist das?«

»Schnurrr! Du und Syr seid doch Freunde, oder? Dann sei so gut und bring es diesem Schussel.«

Ich sah genauer hin und erkannte, dass es sich um einen kleinen violetten Geldbeutel mit Metallverschluss handelte. Er musste von einer Handwerker-Familia hergestellt worden sein, so viel verriet mir das Siegel darauf. Um welche es sich handelte, wusste ich aber nicht.

Außerdem wusste ich nicht, was genau ich nun damit anstellen sollte. Warum bat sie mich darum, Syr den Beutel zu bringen? Die beiden arbeiteten doch im selben Wirtshaus!

»Anya, wie soll Herr Cranel denn wissen, was du von ihm willst, wenn du ihm so wenig Informationen gibst?« Nun trat auch das Elfenmädchen von neulich auf die Straße. Gerade eben war sie noch damit beschäftigt gewesen, die Terrasse herzurichten.

Ich war ein wenig entzückt darüber, meinen Namen aus ihrem Mund zu hören. Schließlich bedeutete das, dass sie ihn sich gemerkt hatte.

»Mrrrau, red keinen Blödsinn, Ryu! Er hat schon verstanden, dass Syr uns mit der Arbeit allein gelassen und auf dem Weg zum Festival ihren Geldbeutel vergessen hat und er ihn ihr jetzt bringen soll, schnurrr. Hab ich recht, Weißschopf?«

»Da hast du die ganze Geschichte«, seufzte Ryu. »Tut mir leid, dass sie deine Zeit mit ihrem wirren Gerede vergeudet hat.«

»Schon in Ordnung! Jetzt weiß ich Bescheid, denke ich.«

Die Felina, derart bloßgestellt von ihrer Kollegin, bewegte gereizt ihren Schwanz hin und her. Sie zitterte vor Wut und war puterrot. Ich bekam es richtig mit der Angst zu tun.

»Beachte sie einfach nicht. Könntest du uns diesen Gefallen tun? Ich würde es ja selbst machen, aber wir müssen den Laden für die Kundschaft vorbereiten und kommen hier nicht weg ... Ich weiß, du wolltest eigentlich in den Dungeon, aber ...«

»Überhaupt kein Problem«, unterbrach ich sie. »Aber stimmt es wirklich, dass Syr einfach von der Arbeit abgehauen ist?«

»Das wäre der falsche Ausdruck. Syr arbeitet zu etwas anderen Bedingungen im Gasthaus als der Rest von uns.«

Ich konnte mir nicht vorstellen, dass die sonst so fleißige Syr ihre Kolleginnen einfach im Stich ließ. Aber Ryu erklärte mir, Syr habe heute frei. Sie arbeitete offenbar nicht jeden Tag im Wirtshaus, im Gegensatz zum Rest der Belegschaft, der außerdem dort wohnte. Sie hatte die Erlaubnis der Wirtin, aufs Festival zu gehen.

»Und dieses Festival, von dem ihr redet, ist diese Monsterphilia?«, hakte ich nach. Diesen Namen hatte ich im Turm Babel aufgeschnappt. Ich hatte keine Ahnung, was genau sich bei diesem Festival abspielte, war jedoch neugierig.

»Genau. Sie wollte sich die Eröffnungszeremonie ansehen. Du klingst, als ob dir die Monsterphilia kein Begriff wäre. Das ist seltsam, normalerweise kennt diese Veranstaltung jeder in Orario.«

»Na ja, genau genommen bin ich erst vor Kurzem hergezogen ... Könntet ihr mir ein paar Dinge dazu ...?« Doch ehe ich meinen Satz beenden konnte, sprang die Felina, die bis eben noch schmollend zu Boden geblickt hatte, zwischen uns und redete hektisch drauf los.

»Die Monsterphilia ist ein monstermäßig großes Monsterfestival, das jedes Jahr von der Ganesha-Familia veranstaltet wird, miaaau! Sie bringen Monster aus dem Dungeon in die Arena, um sie dort zu dressieren, miaaau!«

»Moment ... Um sie zu dressieren?!«, fragte ich verwundert. Versuchten die etwa tatsächlich, diese brutalen und wilden Bestien zu zähmen?

»Schnurrr? Ja, was ist daran so komisch? Du bist doch ein Abenteurer, also hast du doch bestimmt schon mal erlebt, wie ein Monster, das du besiegt hast, wieder aufgestanden ist und dich angesehen hat, als wollte es sich dir anschließen.«

»Ich, ähm ... Nein, das ist mir tatsächlich noch nie passiert.« Ungläubig fragte ich mich, was für ein Blick das wohl war und ob ich ihn vielleicht doch schon einmal gesehen hatte, ohne mir seiner Bedeutung bewusst zu sein.

»Das Zähmen ist eine legitime und anerkannte Abenteurerfähigkeit. Natürlich hängt der Erfolg stark vom Wesen des Monsters ab, aber im Prinzip demonstriert man dem Monster seine Überlegenheit und bringt ihm dann bestimmte Verhaltensweisen bei.«

Einem Monster bestimmte Verhaltensweisen beibringen?! Das klang für mich, als wäre ich in einer anderen Welt aufgewacht.

»Die Monster im Dungeon sind Menschen gegenüber zu feindselig eingestellt. Deshalb suchen Abenteurer meist an der Oberfläche nach welchen, die sie zähmen können, schnurrr. Aber die Leute aus der Ganesha-Familia sind so gut, dass sie selbst die Monster aus dem Dungeon dressieren können, miaaau!«

Selbst ein Neuling wie ich hatte den Namen Ganesha schon oft gehört. Das schien eine der mächtigsten Sippen in ganz Orario zu sein, was man auch an der großen Mitgliederzahl sah.

»Also machen sie eine Show daraus, so lange gegen Monster zu kämpfen, bis sie sie gezähmt haben?«

»Ganz genau, miaaau. Ein bisschen wie in einem Zirkus. Einem extrem gefährlichen Zirkus.«

Das alles klang in der Tat gefährlich.

»Eigentlich wollten wir uns die Vorführung auch ansehen, aber Mama Mia hat es nicht erlaubt. Syr hat versprochen, uns was vom Festival mitzubringen, miaaau ... Was nett wäre, wenn sie bloß ihren Geldbeutel nicht vergessen hätte, schnurrr. Sie ist so ein Tollpatsch!«

»Das sagt die Richtige«, warf Ryu ein.

»He he …«

Im Groben wusste ich nun, wo das Problem lag: Ohne Geldbeutel kein Geld, also konnte Syr weder Mitbringsel noch sonst irgendetwas auf dem Festival kaufen. Da sie mir sonst immer Essen zugesteckt hatte, wollte ich jetzt die Gelegenheit nutzen, mich zu revanchieren.

»Die zentrale Oststraße, die zur Arena führt, dürfte jetzt schon ziemlich voll sein. Folg einfach den Leuten, dann findest du's bestimmt ganz leicht.«

»Miaaau, Syr ist eben erst losgegangen, du holst sie bestimmt noch ein, wenn du gleich aufbrichst!«

Die beiden boten mir noch an, solange auf meinen Rucksack aufzupassen: Der werde mir im Gedränge sicher nur im Weg sein.

Mit weniger Last auf den Schultern und Syrs Geldbeutel in der Hand blickte ich in Richtung des Turms in der Stadtmitte und zur zentralen Oststraße, die sich dorthin erstreckte. Ich fragte mich, was mich bei der Monsterphilia wohl erwarten würde. Vielleicht könnte ich die Gelegenheit nutzen und mich noch ein wenig umsehen. Dann kehrte ich dem Wirtshaus den Rücken.

Die Straße war voller jubelnder Stimmen. Feierlaune lag in der Luft. Es war neun Uhr, eine Zeit, zu der ein Großteil der Abenteurer in den Dungeon aufbrach, deshalb waren hier hauptsächlich gewöhnliche Bürger unterwegs.

Auf der Straße und den Gehwegen waren Stände aufgebaut, von denen köstliche Düfte herüberwehten. Überall war das Knistern und Brutzeln von Grills zu hören. Die Straße war mit Girlanden und Blumen geschmückt.

Über den Besuchern bewegten sich bunte Fähnchen sanft im Wind. Zwei verschiedene Bilder waren auf ihnen zu sehen: Zum einen der Elefantenkopf – das Emblem der Ganesha-Familia –, zum anderen die bedrohliche Silhouette eines Löwen, die für die Monster stand.

Ein Tiermenschenkind, das vor Aufregung einen ganz roten Kopf hatte, zerrte an der Hand seiner Mutter. Wohin es so dringend wollte, konnte ich bei all dem Fußgetrappel nicht verstehen. Die Sonne schien so strahlend vom Himmel, dass man auf den Gedanken kommen konnte, sie täte es zu Ehren des Festivals. Die gesamte zentrale Oststraße war von den Feierlichkeiten vereinnahmt.

Der Strom aus Leuten erstreckte sich bis zur riesigen Arena am östlichen Ende der Stadt. Aus dem ersten Stock eines Cafés beobachtete ein Paar silberner Augen die Menge, die sich langsam auf die Monsterphilia zuschob.

Die Inneneinrichtung des Geschäfts war aus Holz und schuf eine warme, einladende Atmosphäre. Direkt am Fenster, allein an einem Tisch, saß die Besitzerin der beiden Augen. Damit niemand ihr Gesicht oder auch nur ihre weiße Haut zu sehen bekam, trug sie einen dunkelblauen Umhang mit einer Kapuze. Doch jeder Versuch, ihre unvergleichliche Schönheit unter einer läppischen Schicht Stoff zu verbergen, war von vornherein zum Scheitern verurteilt. Die vielen Blicke, die die anderen Gäste des Café der Frau dennoch zuwarfen, dienten als Beweis dafür. Immer, wenn sie mit ihren filigranen Fingern nach der Tasse griff, um daran zu nippen, ragte ihr anmutiges Kinn ein Stückchen aus dem Schatten der Kapuze hervor, und dann hielten alle Leute um sie herum den Atem an. Ein paar der umherlaufenden Gäste blieben sogar kurz stehen, um das Schauspiel zu bewundern.

Doch im Grunde genommen tat Freya nichts – sie saß nur still da und blickte aus dem Fenster. Daran zeigte sich wieder einmal, wie stark die Anziehungskraft einer Göttin der Schönheit war.

Sie beobachtete all die Erdenbewohner, die unter ihrem Fenster vorbeiströmten …

Menschen, Tiermenschen, Zwerge, Elfen – sie alle waren ihre Kinder. In der bunten Ansammlung von Stadtbewohnern fanden sich hier und da auch Abenteurer. Auf diese Silhouetten achtete sie besonders genau, als würde sie etwas überprüfen oder jemanden suchen.

Der Holzboden unter ihr quietschte: Mehrere Personen näherten sich. Sie wandte sich von den Abenteurern auf der Straße ab und ihren Besuchern zu.

»Hallöchen! Wartest du schon lange?«

»Nein, ich bin eben erst gekommen.«

Unter der Kapuze blitzte Freyas freches Grinsen hervor. Ihr Haar war nicht so rot wie das von Hephaistos, ließ eher an einen Sonnenuntergang denken als an ein loderndes Feuer. Mit ihrer ausgeleierten Kleidung wirkte sie wie ein nachlässiger Kerl, nicht wie eine Göttin.

Sie presste die Zähne zusammen, um ein Gähnen zu unterdrücken. Dann lachte sie auf.

»Ich hab heute noch nichts gefrühstückt. Kann ich mir hier was bestellen?«, fragte Loki und zog sich einen Stuhl heran.

»Natürlich, fühl dich frei.« Freyas immerwährendes Lächeln geriet durch nichts ins Wanken. Man merkte sofort, dass zwischen den beiden die Vertrautheit einer jahrelangen Freundschaft herrschte, als wüssten sie alles übereinander.

»Hast du dich von dem Bankett erholt? Wie man hört, hast du allein so viel getrunken wie zehn Göttinnen, ha ha! Hestia hat dir wohl ganz schön zugesetzt.«

»Verbünden sich die Megamöpse jetzt gehen mich, oder was? Wo hast du das denn schon wieder her?«

»Niemand verbündet sich gegen dich. Aber die Mitglieder deiner Familia haben sich ziemlich laut darüber ausgelassen. Für sie bist du wohl immer ein aufregendes Gesprächsthema.«

»Grrrr, diese miesen kleinen ...«

Loki war es, die Freya in dieses Café bestellt hatte. Seit ihrem Treffen auf dem Bankett der Götter waren einige Tage vergangen.

»Willst du mir nicht endlich deine Begleitung vorstellen?«

»Was denn, ist das echt nötig?«, fragte Loki verdutzt.

»Offiziell begegnet sind wir uns bisher zumindest nicht.«

Das goldene Haar des Mädchens neben Loki leuchtete so sehr, dass selbst die Göttin der Schönheit die Augen zusammenkneifen musste. Der Haltung nach hätte man denken können, dass es sich um Lokis Leibwächterin handelte.

»Na schön ... Das ist Aiz, eines meiner Kinder. Reicht das? Sieh, Aiz, die da ist eine Göttin, auch wenn sie nicht so aussieht. Sag Hallo.«

»Sehr erfreut.«

»Die Prinzessin der Klingen«, sagte Freya leise zu sich selbst, während sie sie musterte.

Aiz Wallenstein. Die formidable Schwertkämpferin der Loki-Familia, selbst unter den Göttern in aller Munde. Natürlich hatte Freya eigentlich keine Vorstellung gebraucht. Dieses Mädchen war weit über die Grenzen der Stadt hinaus bekannt.

Eine Schönheit wie sie ging für gewöhnlich keinem so gefährlichen Gewerbe nach. Wer sie nicht kannte und ihr auf der Straße begegnete, würde wohl kaum ahnen, über wie viele Monsterleichen sie bereits gegangen war.

»Komm, setz dich!«, sagte Loki zu ihr. Aiz nahm auf dem benachbarten Stuhl Platz.

»Wie hübsch du bist …«, sagte Freya. Silberne Augen blickten in goldene. »Es wundert mich gar nicht, dass du Lokis Lieblingskind bist.« Aiz wiederum verzog keine Miene und bedankte sich höflich für das Kompliment.

»Und warum hast du die Prinzessin der Klingen hierher mitgebracht?« Freya musste lächeln – das Pseudonym passte so gar nicht zu ihrer Erscheinung.

»Warum wohl? Natürlich weil ich mit Aiz hinterher über die Monsterphilia schlendern will – unser intimes Date!« Loki lachte anzüglich.

»Außerdem ist meine Prinzessin gerade erst von einer langen Expedition zurückgekehrt. Wenn ich sie mir nicht gleich schnappe, macht sie sich direkt wieder in den Dungeon auf, und ich kriege sie gar nicht zu Gesicht.«

Aiz schwieg.

»Sie gönnt sich wohl niemals eine Pause, hab ich recht?« Loki streckte die Hand aus und tätschelte Aiz den Kopf. Die senkte kurz den Blick, und ihr war ein Anflug von Widerwillen anzumerken, doch letztlich ließ sie Loki gewähren.

Freya beeindruckte jedoch vor allem die Fürsorge und Wärme in Lokis Blick, wenn sie ihren Schützling ansah. *Seit ihrer Zeit im Götterreich hat sie sich wirklich sehr verändert …*

»Möchtest du mir dann so langsam verraten, warum du mich hergebeten hast?«

»Ach, ich wollte einfach mal wieder ein bisschen mit dir quatschen.«

»Lügnerin«, sagte Freya und grinste unter ihrer Kapuze hervor.

Loki musste ebenfalls lächeln. Mit einem Mal veränderte sich die Atmosphäre am Tisch.

Der Kellner, der das Pech hatte, genau in diesem Moment an den Tisch zu kommen, um die Bestellung aufzunehmen, war von der Anspannung, die zwischen den beiden Göttinnen herrschte, wie paralysiert. Aiz saß schweigend daneben und beobachtete die Szene, ohne sich einzumischen.

»Reden wir nicht um den heißen Brei. Du führst irgendwas im Schilde, oder?«

»Ich habe keine Ahnung, was du meinst, Loki.«

»Tu nicht so.«

Freya ging nicht weiter auf Loki ein, sondern warf der zur Salzsäule erstarrten Bedienung ein freundliches Lächeln zu. Der Mann riss vor Schreck die Augen auf und lief knallrot an, als hätte er plötzlich Fieber bekommen. Dann machte er auf dem Absatz kehrt und ging eilig davon.

Nun, da sie allein waren, beäugte Loki Freya wie ein Raubvogel.

»In letzter Zeit bist auffällig aktiv: Du kommst zum Bankett, an dem du noch vor einiger Zeit gar kein Interesse hattest, und bist plötzlich scharf auf ganz bestimmte Informationen ... Also, was führst du im Schilde?«

»Das klingt ja, als würde ich irgendwelche finsteren Pläne verfolgen ...«

»Jetzt hör mal: Du weißt so gut wie ich, dass es nie ein gutes Ende nimmt, wenn du etwas ausheckst!« Lokis Blick machte deutlich, dass sie Freyas Machenschaften nicht dulden würde, wenn sie selbst in irgendeiner Weise davon beeinträchtigt wäre.

Doch Freya hielt ihrem Blick stand. Unsichtbare Funken sprühten, als würden sich die Göttinnen mit ihren Blicken ein Duell liefern. Die geladene Atmosphäre erfasste bald den ganzen Raum, und die anderen Gäste suchten nach und nach das Weite.

Aiz beobachtete die beiden schweigend. Sie befürchtete allmählich, der telepathische Schlagabtausch könnte ewig andauern. Doch dann schien Loki sich zu entspannen. Sie lehnte sich zurück, und die Anspannung im Raum verflüchtigte sich.

»Ein Mann, hab ich recht?«

Freya antworte nicht, sie lächelte nur. Doch das schien für Loki Antwort genug zu sein. Sie stieß einen langen, tiefen Seufzer aus. »Also hast du dich mal wieder in das Kind einer anderen Familia verguckt.«

Freya war unter den Göttern für ihre Vorlieben ... nein, Marotten in Sachen Männer berüchtigt. Wenn ihr ein Mann gefiel – und meistens handelte es sich um Männer der irdischen Welt –, dann fackelte sie nicht lange. Ihre Schönheit war wie ein Gift, machte sie zu willenlosen Sklaven.

Die Vermutung lag nahe, dass sie es auf jemanden abgesehen hatte und zum Bankett der Götter gekommen war, um herauszufinden, welcher Familia er angehörte.

Natürlich führte es zu Streit, wenn jemand versuchte, das Kind einer anderen Familia für sich zu beanspruchen, sprich: zu stehlen. Sollte Freya sich mit einer großen, mächtigen Familia angelegt haben, drohten ihr üble Konsequenzen. Deshalb, mutmaßte Loki, hatte Freya auf dem Bankett zunächst Informationen gesammelt: Sie wollte kein Risiko eingehen.

Freya hatte es nicht abgestritten, also lag Loki wahrscheinlich richtig.

»Meine Güte, hast du denn nichts anderes im Kopf? Vor dir ist ja nichts und niemand sicher, egal ob jung oder alt.«

»Jetzt tust du mir aber unrecht. Ich treffe eine sorgfältige Auswahl.«

»Verkauf mich nicht für dumm. Ich bin nicht so einfältig wie manche anderen Götter.«

»Sagen wir einfach: Ich bin flexibel. Es hat seine Vorteile, sie um den Finger zu wickeln, weißt du?«

Loki schnaubte. Sie hatte nicht vor, Freya eine ernsthafte Moralpredigt zu halten, dafür kannte sie sie zu gut. Mehr als ein Achselzucken würde sie ihr ohnehin nicht abringen.

Sie lehnte sich zurück und verschränkte die Hände hinter dem Kopf. So zeigte sie Freya, dass das Verhör vorbei war.

Freya nickte leicht und führte gemächlich ihre Tasse an die Lippen. Ihr Tee war längst kalt geworden.

Im Zimmer herrschte nun wieder eine gewisse Gelassenheit. Nun war vor allem der Lärm zu hören, der von der Straße hereindrang. Zugleich wehte ein lauer Wind durchs Fenster herein und strich über Freyas Kleid.

»Und?«

»Und was?«

»Wen hast du diesmal ins Visier genommen, und wann?« Loki grinste, aber ihr Blick machte deutlich, dass sie Freya nicht gehen lassen würde, bis sie mit der Wahrheit herausrückte.

Doch Freya sagte gar nichts.

»Komm schon, nach dieser Aktion bist du mir eine Antwort schuldig.«

Freya stützte den Kopf in die Hand und schaute zum Fenster hinaus. Sie nahm jedoch keine Notiz von den vielen Abenteurern unten auf der Straße, sondern ließ den Blick, beinahe melancholisch, in die Ferne schweifen.

»Er ist nicht besonders stark. Noch kann er es nicht annähernd mit den Kindern deiner und meiner Familia aufnehmen. Er verletzt sich leicht und hat nah am Wasser gebaut. Das fasst es ganz gut zusammen, denk ich …«

Ihre zarten Lippen begannen zu zittern.

»Und doch ist er wunderschön. Solch klare Farben hab ich noch nie zuvor gesehen … Er hat nur einen Augenblick gebraucht, um mich völlig zu vereinnahmen.«

In ihrer Stimme lag ein Hauch von Leidenschaft, den außer Loki wohl niemand bemerkt hätte.

»Dass ich ihn gefunden habe, war reiner Zufall. Er war plötzlich einfach da.« Freya blickte ins Leere, als würde sie jene erste Begegnung gerade noch einmal gedanklich durchleben.

»Ich saß genau hier …«

Und dann, dort unten, in blasses Morgenlicht getaucht, erspähte sie ihn mit einem Mal, ganz so wie in ihrer Erinnerung. Sie heftete den Blick auf den jungen Abenteuer mit den weißen Haaren, während er die Straße hinunterging. Mal beschleunigte er, mal blieb er stehen, und bahnte sich so seinen Weg durch die Massen. Sein Weg führte ihn in Richtung der riesigen kreisrunden Arena und damit der Monsterphilia, soviel konnte sie mutmaßen. Sie lächelte bezaubert, während der Junge allmählich gen Horizont verschwand.

»Entschuldigt mich, ich habe etwas zu erledigen.«

»Wie bitte?!«

»Bis zum nächsten Mal.« Freya stand auf und ließ Loki verdutzt sitzen. Sie zog ihre Robe fester um sich und verließ das Geschäft.

»Warum steht die einfach auf und geht?!« Loki blickte verwundert in Richtung der Treppe, die Freya gerade hinabgestiegen war. Dann drehte sie sich zu Aiz um. »Findest du das nicht auch ... Hm?«

Aiz hatte sich ein Stück entfernt und sah nun selbst wie gebannt aus dem Fenster.

»Stimmt was nicht?«

»Nein, alles in Ordnung«, antwortete Aiz, wandte ihren Blick jedoch nicht von der Straße ab. Wie auch Freya sah sie dem Jungen mit den weißen Haaren nach.

»Hier, bitte.«

»Waaas?!«

Hephaistos, in eine schwere Schmiedeschürze und Arbeitshandschuhe gekleidet, hielt eine kleine Schachtel in den Händen. Hestia nahm sie erstaunt entgegen; sie hatte zwar dunkle Augenringe, strahlte jedoch bis über beide Ohren.

»Ich hoffe, du bist damit zufrieden.«

»Natürlich! Logisch! Wie könnte ich das nicht sein?« Gespannt hob sie den Deckel an und lugte in die Schachtel: Ein Kurzschwert mit nachtschwarzem Griff lag darin, das in einer ebenso schwarzen Scheide steckte. Auf den ersten Blick wirkte es wie eine simple Waffe; dennoch gehörte auch sie zu Hephaistos' Meisterwerken, und Hestia hatte ihren Teil dazu beigetragen. Ein harter Tag des Schmiedens lag hinter den beiden. Hestia konnte es kaum erwarten, Bell die Früchte ihrer Arbeit zu zeigen.

»Ach ja: Gibst du der Waffe auch einen Namen, Hephaistos? Oder vielleicht sollte ich das machen! Aber klar! Wie wär's mit einem Namen, der die Liebe zwischen mir und Bell widerspiegelt? ›Liebesdolch‹ oder so?!«

»Bloß nicht! Für so einen Namen müsste ich mich ja schämen! Aber er sollte eine Verbindung zu dir haben, das stimmt schon … Wie wär's denn mit … ›Hestia Knife‹?«

»He he, nicht doch! Da werd ich ja ganz rot!« Hestia bedeckte ihre Wangen mit den Händen und schüttelte den Kopf, dass die Zöpfe wackelten.

»Damit eins klar ist: Diesen Dolch strecke ich dir vor, verstanden? Du wirst mir alles zurückzahlen!«

»Weiß ich doch, weiß ich doch!« Hestia grinste und nickte eifrig. Hephaistos löste indessen die Haare aus dem engen Zopf, den sie beim Schmieden getragen hatte, und seufzte. »Brichst du etwa gleich auf?«

»Ja«, antwortete Hestia, schon halb zur Tür hinaus. Ihre Ungeduld war nicht zu übersehen. »Tut mir leid!«

»Du solltest dich erst mal richtig ausruhen!«

Hestia nahm den wohlgemeinten Rat zur Kenntnis, winkte jedoch nur, ohne sich umzudrehen, und verließ den Werkschuppen der göttlichen Meisterschmiedin. *Ich kann's kaum erwarten, Bell den Dolch zu zeigen! Wenn ich daran denke, wie sehr er sich freuen wird, komme ich selbst nicht aus dem Grinsen raus! Ob er in Jubel ausbricht? Oder mich voller Dankbarkeit ansieht? Oder mich stürmisch umarmt?!*

Hestia konnte sich ein schmutziges Grinsen nicht verkneifen, während sie ihrer Fantasie freien Lauf ließ. Es wurde ein Giggeln daraus, und schließlich krümmte sie sich vor Lachen, mitten auf der Straße, und es dauerte eine Weile, bis sie sich wieder beruhigt hatte.

Während sie der zentralen Nordweststraße folgte, kam sie zu dem Schluss, dass es wohl das Beste sei, ins Zimmer unter der

Kirche zurückzukehren und dort geduldig auf Bell zu warten. Am liebsten hätte sie ihm den Dolch direkt übergeben, aber sie wusste ja nicht, wo er steckte. Um diese Zeit war er womöglich im Dungeon unterwegs.

Als sie an einem Geschäft vorbeikam, fiel ihr Blick auf ein Plakat. Sie sah es sich näher an und musste grinsen. »Hm? Oooh, ha ha! Jetzt ist alles klar.«

Auf dem Plakat stand das Programm der Monsterphilia. Diese einmalige Veranstaltung würde sich Bell bestimmt nicht entgehen lassen. Schließlich war er noch relativ neu in der Stadt.

Vielleicht sollte ich auch hingehen? Ich finde ihn bestimmt im Handumdrehen, schließlich ist er für mich wie ein offenes Buch! Vor lauter Aufregung kam sie nicht einmal auf den Gedanken, dass sie ihn im Gedränge übersehen oder bei all dem Lärm womöglich gar kein vernünftiges Gespräch mit ihm führen könnte. Und so beschloss sie, das Festival aufzusuchen.

»Hallo, Taxi!« Sie gab einer Pferdekutsche ein Handzeichen, und der junge Kutscher brachte seinen Wagen vor ihr zum Stehen.

»Zur zentralen Oststraße, bitte!«, sagte sie und stieg ein.

»He he, sehr wohl, werte Göttin! Ihr wollt zur Monsterphilia, nehme ich an?«

»Ganz genau!«

Der Kutscher ließ die Peitsche schnalzen, und das Gefährt setzte sich in Bewegung. Wegen der hölzernen Räder spürte Hestia jeden einzelnen Pflasterstein, und sie wurde auf ihrem Sitz kräftig durchgeschüttelt.

Orario war eine riesige Stadt, größer als die meisten anderen Städte der Welt – immerhin beherbergte sie zahlreiche Familia und Scharen von Abenteurern. Daher bediente man sich lieber solcher Transportmittel, anstatt zu Fuß die weitläufigen Straßen abzugehen. Die Pferdekutschen beförderten jedoch nicht nur Passagiere, sondern wurden auch zum Warentransport genutzt.

Übrigens ging der Ausruf »Taxi!« auf eine Laune der Götter zurück und war von der restlichen Bevölkerung einfach übernommen worden. Niemand wusste, was das Wort genau bedeutete.

»Ich weiß, die Straßen sind voll, aber ich würde gern so schnell wie möglich dort ankommen ... Kannst du dich bitte beeilen?«

»Wie könnte ich die Bitte einer Göttin ablehnen? Hüja!« Der Kutscher schnalzte mit der Zunge und lenkte die Pferde geschickt durch die Menge, an belebten Ständen vorbei und durch Gassen, von denen manche gerade so breit waren, dass sie mit knapper Not hindurchpassten.

Hestia betrachtete das bunte Treiben auf den Straßen, während sie mit dem jungen Kutscher plauderte. Er konnte nicht mehr als fünf Jahre älter sein als Bell.

»Oje ... Tut mir leid, werte Göttin, aber hier scheint es nicht weiterzugehen.«

»Oh, wirklich?«

Unweit der zentralen Oststraße kam die Kutsche zum Stehen: Die Straßen waren plötzlich so überfüllt mit Passanten, dass kein Durchkommen mehr war. Der Kutscher rieb sich verzweifelt die Stirn, aber Hestia erhob sich einfach und stieg ab. »Keine Sorge, das restliche Stück kann ich laufen!«

»Tut mir wirklich leid. Aber wenn Ihr durch die Gasse dort geht, kommt Ihr im Handumdrehen auf die zentrale Straße!«

»Danke! Wie viel schulde ich dir?«

»90 Valis macht das«, antwortete der Kutscher. Hestia öffnete ihren Geldbeutel, schüttete sich den gesamten Inhalt in die Hand und gab alles strahlend dem Jungen.

»Hier, den Rest kannst du behalten.«

»Ähm, aber das sind genau 90 Valis …«

Doch Hestia hüpfte bereits fröhlich in die Gasse hinein. An den Kutscher, der ihr enttäuscht nachblickte, dachte sie schon gar nicht mehr.

Der Weg vor ihr war schmal und schummrig, und es war niemand zu sehen. Auf diese Weise kam sie wesentlich schneller voran, ganz wie der Junge es versprochen hatte. Entschlossen schritt sie voran, die Schachtel mit dem wertvollen Dolch unter den Arm geklemmt.

Sie war halb durch die Gasse, da war sie plötzlich nicht mehr allein: Eine Gestalt in einer dunkelblauen Robe bog um die Ecke und kam auf sie zu. Silbernes Haar lugte unter der Kapuze hervor. Hestia hatte eine Ahnung, um wen es sich handelte.

»Nanu? Bist du das etwa, Freya?«

»Hestia …?«

»Sag bloß, du willst auch zur Monsterphilia? Musst es ja ganz schön eilig haben, wenn du dich in eine so dunkle Gasse wagst.«

»Ganz recht. Ich meide überfüllte Straßen lieber und entziehe mich etwaigen neugierigen Blicken.«

»Tja, als Göttin der Schönheit hat man's nicht leicht.«

Wenn ein Sinnbild der Schönheit einfach unverhüllt über die Hauptstraßen geschlendert wäre, wäre sofort Chaos ausgebrochen. Eine Kutsche war demnach auch nicht in Frage gekommen. Ihr war praktisch gar nichts anderes übriggeblieben, als sich eine Robe überzuwerfen und heimlich über Hintergassen ihren Zielort zu erreichen. Hestia nickte verständnisvoll, und Freya lächelte unter ihrer Kapuze.

»Ach ja, hast du zufällig das Kind meiner Familia gesehen?«, fragte Hestia. »Ich bin gerade auf der Suche nach ihm.«

Freya schwieg.

»Ein junger Mensch. Weiße Haare, rote Augen ... Hat ein bisschen was von einem Hasen!« Hestia wedelte wild mit den Armen, während sie Bell beschrieb. Freyas Lächeln verschwand kurz, doch dann ließ sie es wieder aufblitzen und deutete mit dem Finger. »Ich glaube, ich habe ihn tatsächlich gesehen: Auf der zentralen Oststraße in dieser Richtung.«

»Wirklich?!«

»Ja. Er schien auf dem direkten Weg zur Arena zu sein. Wenn du dort vorne links abbiegst, solltest du ihn einholen.«

Hestia lächelte bis über beide Ohren und bedankte sich für den Hinweis. Dann verschwand Freya kichernd in eine andere Richtung. Hestia hinterfragte die Aussage der Göttin der Schönheit nicht. Sie folgte der Gasse eine Weile, die schließlich breiter wurde, sodass Hestia mehr warme Sonnenstrahlen abbekam. Kurz darauf gelangte sie auf die zentrale Oststraße.

Dort herrschte geschäftiges Treiben, aber unter den Passanten erspähte sie dennoch recht mühelos die weißen Haare ihres Schützlings, der gerade versuchte, sich seinen Weg durch die Menge zu bahnen. »Heeey, Beeeell!«

»Was? Wer ...« Jemand rief meinen Namen, und ich drehte mich um. Als ich sah, dass sich dort meine Göttin, die ich schon so lange nicht mehr gesehen hatte, an den Leuten vorbeidrängte, riss ich die Augen weit auf. »Göttin? Was machst du denn hier?!«

»Was ist das denn für eine Frage? Ich bin natürlich hier, um dich zu sehen!«

Hestia bäumte sich stolz vor mir auf, vielleicht etwas mehr, als es ihr kleiner Körper eigentlich hergab. Immerhin wirkte die Demonstration ihres mächtigen Busens beeindruckend ... wenn auch nicht unbedingt auf mich. Jedenfalls wurde ich aus ihrer Antwort nicht wirklich schlau. »Das kann ich mir schon denken. Ich meinte eher ... Wo hast du die ganze Zeit gesteckt, und warum tauchst du ausgerechnet hier auf?«

»Echt unglaublich, dass ich dich in diesem Gedränge auf Anhieb gefunden hab! Ich wusste ja, dass eine besondere Verbindung zwischen uns besteht! He he he!«

Ich dringe gar nicht zu ihr durch ...

Hestia war vollkommen in ihrer eigenen Welt gefangen und ließ mich hilflos danebenstehen.

»Ähm, Hestia? Ich freu mich ja auch, dich zu sehen, aber ... Möchtest du mir nicht erzählen, was passiert ist?«

»He he, ist da etwa jemand neugierig? Du willst wohl wissen, warum ich so aufgedreht bin, hm?«

»Ja, wie gesagt ...«

Hestia grinste breit. Die Arme hielt sie hinter sich, und sie raschelte mit irgendetwas herum. Verwundert sah ich sie an.

»Also, Bell ... Es ist nämlich so ...« Sie brach ab und schaute sich unter den vielen fröhlichen Leuten auf der Straße um. Dann blickte sie zum Himmel auf, als wollte sie sich selbst zur Geduld ermahnen. »Nein, jetzt noch nicht. Ich zeig's dir später!«

»Was?! Aber ...«

»Mach nicht so ein Gesicht, freu dich lieber drauf!« Hestia nahm meine Hand und zerrte mich hinter sich her. Die unerwartete Berührung ließ mein Herz ein wenig höherschlagen.

»Lass uns auf ein Date gehen, Bell«, rief sie.

»E... Ein Date?!«

»Wenn in der Stadt schon mal so eine ausgelassene Stimmung herrscht, sollten wir uns ein bisschen amüsieren, findest du nicht?«

»Na ja, schon, aber ... ein Date?!«

»He he ... Komm schon, Bell!« Dass ich knallrot anlief, schien ihr nichts auszumachen. Sie wirkte einfach fröhlich und ausgelassen. Ihre kleinen, weichen Finger umschlossen meine Hand, und sie führte mich mitten in das Gedränge auf der Straße.

An den Ständen, die sich rechts und links aufreihten, ging es lebhaft zu. Neben Fleisch am Spieß und anderen Köstlichkeiten, die man gut im Gehen verzehren konnte, gab es kleinere Andenken und Accessoires zu kaufen, die thematisch an die Monsterphilia angelehnt waren. Natürlich boten auch einige Schmiede ihre Waffen und Rüstungen feil, wie man es im Abenteurerparadies Orario nicht anders erwartet hätte.

In der Ferne stieg Feuerwerk in den blauen Himmel auf, und das Knallen übertönte den Lärm auf den Straßen.

»W... Warte mal kurz, Göttin! Eigentlich bin ich aus einem bestimmten Grund hier ...«

»Ach ja? Warum denn?«

»Ich suche nach jemandem ...«

»Alles klar, kein Problem! Dann suchen wir ihn eben während unseres Dates – zwei Fliegen mit einer Klappe! Entschuldigung, guter Mann, ich hätte gern zwei Crêpes!«

»Hestiaaa!« Sie ließ mich eiskalt abblitzen, was mich in Bedrängnis brachte: Ich musste doch Syr finden, sonst konnte ich mich beim Wirtshaus nicht mehr sehen lassen. Was, wenn sie herausfanden, dass ich meine Zeit auf einem Date vertrödelt hatte, statt Syr ihren Geldbeutel zu bringen?

Außerdem ist es irgendwie komisch, so mit Hestia durch die Straßen zu ziehen … Ansonsten macht es mir doch auch nichts aus, in ihrer Nähe zu sein. Aber jetzt geht sie Hand in Hand mit mir und zeigt mir Seiten von sich, die ich noch nicht kannte …

Eigentlich verhielt sie sich gerade altersgemäß – wenn man nach ihrem Äußeren ging. Sie flitzte zu den einzelnen Ständen und inspizierte fröhlich die bunten Auslagen. Zu Hause, wo sie sich die meiste Zeit um mein Wohlergehen sorgte, kannte ich sie sonst nur ernst und erwachsen. Hier war sie geradezu … niedlich. Erneut wurde mir bewusst, wie hübsch sie eigentlich war. Doch solche Gefühle und Gedanken waren gegenüber meiner Göttin nicht angebracht!

»Bell? Bell!«

»Äh, ja? Was ist denn?«

»Sag ›Aaah‹!«

»Hä?!« Während ich in Gedanken versunken dastand, setzte Hestia dem Ganzen noch einen drauf: Sie hielt sie mir einen der Crêpes vor die Nase, die sie eben gekauft hatte. Völlig verdutzt riss ich die Augen auf.

»Was soll das denn werden?!«

»Na, was denkst du denn? Mach den Mund auf! Das wollte ich schon immer mal machen.«

Ich zitterte am ganzen Körper, so sehr, dass ich mich schon dafür schämte. Ich wollte etwas sagen und wusste im nächsten Moment schon nicht mehr was. Zögerlich öffnete ich meinen Mund, und mir schoss das Blut in die Wangen.

Ich hab ja nichts dagegen, dass sie sich amüsiert, aber … Ist ihr die ausgelassene Atmosphäre hier vielleicht ein wenig zu Kopf gestiegen?!

»Was ist, Bell? Stört es dich, dass ich den Crêpe schon angeknabbert habe?«

»N... Nein, darum geht's nicht! Es ...« *Es ist mir einfach total peinlich! Nein, nein. Eigentlich geht es mir darum, dass es respektlos ist! Genau, respektlos! Ich kann mich doch nicht so von meiner Göttin füttern lassen ... Wie anmaßend wäre das denn?*

Inmitten des Sturms aus Schuld und Scham, der in mir tobte, fiel mir plötzlich wieder ein, dass ich ja auch einen Crêpe hatte.

»I... Ich kann dir doch nicht einfach dein Essen wegfuttern, du bist schließlich meine Göttin! Lass mich dir im Gegenzug zumindest meinen Crêpe anbieten!«, stammelte ich und hielt ihr hektisch den Crêpe hin, den sie eben für mich gekauft hatte.

Zunächst wirkte Hestia wenig begeistert. »Hmpf. Da hast du dich mal wieder rausgewunden.« Aber dann lächelte sie.

»Na gut ... Aber dann musst du mich füttern!«

»Was?«

»Na los!« Hestia schloss die Augen und machte den Mund auf. »Aaaah!«

»Okay ...«

Kurz war ich wie erstarrt. Sollte ich das wirklich tun? Doch dann bewegte ich den Crêpe langsam auf ihren Mund zu ... bis sie schließlich davon abbiss. Ich sah zu, wie sich ihre hübschen rosa Lippen bewegten, während sie kaute. Einen Dummkopf wie mich konnte sie mit ihrem kindlichen Benehmen natürlich völlig verzaubern. Dann öffnete sie plötzlich ihre Augen, grinste neckisch und biss noch einmal ab – diesmal nahm sie aber einen großen Happen. Ihre weichen, runden Wangen bewegten sich hin und her, während sie genüsslich kaute. Ich hoffte, dass ich sie nicht allzu peinlich anstarrte.

Oh, sie hat was an der Wange! Reflexartig streckte ich meine Hand aus, um die Sahne wegzuwischen, die beim Abbeißen aus dem Crêpe gequollen war.

Kurz bevor mein Finger ihre Haut berührte, hielt ich inne. Was fiel mir nur ein, einfach mit meiner schmutzigen Hand durch das Gesicht einer Göttin wischen zu wollen? Ich sollte zumindest ein Taschentuch benutzen! Leider hatte ich keins dabei.

Beschämt zog ich meine Hand wieder zurück, doch auf halber Strecke griff sie danach.

»Ich will, dass du's abwischst! He he.« Ihr Lächeln, so freundlich, so vertraut, nahm mich völlig gefangen. Mit steifem Arm wischte ich meiner Göttin vorsichtig über die Wange. Sie lächelte und errötete leicht.

Oh Mann ... Mir war, als müsste Dampf aus meinen Ohren kommen. Mein ganzer Körper kribbelte. Wie peinlich! Oder war ich etwa verlegen?

Jedenfalls hatte Hestia mich um den Finger gewickelt.

»Okay, weiter geht's! Als Nächstes essen wir frittierte Kartoffeln!«

»E... Es geht noch weiter?!«

»Natürlich! Wann haben wir sonst mal die Gelegenheit, was zu zweit zu unternehmen?« Wieder nahm sie meine Hand und zog mich hinter sich her. Zwar war ich in vielerlei Hinsicht überfordert und in Bedrängnis, doch mit einem Mal bemerkte ich, dass ich lächelte.

Vielleicht hatte sie recht. In ihrer Familia gab es nur uns beide, und die meiste Zeit waren wir damit beschäftigt, für unseren Lebensunterhalt zu arbeiten: Ich im Dungeon und sie an ihrem Essensstand. Unsere gemeinsamen Ausflüge konnte ich an einer Hand abzählen.

Hand in Hand schlängelten wir uns zwischen den Leuten hindurch zu den verschiedenen Ständen. Ja, sie brachte mich immer wieder in Verlegenheit. Aber dies war nun einmal meine aufgedrehte Göttin, für die ich mich selbst entschieden hatte.

Der Kampf begann, und das Publikum jubelte. Das Monster, soeben von seinen Ketten befreit, wirbelte Staub auf, brüllte und stürmte schließlich los – auf eine Frau mit kurzem Haar zu, die sich ihm ganz allein entgegenstellte. Es handelte sich um ein zwei Meter großes Riesenwildschwein, das den Namen »Kampfeber« trug. Die Kämpferin wich geschickt aus, und der kolossale Leib des Monsters verfehlte sie nur um Haaresbreite ... Rund fünfzigtausend Zuschauer fassten die Ränge der Arena – und sie alle gerieten nun in Raserei. Genau für solche Schaukämpfe war das Amphitheater geschaffen worden.

Die Monsterphilia war eröffnet.

In der Mitte der Arena ließ gerade ein Monster seine Wut an einer Zähmerin der Ganesha-Familia aus. Mit der Wucht seiner Attacken hätte es Felsen zertrümmern können. Doch die Zähmerin wich geschickt aus, sehr zum Entzücken des Publikums.

Der Ablauf dieses Spektakels erinnerte stark an einen Stierkampf: Eine Person in prächtiger Kleidung stellte sich einer wilden Bestie – ein Tanz auf Leben und Tod.

Doch bei der Monsterphilia ging es letzten Endes nicht darum, das Monster zu töten. Nein, vielmehr sollte es gezähmt werden. Die große Schwierigkeit bestand darin, dass die Zähmerin Gnade walten lassen musste, während das Monster alles daransetzte, sie zu töten. Dafür war ein besonderes Maß an Talent vonnöten.

Diese Zähmerin besaß es und verdiente sich damit den Respekt und die Bewunderung des Publikums. Das Schauspiel war eine nervenaufreibende Angelegenheit, nicht nur für die Teilnehmer, sondern auch für die Zuschauer.

Dazu trugen auch die Magiestein-Lautsprecher bei, die jedes Brüllen des Monsters auffingen und lebensecht in die Ränge des Amphitheaters übertrugen. Außerdem sorgte der Kommentator dafür, dass die Anspannung in dem riesigen, kreisrunden Gebäude nie zu sehr abflaute.

»Oh, es hat angefangen …«, murmelte Eina und wandte sich zu dem Amphitheater um. Dort war ein solches Getöse, dass sie es selbst auf dem Platz davor noch hörte, ja förmlich auf der Haut spürte.

Sie und ein paar andere Gildenleute waren gerade hier im Einsatz, um den Ablauf der Monsterphilia zu unterstützen. Konkret bedeutete dies, den Zuschauern ihre Plätzen zuzuweisen und den Mitgliedern der Ganesha-Familia überall auszuhelfen, wo es nötig war.

Vieles auf der Welt war aus einer Laune der Götter heraus entstanden, die Monsterphilia jedoch nicht. Die Ganesha-Familia spielte zwar eine entscheidende Rolle bei der Durchführung, die ursprüngliche Planung stammte jedoch von der Gilde. Eina wusste, dass sie als Mitglied eigentlich keine solche Zweifel hegen sollte, fragte sich aber dennoch, ob ein solches Festival wirklich notwendig war. Nicht, dass sie als einfache Mitarbeiterin ein Mitspracherecht hätte: Die Durchführung der Monsterphilia wurde von der Gildenleitung beschlossen.

Auch wenn keine akute Gefahr für die Stadt besteht, finde ich, dass wir Monster nicht extra aus dem Dungeon an die Oberfläche bringen sollten. Egal wie groß die Gefahr am Ende wirklich ist, wem die Sicherheit der Stadt am Herzen liegt, der sollte alles ablehnen, was sie aufs Spiel setzt. Monster sind und bleiben gefährlich.

Offiziell sollte das Festival dazu dienen, eine Verbindung zu den Monstern aufzubauen, aber Eina glaubte dieser Begründung nicht. Es stand doch glasklar die Unterhaltung im Mittelpunkt – der Nervenkitzel, sich bewusst einer künstlich geschaffenen Bedrohung auszusetzen. Gerade die Gilde hätte sich aus einem solchen Unterfangen heraushalten müssen, dachte Eina verdrossen.

»Und dann dieses übertriebene Spektakel«, murmelte sie. »Brot und Spiele, ich kann es nicht mehr hören.«

»Hm? Hast du was gesagt, Eina?«, fragte ihre Kollegin, die ihr Selbstgespräch zufällig mitbekommen hatte.

»Ach, nichts«, sagte Eina mit einem gequälten Lächeln und schüttelte den Kopf.

Orario war eine riesige Stadt und diente vielen Abenteurern als Heimat. Zunächst klang das positiv; aber großenteils war das ein rauer Haufen, der nach seinen eigenen Regeln spielte. Oft kam es zu Reibereien zwischen ungehobelten Abenteurern und den übrigen Stadtbewohnern.

Die Gilde hatte all diese Abenteurer nach Orario gelockt, um sie in den Dungeon zu schicken und aus den Magiestein-Erträgen Profit zu schlagen. Also trug sie auch die Verantwortung für deren Verhalten.

Die Monsterphilia diente gewissermaßen dazu, die Stadtbewohner zu bestechen: Man erhoffte sich, dass sie ein weiteres Mal ein Auge zudrückten, was die ganzen Rohlinge anging. Außerdem wurden sie auf diese Weise einen Teil ihres angestauten Frusts los. So zumindest die Argumentation in den Gesprächen, die Eina in Babel mitangehört hatte.

Solange alles glatt über die Bühne geht, soll es mir recht sein …

Eina drückte sich zwei Finger gegen die Stirn und grübelte. Es war jedes Jahr dasselbe: Sobald die Monsterphilia begann, stieg ihr Stresspegel und sank erst wieder, wenn sie endete. Oder war sie vielleicht nur zu engstirnig?

»Hier ist sie auch nicht …«

»Vielleicht ist sie schon im Amphitheater?«

Hm? Diese Stimme kenne ich doch …

Als Eina sich umdrehte, sah sie ein vertrautes Gesicht: Es war Bell. Er lief auf dem Vorplatz hin und her, als würde er jemanden suchen. Neben ihm stand eine junge Frau, von der Eina nur vermuten konnte, dass es sich um die Göttin seiner Familia handelte.

Sie sah kurz zu ihren Kollegen hinüber, um abzuschätzen, ob sie sich eine kurze Auszeit erlauben konnte, und kam zu dem Schluss, dass gerade genügend Luft war. Also verließ sie ihren Posten und ging auf Bell zu. »Hallo, Bell!«

»Oh, Eina?« Bell schien völlig verblüfft, seine Betreuerin aus der Gilde hier anzutreffen.

»Wer ist das?«, fragte Hestia neugierig.

»Mein Name ist Eina Tulle«, stellte sie sich der Göttin vor, »ich bin Bells zuständige Dungeon-Beraterin. Sehr erfreut, Göttin Hestia!«

»Ah, ich hab schon viel von dir gehört«, sagte Hestia und winkte ihr zu. »Danke, dass du dich so gut um meinen Bell kümmerst!«

»Was machst du denn hier, Eina?«

»Nun, die Gilde ist an der Veranstaltung der Monsterphilia beteiligt. Ich bin heute dafür zuständig, die Zuschauer ihren Plätzen zuzuweisen. Du bist sicher gekommen, um das Spektakel zu bewundern?«

»Nein, Bell sucht jemanden!«, klinkte Hestia sich ein. »Hast du ein Menschenmädchen in der Kleidung einer Kellnerin ... Nein, das hat sie heute sicher nicht an. Hast du ein Menschenmädchen gesehen, das so wirkte, als hätte es seinen Geldbeutel vergessen?«

»Hm, nicht, dass ich wüsste.« Eina lächelte verlegen – das war schon eine ungewöhnlich spezifische Beschreibung. »Dachte ich mir«, sagte Bell und nickte.

Man musste zahlen, um ins Amphitheater zu kommen. Daher würde Bell darin wahrscheinlich niemanden ohne Geldbeutel finden. Das schien ihm ebenfalls klar zu sein.

»Na gut, ich sehe mich noch ein wenig hier in der Nähe um. Vielleicht sind wir einfach aneinander vorbeigelaufen.«

»Falls sie hier aufkreuzt, sag ich ihr, sie soll hier warten. Komm einfach später noch mal vorbei.«

Bell bedankte sich und wollte gerade gehen, da fiel ihm auf, dass Hestia keine Anstalten machte, sich zu bewegen. Stattdessen starrte sie Eina an und legte fragend den Kopf schief.

»Übrigens, Frau Beraterin ...«

»Ja?«

»Du nutzt deine Position doch nicht etwa aus, um Bell schöne Augen zu machen, oder?«

Einen Moment lang starrte Eina sie nur an. Hatte sie gerade richtig gehört? Dann zuckten ihre Mundwinkel, und sie sagte: »I... Ich denke doch, dass ich Privates eigentlich gut von meiner Arbeit trennen kann ...«

»Na gut, ich glaube dir.« Hestia nickte mit strengem Blick und klopfte Eina ermutigend auf die Schulter. Dann ging sie zu Bell herüber, der nur gequält lächelte, und die beiden zogen von dannen.

Eina sah den beiden verdutzt hinterher. Sollte das gerade etwa eine Mahnung gewesen sein? Mit leichten Kopfschmerzen ging sie zurück zu den anderen Mitarbeitern der Gilde, unter denen mittlerweile eine angespannte Stimmung herrschte.

»Verdammt, was machen die denn?«

»Entschuldigung, da bin ich wieder. Stimmt was nicht?«

»Das kann man wohl sagen: Einige Kollegen am Westtor sind zusammengebrochen«, antworte der Tiermensch.

»Wie bitte?!«

»Keine Sorge, sie sind bei Bewusstsein. Ein Schwächeanfall vielleicht? Oder eine durchzechte Nacht, das ist uns noch nicht ganz klar. Jedenfalls müssen wir Ersatzleute rüberschicken.«

Er seufzte und rieb sich mit einer Hand den Hinterkopf.

Nachdem Eina nun wusste, was geschehen war, kehrte ihre Nervosität zurück. Die Sache kam ihr nicht geheuer vor. *Oder gehen da nur wieder meine Nerven mit mir durch?*

Doch in dem Moment hörte sie, dass sich unter das Jubeln des Publikums auch Hilfeschreie mischten. Sie drehte sich um und blickte an dem großen Bauwerk hinauf. Da brüllte ein Monster, dumpf und grollend. Es klang, als würde es gerade an die Oberfläche drängen.

Eine einzelne Magiestein-Lampe erzeugte ein schummriges Licht und ließ in den düsteren Winkeln die Schatten tanzten. Hier und da standen Holzkisten herum, etwa ein Medol hoch und breit. An den Wänden hingen Waffen, Schilde und andere Werkzeuge aus verschiedenen Metallen. Man hätte den Raum für einen gewöhnlichen Speicher halten können, wenn dort nicht auch mehrere Käfige gestanden hätten, in denen sich Monster befanden. Immer wieder durchbrach das Rasseln ihrer Ketten die Stille. Hundeartige Monster steckten ihre Schnauzen zwischen den Eisenstäben hindurch, knurrten und fletschten die Zähne.

Es handelte sich um den Zwinger unterhalb des Amphitheaters, in dem die Monster für die Schaukämpfe an der Oberfläche gefangen gehalten wurden. War die Zeit ihres Auftritts gekommen, dann beförderten ausgewählte Arbeiter die Käfige nach oben und entließen die Monster in die Arena, wo sich ihnen ein Zähmer stellte.

Das Jubeln auf den Zuschauerrängen klang hier unten sehr gedämpft, als würde es aus weiter Entfernung kommen.

»Was trödelt ihr denn so? Der nächste Auftritt steht an – das Monster müsste schon längst oben sein!«

Die Tür zum Zwinger öffnete sich mit einem lauten Knall. Eine Angehörige der Ganesha-Familia stapfte ungeduldig in den Raum.

Sie war dafür zuständig, dass hinter den Kulissen alles reibungslos ablief. Als das Monster für den nächsten Schaukampf nicht gebracht worden war, war sie herabgekommen, um nach dem Rechten zu sehen.

Es kam jedoch keine Antwort. Stattdessen fand sie die vier Mitglieder ihrer Familia, die für den Transport der Käfige zuständig waren, auf dem Boden zusammengesunken vor.

»Was zum ... Was ist hier passiert? Alles in Ordnung?!« Eilig lief sie zu ihnen. Glücklicherweise atmeten sie alle noch und schienen auch nicht verletzt zu sein.

Rein äußerlich ging es ihnen gut, aber sie wirkten wie Marionetten, deren Fäden man durchtrennt hatte. Sie saßen einfach nur kraft- und willenlos auf dem Boden herum und ächzten.

Das Gift eines Monsters? Nein, danach sieht es nicht aus …

Wie sie vor sich hinbrabbeln … Die geröteten Wangen … Und wie sie ins Leere starren …

All das wirkte wie eine unbekannte Krankheit. Beim Anblick der Gesichter lief es ihr eiskalt den Rücken herunter. Sie hatte keine Ahnung, womit sie es hier zu tun hatte.

Um der Sache auf den Grund zu gehen, sah sie sich weiter im Raum um. Immer wenn sie an einem Käfig vorbeiging, wurde sie daraus angeknurrt.

Plötzlich spürte sie eine Bewegung hinter sich. Es war jedoch keine ruckartige Bewegung, die einen Angriff vermuten ließ. Jemand trat langsam näher, als wäre es ein Freund. Deshalb reagierte sie auch nicht sofort – was ihr leider zum Verhängnis wurde.

»Beweg dich nicht, ja?«

»Wa… Hrmpf!«

Zwei Hände legten sich von hinten über ihre Augen. Sie fühlten sich überraschend zart an. Sie begann am ganzen Leib zu zittern. Ein süßer Duft kitzelte sie in der Nase, und sie hatte das Gefühl, sie würde von einer warmen, weichen Haut umschlossen. Eine unwiderstehliche, grenzenlose Schönheit setzte sie vollkommen außer Gefecht. Selbst der kleinste Gedanke daran, sich zu widersetzen, verflog sofort. Dann verschwamm ihre Sicht, und sie verlor die Kontrolle über sich selbst.

»Wo sind die Schüssel?«

»Haah …«

»Die Schlüssel, meine Liebe.«

Die Gestalt flüsterte ihr diesen Satz ins Ohr, hauchte ihn beinahe, und die Haare in ihrem Nacken stellten sich auf. Spätestens jetzt waren die Worte der Unbekannten ganz in ihren Kopf eingedrungen, und sie konnte sich ihrem Einfluss nicht mehr widersetzen. Langsam bewegte sie einen zitternden Arm abwärts und griff nach dem Schlüsselring an ihrer Hüfte. Er rasselte leicht, als sie ihn auf Schulterhöhe hob.

»Danke.« Kaum waren die Schlüssel fort, verschwanden auch die Hände von ihren Augen, doch sehen konnte sie noch immer nichts. Sie hörte, wie die Person hinter ihr sich entfernte, aber da verließen sie auch ihre letzten Kräfte, und ihre Knie wurden weich. Und dann saß auch sie kraftlos auf dem Boden, wie die anderen Mitglieder ihrer Familia um sie herum.

»Nimm es mir nicht übel, ja?«, sagte Freya und ließ die Frau betört und wehrlos auf dem Boden zurück.

Es war ihr gelungen, bis hierhin vorzudringen und dabei sowohl die Mitarbeiter der Gilde, die das Westtor überwachten, als auch die erfahrenen Abenteurer der Ganesha-Familia auszuschalten. Dazu hatten ihr nicht etwa besondere Kampffertigkeiten verholfen, denn in der irdischen Welt war sie eine Göttin ohne Kräfte. Nein, hier unten verschaffte ihre atemberaubende Schönheit ihr den entscheidenden Vorteil: Damit konnte sie Menschen, Halbmenschen und Götter gleichermaßen in einen ekstatischen, willenlosen Zustand versetzen.

Diesmal hatte sie ihre Talente für einen eher finsteren Plan genutzt und die armen Leute in diesem Raum ungeachtet ihres Geschlechts mit ihren Reizen um den Verstand gebracht. Solange sie das Überraschungsmoment für sich nutzen konnte, war sie durchaus zu einer gerissenen Aktion wie dieser in der Lage.

Schweigend ging sie tiefer in den Raum hinein. Um sie herum standen größere und kleinere Käfige, in denen Monster gefangen waren. Als sie in ihre Mitte trat, wurde sie aus allen Richtungen mit einem aufgeregten Heulen und Jaulen empfangen.

Doch der Lärm verstummte sofort, als sie ihre Kapuze abnahm. Der Anblick ihrer schneeweißen Haut und ihrer silbern leuchtenden Haare und Augen vermochte selbst die wilden Bestien hinter den Gitterstangen zu betören. Die Macht ihrer Schönheit schien keine Grenzen zu kennen.

Freya musterte die Monster sehr genau, eins nach dem anderen, bis ihr Blick schließlich an einem hängenblieb. »Du gefällst mir!«

Das affenartige Monster mit dem Namen »Silberrücken« war von oben bis unten mit weißem Fell bedeckt. Seine Mähne hatte dieselbe silberne Farbe wie Freyas Haarpracht und fiel ihm wie ein Schweif ganz über den Rücken hinab. Besonders stachen jedoch die muskulösen Arme und Beine hervor. Aus leicht verengten Augen blickte es der Göttin der Schönheit entgegen und schnaubte leise vor sich hin.

»Komm heraus.« Mit einem der Schlüssel vom Bund öffnete sie den Käfig des Silberrückens. Der stapfte gehorsam aus seinem eisernen Gefängnis hervor. Bei jedem Schritt rasselten die Ketten, die immer noch an seinen Armen und Beinen befestigt waren.

Freya hatte ein Monster entfesselt. Sie wusste, wie gefährlich das war. Doch auch das gehörte zu den Eskapaden einer freigeistigen Göttin wie ihr. Möglicherweise hatte sie einmal zu oft einer ihrer Launen nachgegeben.

Sie verfolgte damit jedoch ein ganz bestimmtes Ziel. *Der Junge ist sicher auch hier. Wäre ich nur nicht so ungeduldig … Eigentlich hätte ich ihm bloß noch ein wenig Zeit geben müssen.* Sie wusste, dass seine Kraft außergewöhnlich schnell wuchs. Den Grund kannte sie zwar nicht, aber er machte Sprünge, wo andere nur schrittweise vorankamen, das konnte sie deutlich sehen. Mehr war nicht nötig, um ihre Neugier zu wecken. Sie hatte nicht widerstehen können, hatte ihre Nase in diese Angelegenheit stecken müssen.

Sie lachte leise. Sie kam sich schon ein wenig albern vor. Was sie tat, war schließlich nichts anderes, als ihren Schwarm zu ärgern, um seine Aufmerksamkeit zu erregen. Sie wollte sich an seiner Reaktion ergötzen. Wie ein unreifes Kind.

Aber bei aller Selbstkritik ließ sie sich nicht von ihrem Plan abbringen. War das Feuer der Liebe einmal in ihr entfacht, dann brannte es tief in ihrer Brust, brachte ihren Körper zum Glühen und trieb sie unaufhaltsam vorwärts.

Sie wollte, dass er verzweifelte, weinen sollte er … Aber mehr noch wollte sie seinen Mut zu sehen bekommen.

»Ugh … Ugaaaah …?«

Freya streichelte dem Silberrücken sanft über die Wange – sollte er nur schnauben. Da kam ihr ein weiterer Gedanke: Was, wenn das Monster den Jungen umbrachte? Diese Möglichkeit war ihr noch gar nicht in den Sinn gekommen. Doch nach einem kurzen Augenblick des Nachdenkens lächelte sie sanft.

Sollte er sterben und die irdische Welt verlassen, so werde ich einfach seiner Seele ins Reich der Götter folgen. Und dort werde ich ihn dann in meine Arme schließen.

Sie würde ihn in ihrem liebevollen Herz bergen. In ihren silbernen Augen glommen Güte und Zuneigung, es lag aber auch ein Hauch Sadismus darin. Sie verengte die Augen zu Schlitzen und lächelte glückselig.

Noch immer lächelnd hielt sie mit beiden Händen den Kopf des Monsters, das nun auf mitleiderregende Weise am ganzen Körper zitterte. Dann beugte sie sich vor und küsste es auf die Stirn.

Warte auf mich, ja?

Das Monster heulte auf.

Auf der Suche nach Syr hatten die Göttin und ich das Amphitheater nun einmal umrundet und waren wieder auf der zentralen Oststraße angekommen.

»Was hast du denn noch mit Eina besprochen?«

»Ach, nichts Besonderes.«

Mittlerweile waren wesentlich weniger Leute unterwegs. Vermutlich saßen die meisten von ihnen bereits in den Zuschauerrängen und sahen sich das Spektakel der Monsterphilia an.

»Du suchst doch nach einem Mädchen, oder, Bell?«

»Hm? Äh, genau. Ein Menschenmädchen mit aschgrauen Haaren und Augen. Sie wirkt etwas erwachsener und ist auch ein Stück größer als ich, glaub ich.«

Ich hatte gedacht, dass Hestia eine Beschreibung hören wollte, daher hatte ich alle äußerlichen Merkmale aufgezählt, die mir einfielen. Meine Göttin aber schien sich für nichts davon zu interessieren. Sie sah mich aus halb geschlossenen Augen an, als hätte ich etwas verbrochen. Ich war verwirrt. Was hatte ich falsch gemacht?

»Ähm, Göttin?«

»Und dann noch deine sogenannte ›Beraterin‹ von vorhin … Dich darf man wirklich nicht aus den Augen lassen!«

»Wa… Wie meinst du das?«

»Das weißt du ganz genau!«, fauchte Hestia und wandte sich trotzig von mir ab. Ihre beiden Zöpfe wirbelten durch die Luft, als wollten sie mir ebenfalls eine Abfuhr erteilen. Da ich mir nicht erklären konnte, was ihr so plötzlich die Laune verdorben hatte, blieb mir nichts anderes übrig, als ihr ratlos hinterherzulaufen. Doch da …

»Hm? Was …«

»Was ist, Bell?«, fragte Hestia mit einem muffeligen Gesichtsausdruck, als sie bemerkte, dass ich plötzlich stehengeblieben und sie mir nun einige Schritte voraus war. Doch ich war so auf meine Umgebung konzentriert, dass ich ihr nicht antworten konnte. Ich hatte etwas gehört, da war ich mir ganz sicher. Einen schrillen Schrei, der nichts mit dem vorhergehenden Jubel aus dem Amphitheater davor gemein hatte.

»War das ein Schrei …?«, murmelte ich vor mich hin. Einen Moment später bestätigte sich mein Verdacht.

»Ein Monsteeer!!«

Die Passanten auf der Straße standen wie angewurzelt da und glotzten. Und dann sah auch ich es, auf der Straße, die zur Arena führte: Ein gewaltiges Monster mit weißem Fell, das die Pflastersteine unter sich zerstampfte, während es über sie hinwegpreschte.

Der Silberrücken war kaum zu zügeln. Er atmete heftig, und jeder Muskel seines Körpers war wie ein Drahtseil gespannt. Sein langes, silbernes Haar wehte im Wind, und er stürmte vorwärts, als wäre er von etwas getrieben. Er hatte es auf eine Göttin abgesehen.

Nichts als diese wunderschöne Göttin sah er vor sich, wie sie draußen in der Menge verschwunden war. Ihre Schönheit hatte ihn voll und ganz betört und trieb ihn durch die Straßen, als würde ihn jemand an unsichtbaren Ketten hinter sich her schleifen.

Er wollte ihre Liebe! Die Gunst der Göttin!

Wie noch nie zuvor wurde er von seinen Instinkten angetrieben. Mit ungeahnter Energie und Kraft machte er Jagd auf die Zuneigung, nach der es sich nun so sehr sehnte.

»Grrruuaaaah!!«

Unaufhaltsam bahnte er sich seinen Weg, und dann rammte er einen Wagen. Das Pferd wich im letzten Moment aus, und sein Wiehern hallte durch die Straße. Der Reiter sprang vom Kutschbock und landete unsanft auf dem Boden. Seine Kutsche überschlug sich und blieb kopfüber liegen, während sich die Räder vergeblich weiterdrehten.

Der Silberrücken hatte die Fährte seiner Göttin verloren, ihren süßen Duft. Hatte er sich vielleicht in der Straße geirrt? Er blieb stehen, schüttelte sich und blickte sich schnaufend um.

Ringsumher standen etliche Leute. Einige von ihnen hatten vor Schreck weiche Knie, andere standen einfach nur überrumpelt und wortlos da, und wieder andere hielten sich die Hand vor den Mund, um das Monster nicht versehentlich auf sich aufmerksam zu machen. Sie bildeten einen perfekten Kreis.

Der Silberrücken suchte seine Umgebung nach irgendeinem Hinweis auf seine Göttin ab, und plötzlich blieb sein Blick an etwas hängen. Seine blutunterlaufenen Augen hatten etwas erspäht: Ein Mädchen mit schwarzen Haaren, das ihn verblüfft anstarrte.

Wie auch seine Göttin war das Mädchen offensichtlich anders – ein erhabenes Wesen. Da erinnerte er sich an etwas.

An die Worte, die ihm seine Angebetete zugeflüstert hatte, ehe sie ihn verlassen hatte. »Wenn du mich suchst, halte Ausschau nach einer kleinen Göttin!«

Nun hatte er sie gefunden, davon war er überzeugt. Mit gewaltigen Schritten raste er auf das Mädchen zu, das die Augen weit aufriss.

Als das riesige Monster sich wieder in Bewegung setzte, suchten die Umstehenden schreiend das Weite.

»B… Bell!«

Ich nahm die Hand meiner Göttin und wich erst einen, dann zwei Schritte zurück. Mir standen die Haare zu Berge. Diese Situation weckte Erinnerungen an jenen schicksalhaften Tag im Dungeon.

Ein gewaltiger, fellbedeckter Körper, eine überwältigende Präsenz, mir in Sachen Stärke haushoch überlegen. Ein Blick, der jegliche Vernunft vermissen ließ, von wilder Tobsucht erfüllt.

Ich hielt den Atem an. Wie damals fragte ich mich nun wieder, was solch ein Monster hier zu suchen hatte. Abermals spürte ich den kalten Angstschweiß auf der Haut und zitterte angesichts der Ausweglosigkeit meiner Lage.

Es war wie jene unglückliche Begegnung mit dem Minotaurus.

Mir war sofort klar, wer von uns beiden bei dieser Konfrontation den Kürzeren ziehen würde.

»Und nun enttäusche mich nicht.«

Mir war, als hätte ich diese Worte von irgendwoher gehört. Oder hatte ich es mir nur eingebildet?

Kapitel 6:
Der Schwächling schlägt zurück

»Großer Ganesha! Großer Ganesha! Wir haben ein Problem!«

In einer Ecke des Amphitheaters setzte sich etwas in Bewegung. Ungeachtet des Aufruhrs auf der Straße wurde die Monsterphilia in der Arena fortgesetzt. Die Zähmerin saß nun auf dem Rücken eines kleinen Drachen, der hartnäckig versuchte, sie abzuwerfen. Das Spektakel ähnelte einem Rodeo, und die Stimmung des Publikums hatte den Siedepunkt erreicht.

»Schluss mit der Scharade! Es ist die Wahrheit: Ich bin Ganesha!«

»Ähm, das ist kein Geheimnis. Was soll die Selbstvorstellung ausgerechnet jetzt?«

Ganesha befand sich in den Zuschauerrängen, an einer Stelle, von der aus er die gesamte Arena überblicken konnte. Offenbar hatte er das Bedürfnis verspürt, sich und seine geliebte Elefantenmaske in Szene zu setzen, als er einen seiner Bediensteten gesehen hatte.

Der ging jedoch nicht weiter auf das exzentrische Verhalten seines Gottes ein, sondern erstattete Bericht über eine Situation, die dessen Aufmerksamkeit erforderte. »Einige unserer Monster sind ausgerissen! Ihre Käfige sind leer!«

»Hä?«, Ganesha erstarrte. »Das ist aber gar nicht gut.«

»Deswegen bin ich ja hier!«, rief das Mitglied seiner Familia, verzweifelt, und Speichel sprühte ihm von den Lippen. Dann berichtete er, irgendjemand habe die Wachen im Zwinger ausgeschaltet; auch Mitarbeiter der Gilde seien betroffen. Ausgehend von den derzeitigen Hinweisen mutmaßte er, dass der Täter zu keiner der beiden Organisationen gehörte. Ganesha hatte seinen Worten gewissenhaft gelauscht. Nun fragte er leise: »Von wie vielen Monstern reden wir hier?«

»N… Neun! Und eines davon dürfte selbst für erfahrene Abenteurer eine große Gefahr darstellen …«

Ganesha stand regungslos und mit verschränkten Armen da. Dann nickte er entschlossen, was seine Elefantenmaske zum Wackeln brachte.

Plötzlich ertönte ein gellender Schrei in der Arena. Die Zähmerin stand hoch aufgerichtet vor dem Drachen und streckte eine Handfläche aus, um ihm Einhalt zu gebieten. Kurz knurrte er, doch dann fügte er sich: Er senkte seinen Kopf zum Boden und schleckte ihr sanft die Hand ab.

Das Publikum tobte und überschüttete die Zähmerin, die sich gerade einen furchterregenden Drachen untertänig gemacht hatte, mit tosendem Applaus.

»Na schön, dann sollten wir diese Monster schleunigst wieder einfangen. Gebt auch den anderen Familia Bescheid: Wir brauchen jeden göttlichen Beistand, den wir kriegen können!«

»S… Seid Ihr Euch da ganz sicher, großer Ganesha? Schließlich sind die Monster aufgrund unseres Versagens entkommen. Wenn wir jetzt die Hilfe der anderen in Anspruch nehmen, könnte das unserem Ruf schaden und uns zukünftig in eine schlechte Verhandlungsposition bringen …«

»Ich bin Ganesha! Ich bin verpflichtet, die Bürger dieser Stadt zu beschützen. Denkst du, ich setze ihr Leben aus Stolz aufs Spiel? Sie lächeln zu sehen, bedeutet mir alles!«

»N… Natürlich, großer Ganesha! Verzeiht mir!«

»Lasst das Festival weiterlaufen. Innerhalb des Amphitheaters sind die Leute immerhin sicher. Und stellt sicher, dass sie nichts von den umherstreunenden Monstern erfahren – wir wollen schließlich nicht, dass eine Massenpanik ausbricht!«

»Verstanden! Sollen wir nach dem Übeltäter suchen?«

»Nein, das hat jetzt keine Priorität. Wer auch immer es war: Die Tatsache, dass er nur ein paar der Monster freigelassen hat, lässt darauf schließen, dass er etwas Bestimmtes damit beabsichtigt. Möglicherweise sollte es nur ein Ablenkungsmanöver sein, wer weiß. Jedenfalls bleibt uns fürs Erste keine Wahl, als seinem Drehbuch zu folgen. Denn oberste Priorität hat die Sicherheit der Bürger, klar?« Damit scheuchte Ganesha seinen Bediensteten weg. »Und jetzt los!«

Keine fünf Minuten nachdem die Notlage im Zwinger bekannt geworden war, trat die Ganesha-Familia in Aktion.

Eina und ihre Kollegen am Eingang des Amphitheaters erfuhren ungefähr zur selben Zeit wie Ganesha von dem Vorfall.

»Monster sind entkommen?!«

»Ja ... Unsere Leute am Westtor haben gesehen, wie sie in Richtung Innenstadt geflüchtet sind. Die Ganesha-Familia scheint auch schon alle Hebel in Bewegung gesetzt zu haben. Was machen wir denn jetzt?«

Einen Moment lang war Eina vor Schreck wie gelähmt, doch dann fing sie sich wieder und gab ihrer Kollegin entschlossene Anweisungen. »Meldet diesen Vorfall allen Familia-Mitgliedern und Abenteurern in der Nähe!«

»Können wir das wirklich einfach so machen? Sollten wir nicht lieber auf eine Anweisung von oben warten?«

Doch keiner ihrer Vorgesetzten war in der Nähe: Sie waren alle sofort zum Westtor bestellt worden, als es dort Probleme gegeben hatte. Einas Kollegen machte es sichtlich nervös, eigenmächtig entscheiden zu müssen.

»Wir müssen etwas unternehmen, ehe noch jemand verletzt wird! Ganesha ist das Leben der Bürger sicher auch am wichtigsten, also wird er nichts dagegen haben, dass wir die

Hilfe der anderen Familia in Anspruch nehmen. Wir haben keine Zeit zum Zögern!«

»Vermutlich hast du recht … Sonst bereuen wir später noch, zu wenig getan zu haben.«

Eina war es gelungen, ihre Kollegin zu überzeugen. Durch die Zusammenarbeit während der Monsterphilia hatte sie ein Gespür dafür bekommen, wo Ganeshas Prioritäten lagen. Sein umfangreiches Engagement beim Festival zeigte doch, wie sehr ihm das Wohl der Stadtbewohner am Herzen lag.

Auch die anderen Kollegen schienen mit dem Plan einverstanden zu sein. Sie nickten einander zu und begannen, Aufgaben untereinander zu verteilen.

»Ist irgendetwas vorgefallen, wenn ich fragen darf?«, fragte plötzlich jemand. Sie drehten sich zu der Person um – und machten große Augen. »Aiz … Wallenstein?« Eina starrte sie genauso verdutzt an wie ihre Kollegen.

Sie trug einen Minirock und eine Bluse mit kurzen Ärmeln. Eine Rüstung hatte sie nicht angelegt, aber an ihrer Hüfte hing ihr Schwert. Ihr hüftlanges goldenes Haar strahlte im Sonnenlicht.

Wie aus dem Nichts war plötzlich eine der stärksten Abenteurerinnen Orarios vor ihnen aufgetaucht. Mehr hätte sich Eina gar nicht wünschen können.

Die nächststehende Gildenmitarbeiterin lief zu Aiz und berichtete ihr von dem Zwischenfall. Die Abenteurerin hörte zu, zeigte jedoch keinerlei Reaktion. Dann drehte sie sich um.

»Loki.«

»Hab alles mitgekriegt.« Loki grinste. »Sieht aus, als wäre unser Date vorbei.« »Aber hinterher hab ich bei der Ganesha-Familia vielleicht endlich mal einen Stein im Brett!«

Die Mitarbeiter der Gilde waren sichtlich erleichtert, zu hören, dass Loki helfen würde. Auch Eina atmete kurz auf, doch dann kehrte die Anspannung zurück.

»Wohin sind die Monster denn geflohen?«

»I… In Richtung der zentralen Oststraße, glaube ich!«

Dorthin hatte sich Bell auf seiner Suche nach dem Mädchen aufgemacht. Gut möglich also, dass er in Gefahr war.

»Misha, was für Monster sind denn entkommen?«

»Hm? Ähm … Ein Klingenhirsch, ein Troll und ein Silberrücken, glaub ich.«

Eina legte die Stirn in Falten. Silberrücken begegnete man eigentlich erst auf Ebene 11, Klingenhirschen und Trollen sogar erst ab Ebene 20. Jedes dieser Monster wäre eine tödliche Bedrohung für einen Abenteurer, der es mit Müh und Not lebend von der fünften Ebene zurückgeschafft hatte.

Ich hoffe so sehr, dass es ihm gut geht …

Eina blickte in Richtung der zentralen Oststraße. Es half nichts. Sie musste einfach darauf vertrauen, dass Bell sich so schnell wie möglich in Sicherheit bringen würde.

Eine geradezu erdrückende Spannung lag in der Luft.

»UGAAAAH!«

Die bunten Fähnchen, die an Schnüren über der sonnigen Straße hingen, flatterten fröhlich im Wind – ein scharfer Kontrast zu dem behaarten Monster, das sich darunter breitgemacht hatte. Um mich her hörte ich Passanten schreien. Mir selbst hatte es die Sprache verschlagen.

Das Monster mit dem silbernen Schweif brüllte und riss die Arme hoch: Es hingen noch immer die Ketten daran, mit denen es zuvor gefesselt gewesen war. Sie waren so lang, dass sie über den Boden schleiften, wenn es sich bewegte.

Ich ging im Kopf die verschiedenen Monster des Dungeons durch, die Eina mir eingehämmert hatte. Dem Äußeren nach musste es sich um einen Silberrücken handeln, was keine gute Neuigkeit für mich war. Denn wenn ich mich recht erinnerte, tauchten solche Monster erst weit jenseits der Ebenen auf, auf denen ich mich bewegte. Zwar war ein Silberrücken nicht so stark wie ein Minotaurus, aber immer noch deutlich stärker als ich. Meine mentalen Alarmglocken läuteten.

»Ugraaaah!« Der Silberrücken setzte sich in Bewegung; Er ging leicht in die Knie und kam dann Schritt für Schritt auf uns zu.

Er greift an!

Und dann sah ich auch schon seine riesige Faust auf mich zufliegen.

»Uwah!« Ich wich aus und rannte zu meiner Göttin. Mir blieb keine Zeit, mir darüber Gedanken zu machen, wie ich sie am sanftesten von hier wegbrachte. Ich stürzte mich einfach auf sie, riss sie mit mir und machte mich darauf gefasst, auf den harten Pflastersteinen zu landen. Zwei-, dreimal überschlugen wir uns, dann blieben wir liegen. Eilig kämpfte ich mich hoch und stellte mich schützend vor Hestia.

»Uuuguuuh ...« Sein Angriff war ins Leere gegangen, aber jetzt nahm er uns wieder aufs Korn. Seine Augen blitzten auf, und dann schoss er abermals auf uns zu.

Warum ist er so auf uns fixiert?!

Blitzschnell stieß ich meine Göttin aus dem Weg – doch zu meinem Erstaunen änderte der Silberrücken sofort seine Richtung.

Was?! Warum?

Dafür konnte es nur einen Grund geben: Er hatte es nicht auf mich abgesehen, sondern auf Hestia.

Meine Beine setzten sich von ganz allein in Bewegung. Verzweifelt versuchte ich, zwischen meine Göttin und das Monster zu gelangen, aber es fegte mich mit einem Hieb seines muskulösen Arms beiseite, ohne mich auch nur eines Blickes zu würdigen. »Argh!«

»Ugrooooh!«

Sein Schlag traf mich in die Seite und raubte mir den Atem. Ich wurde ein ganzes Stück durch die Luft geschleudert, wusste aber nicht wohin, hatte jede Orientierung verloren. Ich konnte von Glück sagen, dass ich meine Rüstung trug. Und immerhin war es mir gelungen, den Silberrücken abzulenken.

»Gah!« Mit voller Wucht krachte ich gegen einen der Holzstände am Straßenrand und zerschmetterte ihn.

Im nächsten Moment schossen heftige Schmerzen durch meinen Körper, die mir den Atem raubten. Ich blickte an mir herab: Mein Brustpanzer hatte eine große Delle in der Form einer Faust. Ich lag halb unter den Bruchstücken des Standes begraben.

»Ugraaaah!«

Auf der Straße herrschte nun das pure Chaos. Die Leute ringsumher, die den Angriff miterlebt hatten, schrien panisch durcheinander. Flink wie frisch geschlüpfte Spinnenbabys liefen sie in alle Richtungen davon. Niemand dachte auch nur daran, Hestia beizustehen.

»Ugaaah …«

Ich sah, wie das Monster langsam auf Hestia zuging. Nun trennte nichts mehr die beiden. Mit einem Mal flammte in meinem Herzen ein Feuer auf. Es gab mir die Kraft, die Schmerzen zu ignorieren und mich aus den Trümmern des Stands zu befreien.

»G… Gaaah!«

Ich warf die Balken auf meinem Bauch zur Seite und rappelte mich auf. Ich atmete kurz durch, dann nahm ich all meine Energie zusammen und rannte mit tränenden Augen los.

Die langen Ketten an den Armen des Silberrückens hingen bis auf den Boden herab. Ich stürzte mich auf eine von ihnen und packte sie mit beiden Händen.

»Ugah?!«

Es rasselte, als die Kette sich straffte, und das Monster kam nicht weiter. Wütend wirbelte es herum und begann, mit seinem Arm an der Kette zu ziehen. »Ugraaaah!«

»Hnnngh!« Ich stemmte mich gegen den Zug, wusste jedoch, dass ich nicht lang durchhalten würde: Das Monster war einfach zu stark. Es war eine Frage von Sekunden, bis er mich mit schierer Muskelkraft von den Beinen reißen würde.

Deshalb schwenkte ich auf einen anderen Plan um: Mit ganzer Kraft hielt ich die Kette noch einen Moment lang fest – und dann ließ ich sie plötzlich los. Darauf war das Monster nicht vorbereitet. Es krachte zu Boden, wobei die Kette durch die Luft peitschte. Das war meine Chance.

Ich flitzte an ihm vorbei und packte Hestias Hand. »Hier lang!«

Solange wir auf der zentralen Straße blieben, waren wir leichte Beute. Also rannten wir, so schnell wir konnten, in eine der Hintergassen. Hinter uns war das laute Brüllen des Silberrückens zu hören. Ich befürchtete, dies war nur der Anfang eines langen Katz- und Mausspiels.

»Warum hat das Monster es auf dich abgesehen?!«, presste ich hervor, während ich um mein Leben rannte, ihre Hand in meiner.

»Woher soll ich das wissen? Ich sehe dieses Vieh zum ersten Mal!« Wahrscheinlich hätte sie das selbst gerne gewusst. Ängstlich klammerte sie sich an meine Hand.

Noch immer hatten wir das Monster im Nacken. Unablässig folgte es uns, war irgendwie hartnäckiger als gewöhnliche Monster, als würde es von irgendetwas oder irgendjemandem gelenkt. *Was zum Henker geht hier vor sich?!* Auf diese Frage würde ich vorerst keine Antwort bekommen, so viel war klar. Was ich aber wusste: Hestia und ich mussten rennen, was das Zeug hielt.

Wir flohen durch enge Häuserschluchten, in denen es auch tagsüber düster war. Weit über uns war der blaue Himmel zu erkennen, aber das Sonnenlicht erreichte uns nicht.

Wir hatten uns weiter in den Süden bewegt und mussten uns irgendwo zwischen der zentralen Oststraße und der zentralen Südoststraße befinden. In der Hektik hatte ich nicht darauf geachtet, welche Wege wir genommen hatten.

Ich blickte mich zu meiner Göttin um. Sie sah erschöpft aus, rannte aber, so schnell es ihre kurzen Beine zuließen. Weiter hinter uns in der Gasse sah ich nur dunkle Schatten. Keine Spur von dem Monster.

Doch es war noch immer in der Nähe, folgte uns weiterhin – das verrieten mir meine Instinkte.

Ich sah wieder nach vorn und legte noch einen Zahn zu. Wenn der Silberrücken uns erwischte, war alles vorbei. Also mussten wir rennen – egal wohin.

»Bell, hier geht's nicht …«

»Was?!« Die verzweifelte Stimme meiner Göttin holte mich wieder in die Realität zurück. Als wir um die nächste Ecke bogen, begriff ich, wovor sie mich hatte warnen wollen.

Was sich am Ende der Gasse befand, ließ sich am ehesten mit dem Wort »verworren« beschreiben: Unzählige miteinander verflochtene Wege; Treppen die kreuz und quer übereinander liefen; Gebäudeteile, die unnatürlich auf die Straßen hinausragten ... Alles wirkte willkürlich zusammengewürfelt. Zu allem Überfluss bestand das merkwürdige Konstrukt auch noch aus mehreren Ebenen. Man hätte meinen können, man sei im Dungeon gelandet.

War das etwa ... das Daidalos-Viertel?!

Viele Leute sahen in ihm das wahre Labyrinth Orarios. Dies war ein großflächiges Wohnviertel, dessen architektonischer Aufbau jeder Regelmäßigkeit aus dem Weg zu gehen schien. Wer sich einmal in diesem komplexen Wirrwarr aus Wegen verlief, fand mit großer Wahrscheinlichkeit nicht wieder heraus. Hier waren hauptsächlich die ärmeren Bewohner der Stadt angesiedelt. Seinen Namen hatte das Viertel vom verantwortlichen Architekten erhalten.

Dieses künstliche Labyrinth lag etwas tiefer als die Straße, aus der wir kamen. Die unzähligen Wege, die sich nun vor mir ausbreiteten, ließen mich verzweifeln. Durch den chaotischen Aufbau konnten wir jederzeit in eine Sackgasse geraten, ohne es auch nur zu ahnen – und dann waren wir geliefert.

Ich schaute zu Hestia hinüber: Sie atmete heftig; immer wieder hoben und senkten sich ihre Schultern. Sie sah wohl die Furcht in meinen Augen und blickte mich gequält an.

»Ugaaaah!«

Verdammt! Der Silberrücken war in der Gasse hinter uns aufgetaucht. Nun blieb uns nur noch die Flucht nach vorn. Ich zog Hestia weiter, ins Daidalos-Viertel hinein.

Es war, als führte uns eine Treppe in die Finsternis. Die Wohnhäuser um uns herum waren überwiegend aus schwarzen

Ziegelsteinen gebaut, und zwischen ihnen breitete sich eine drückende, fast schon sumpfartige Luft aus. Wir betraten ein düsteres Labyrinth aus Steinen.

An einigen Häusern waren Magiestein-Lampen angebracht, die für schummriges Licht sorgten. Über und unter uns folgten die Bewohner des Viertels den verworrenen Wegen, und jeder einzelne von ihnen wirkte, als fände er sich mühelos zurecht.

Als sie zuerst uns sahen und dann das riesige, weiße Monster, das uns hinterherjagte, rissen sie die Augen weit auf und rannten schreiend davon. Die Straßen um uns herum waren plötzlich wie leergefegt.

»Gugaaaah!«

Der Silberrücken schloss immer weiter zu uns auf. Ohne ihre göttlichen Kräfte verfügte Hestia über nicht mehr Ausdauer als ein gewöhnlicher Mensch. Bald musste sie ihre Grenze erreicht haben. Überhaupt war es erstaunlich, wie lange sie schon durchhielt. Mit jeder Sekunde war es wahrscheinlicher, dass der Riesenaffe sie in die enormen Pranken bekam.

»Hier entlang, Göttin!«

»O... Okay!«

Wir bogen scharf um die Ecke, dann ging es ein Stück bergauf, und kurz darauf bogen wir erneut ab. Ich bemühte mich, so oft wie möglich die Richtung zu wechseln, um unseren Verfolger abzuschütteln. *Haben wir ihn etwa tatsächlich abgehängt?!*

Ich drehte mich um. Hatte uns der labyrinthartige Aufbau dieses Viertels tatsächlich einen entscheidenden Vorteil verschafft? Auf den ersten Blick schien es so: kein Monster in Sicht. Doch meine Freude war nur von kurzer Dauer.

Schon hörte ich ein Knirschen in den steinernen Gebäuden um uns herum. Es klang, als würden sie zusammengestaucht.

Das Geräusch kam näher und näher, und dann fiel plötzlich ein Schatten auf uns. *Das kann doch nicht …*

Über uns verdeckte ein riesiger, weißer Fleck den Himmel. Offenbar hatte das Monster sich seine wilden Artgenossen zum Vorbild genommen und war über die Dächer der Häuser geklettert, als würde es sich von Baumkrone zu Baumkrone schwingen. So hatte es die gewundenen Gänge dieses Labyrinths ignorieren und auf direktem Weg zu uns gelangen können. Der Silberrücken hatte uns eingeholt – und nun stürzte er sich mit Gebrüll auf uns.

»Ugraaah!«

Ein Überraschungsangriff aus der Luft. Die Göttin und ich stoben auseinander, und das Monster landete zwischen uns. Krachend zerbarsten die Steinplatten unter ihm, und die Bruchstücke flogen wie Geschosse in alle Richtungen davon.

Eilig versuchte ich, zu Hestia zu gelangen, doch vergeblich: Der Silberrücken stand direkt vor mir und machte nicht den Eindruck, als wollte er mich vorbeilassen.

Als ich einen Schritt nach vorn machte, brüllte er mich an. Sein Geifer sprühte mir entgegen. »Gruuuoooooah!«

Wollte er mich provozieren? Einschüchtern? Jedenfalls zeigte sein markerschütterndes Gebrüll Wirkung: Ich war vor Angst zur Salzsäule erstarrt.

»Urgaaaah!«

Der warme, stinkende Atem, der dem Monster aus Nase und Maul drang, weckte Erinnerungen in mir, die ich eigentlich verdrängt hatte: Erinnerungen an jenen Minotaurus.

Das Schnauben und Brüllen des gehörnten Monsters hallte in meinen Ohren wider, und meine Füße wurden zu Blei.

Ich stand einem unüberwindlichen Hindernis gegenüber. Ein Duell war zwecklos. Ich wollte einfach nur weglaufen. Doch da war jemand, den ich beschützen musste. Eine Hand, nach der ich greifen wollte.

Ich hab Angst!

In mir rangen Furcht und Pflichtgefühl miteinander. Was wollte ich sein? Ein Feigling oder ein Held?

Ich hab Angst!

In solchen Situationen waren Instinkte meist stärker als Ambitionen.

Ich hab Angst! Aber …

Und doch …

Du bist doch ein Mann, oder nicht?!

Wenn ich mich wirklich einen Mann nennen wollte, dann kam ein Rückzug nicht in Frage.

Na los.

Mach schon.

Unternimm etwas. Irgendetwas!

Du musst!

Oder willst du das Mädchen etwa seinem Schicksal überlassen?!

»Haaaaa!!« Ich nahm all meinen Mut zusammen und schrie, als könnte ich so die Angst aus meinem Körper verbannen. Ich spannte all meine Muskeln an – und dann preschte ich in Richtung des Silberrückens los.

Der wiederum ging zum Gegenangriff über.

»Ugaaaah!«

Er schwang seinen baumstammartigen Arm mitsamt der Kette daran in meine Richtung. Ich duckte mich und spürte noch den Windzug, als seine linke Faust über meinem Kopf hinwegrauschte. Dann griff ich nach meinem Messer. Ich musste diese einmalige Gelegenheit für einen Angriff nutzen.

Seine linke Seite war ungeschützt, also zielte ich mit einem seitlichen Schnitt darauf ab. *KLING!*

Es gab ein metallisches Geräusch, und mein Dolch prallte einfach ab. Die Hand, in der ich ihn hielt, zitterte, und ein stechender Schmerz schoss durch meinen Arm .

Offenbar war es mir nicht gelungen, das weiße Fell des Silberrückens zu durchdringen. Silberne Splitter segelten durch die Luft. War meine Waffe etwa zerbrochen?

Ein Blick auf meine schmerzende Hand bestätigte meinen Verdacht. Ungläubig starrte ich meine zerstörte Waffe an. Hieß das, ich konnte diesem Riesenaffen nichts anhaben?

Jetzt war mein Gegner an der Reihe: Er packte mich mit seinen Pranken und rammte mich gegen die Wand. Sofort wurde mir alle Luft aus der Lunge gepresst, und die Augen quollen mir aus dem Kopf.

»Ugrraaaah!«

Die Fratze des Monsters war nun direkt vor mir. Es riss sein Maul weit auf und bleckte seine Fangzähne. Todesangst packte mich. *Soll das etwa mein Ende sein? Gefressen von einem übergroßen Affen?!*

»Bell!« Die Stimme meiner Göttin riss mich aus meiner Schockstarre. Vergeblich versuchte ich, mich aus dem Griff des Silberrückens zu befreien, aber ich hatte keine Chance. Aber dann ertasteten meine Finger plötzlich etwas: Es war eine der Magiestein-Lampen, die in Abständen an den Wänden angebracht waren.

Ich hatte keine Zeit, lange nachzudenken. Ich schnappte mir die Lampe, drehte sie auf die höchste Helligkeitsstufe und rammte sie dem Affen ins Auge.

»Gueeeee!« Der gellende Schrei des Silberrückens hallte durch die Straße. Kurz darauf lösten sich seine dicken, starken Finger von mir, und ich fiel zu Boden. Er taumelte zurück und bedeckte mit einer Hand sein Auge.

Diese Gelegenheit musste ich nutzen. Hestia kam mit Tränen in den Augen zu mir herübergelaufen. Ehe sie etwas sagen konnte, ergriff ich ihre Hand, und wir rannten erneut davon. Das Adrenalin in meinem Körper half mir, die Schmerzen zu ignorieren.

»B… Bell …?«

Ich musste nun einer unbequemen Wahrheit ins Auge blicken: Offensichtlich war ich zu schwach, um sie zu beschützen.

Schwächling. Feigling. Taugenichts. Versager. Angsthase. Meine Gedanken drehten sich im Kreis. Ich hatte geglaubt, diese Worte beschrieben einfach eine Realität, mit der ich mich abgefunden hätte. Aber nun kam alles wieder hoch und traf mich doppelt so hart. Wieder fiel mir ein, wie der Tiermenschen über mich geredet hatte. Auch Aiz Wallenstein hatte alles mitangehört.

Ich war wieder in der gleichen Lage wie damals. Und ich hasste mich dafür, so schwächlich zu sein.

»Ugooooh!«

Der zornerfüllte Schrei des Monsters erschütterte das Daidalos-Viertel – es war uns wieder auf den Fersen.

Wenn mir nicht bald etwas einfällt … Aber was? Was kann ich tun?! Wie in aller Welt soll ich meine Göttin beschützen?

Die Antwort war erschreckend einfach. Es fiel mir wie Schuppen von den Augen. Wenn ich zu schwach war, sie zu beschützen, dann bestand die einzige Lösung darin, sie nicht zu beschützen – sondern ihr die Flucht zu ermöglichen.

»Was hast du, Bell?«, fragte Hestia atemlos. Sie hatte wohl bemerkt, dass mir etwas durch den Kopf ging, und war beunruhigt.

Doch ich antwortete nicht. An einer Kreuzung bogen wir rechts ab und kamen in eine Straße mit einem sanften Gefälle, das in eine mit schwarzen Steinen eingerahmte Rinne führte. Da war ein Tunnel, möglicherweise eine Art Abfluss, und Sonnenlicht schien von der anderen Seite hindurch: Dort lag wohl ein anderer Wohnblock. Wenn sie diesen Tunnel passierte, sollte sie in Sicherheit gelangen.

Schweigend ließ ich sie vorgehen. Als sie keine Schritte hinter sich hörte, drehte sie sich überrascht um. Doch ehe sie etwas unternehmen konnte, schob ich das Eisengitter vor den Eingang des Tunnels.

»Bell …?«

»Tut mir leid, Göttin«, sagte ich traurig. Das Gitter rastete ein und bildete eine kalte Barriere zwischen uns beiden. »Von hier an musst du allein weitergehen.«

»Was soll das denn werden?«

»Ich werde dir Zeit verschaffen.«

Nur so konnte ich Schwächling überhaupt irgendetwas für sie tun: Als Lockvogel. Ich würde das Monster ablenken, sodass sie sich in Sicherheit bringen konnte.

Sie starrte mich wie versteinert an. Hatte sie meinen Plan womöglich nicht verstanden?

»W… Was redest du da für einen Blödsinn?!«

»Bitte, Göttin. Du musst auf mich hören, nur dieses eine Mal!«

»Vergiss es! Das dulde ich nicht, hörst du? Das dulde ich auf keinen Fall! Mach sofort das Gitter auf!«

»Tut mir leid …«

Vergeblich rüttelte sie mit ihren dünnen Armen an den Eisenstangen, die sie von mir trennten, und schüttelte heftig den Kopf. Es sah nicht so aus, als wäre sie mit meinem Plan einverstanden.

Dass sie sich solche Sorgen um mich machte, machte mich so glücklich, und traurig zugleich. Es blieb keine Zeit. Ich kniete mich auf den Boden und sah ihr entschlossen in die Augen.

»Bitte, Göttin ... Ich könnte es nicht ertragen, noch einmal jemanden zu verlieren.« Ich wollte sie überzeugen, also offenbarte ich ihr meine wahren Gefühle. Was ich gesagt hatte, bezog sich auf die Zeit, bevor ich nach Orario gekommen war und Hestia kennengelernt hatte.

Damals hatte ich meinen Großvater verloren. Außer ihm hatte ich niemanden gehabt.

Monster hatten ihn angegriffen und umgebracht, als er das Dorf verlassen hatte, um etwas zu erledigen. Hieß es zumindest: Ich selbst war nicht dabei gewesen, die anderen Dorfbewohner hatten mir erzählt, was passiert war. Ich wusste noch gut, wie ich mich gefühlt hatte. Das Loch in meinem Herzen, das sein Verlust hinterlassen hatte.

Vermutlich sehnte ich mich seither nach einer neuen Familie.

»Ich habe Angst davor, meine Familie nicht beschützen zu können und sie zu verlieren.«

Sicher, ursprünglich war ich auf schicksalhafte Begegnungen mit hübschen Mädchen aus gewesen. Darum war ich nach Orario gekommen. Ich hatte die Verbindung zu meinem Großvater aufrechterhalten wollen und ehren wollen, was er mir beigebracht hatte. Aber ein Teil von mir hatte sich insgeheim danach gesehnt, wieder eine Familie zu finden. Und ich hatte auch eine gefunden: die Hestia-Familia.

»Deshalb bitte ich dich: Lass mich meine Familie beschützen.«

Das waren große Worte für jemanden, der zu schwach war, um irgendwen zu verteidigen. Aber ich wollte alles tun, was in meiner Macht stand.

Die ganze Zeit über starrte Hestia mich wortlos und mit weit aufgerissenen Augen an. Schließlich gab sie nach. Ich sah ihr an, wie schwer ihr diese Entscheidung fiel.

»Lauf weg, so schnell du kannst, und hol Hilfe!«

»Aber Bell ...!«

Nun war alles gesagt, und ich stand auf. Hestia blickte mit gequältem Gesichtsausdruck zu mir hoch.

»Mach dir keine Sorgen.« Ich wollte sie beruhigen, daher gab ich mich tapfer und lächelte sie an. »Du weißt doch, wie gut ich weglaufen kann!«

Ich ging einen Schritt rückwärts, dann noch einen, und schließlich wirbelte ich herum und rannte davon, so schnell ich konnte. Ich hörte noch, wie meine Göttin mir nachrief, drehte mich aber nicht um. Wie schwach ich doch war.

»Verzeih mir«, sagte ich mit erstickter Stimme und wischte mir mit den Ärmeln die Tränen aus den Augen.

Dann kam ich wieder bei der Kreuzung an, an der wir kurz zuvor abgebogen waren, sah jedoch nirgends den Silberrücken. Ich blickte zu den Dächern hinauf, ob sich dort etwas bewegte. Währenddessen griff ich in die Tasche an meinem Bein, holte eine der Phiolen mit dem Siegel der Miach-Familia heraus und trank die aquamarinfarbene Flüssigkeit in einem Zug aus.

Plötzlich war mir, als wäre alle Erschöpfung verflogen. Ich fühlte mich fitter, kräftiger. Die pochenden Schmerzen ließen langsam nach.

»Ugu-Agaaaah!«

Da war er, der Silberrücken - soeben kam er aus einer der Straßen geprescht. Diesmal ging ich an der Kreuzung geradeaus weiter und drehte mich zu ihm um.

»Uguh …?« Er war sichtlich verwirrt, weil die Göttin nicht mehr bei mir war.

»Komm schon, hier drüben!«, provozierte ich ihn. Der monströse Affe lief in die Mitte der Kreuzung, hielt inne und blickte nach rechts. Gespannt hielt ich den Atem an.

»Ugaaaaah!« Aber schon sah er wieder zu mir herüber und stürmte auf mich zu.

Super, er hat angebissen! Nun war es auch für mich an der Zeit, wegzurennen. Ich fegte durch die verworrenen Gassen des Daidalos-Viertels und musste wegen der vielen sich überlappenden Wege und Treppen etliche Male überlegen, ob ich hier oder dort schon einmal vorbeigekommen war. Ich war drauf und dran, die Orientierung zu verlieren.

Aber dann kam ich an einem Schild vorbei, auf dem in roten Buchstaben »Ariadne« geschrieben stand. Das kam wie gerufen! Ob es von einem der Bewohner stammte? Jedenfalls war direkt darunter ein Pfeil zu sehen. Möglicherweise führte er ja zum Ausgang dieses Labyrinths? Dann könnte Hestia über diesen Weg entkommen.

Demnach müsste man tiefer ins Daidalos-Viertel vordringen, wenn man in die entgegengesetzte Richtung lief. Dorthin sollte ich das Monster also locken, wenn ich die Sicherheit meiner Göttin garantieren wollte. Also schlug ich diesen Kurs ein.

Keuch, keuch, keuch …

Ich konnte regelrecht spüren, wie uns aus den dunklen Fenstern der verwinkelten Gebäude unzählige Augenpaare nachblickten, neugierig und verängstigt. Eines stach heraus: Es war allein auf mich fixiert und ließ keine Furcht erkennen. Aber wer war das? Plötzlich kam es mir vor, als würde ich schon eine ganze Weile beobachtet. Ich bekam Gänsehaut. Wurde ich etwa von jemandem überwacht?

Meine Kehle schnürte sich zusammen. Ich legte mir eine Hand vor den Mund.

»Gugaaaaah!«

»Wa…?!«

Kurz bevor ich die nächste Abbiegung erreichte, holte mich der Silberrücken ein und sprang mich an. Ich konnte nicht rechtzeitig ausweichen und wurde zu Boden geschleudert. Ich überschlug mich mehrmals und blieb schließlich liegen.

Allmählich klärte sich mein Blick, und ich sah, dass ich mich auf einem etwas offeneren, ovalen Platz befand. In der Mitte stand ein kleiner Springbrunnen, der Wasser in einem Bogen durch die Luft spritzte. Inmitten dieses Labyrinths aus Gängen wirkte dieser Platz wie eine Oase des Friedens. Wäre da nicht dieser gigantische Affe gewesen, der mich zerquetschen wollte …

»Ugugaaaah!«

Er wirkte noch wütender als vorher, vermutlich weil er die Göttin nicht finden konnte. Seine Wut schien ihn allerdings zu einem neuen Trick inspiriert zu haben: Er ließ die Ketten an seinen Armen wie Peitschen durch die Luft schnalzen. Noch schneller und wilder als zuvor griff er mich an. Bei jedem Schlag pfiffen die Ketten durch die Luft, als käme gerade ein Sturm auf, und knallten gegen Boden und Wände. Mir blieb nichts anderes übrig als immer wieder auszuweichen, aber der Silberrücken trieb mich mit seiner extremen Stärke und den schnellen Angriffen an meine Grenze.

TSCHING!

Eine der Ketten schnellte geradewegs auf mich zu. In letzter Sekunde riss ich den Dolch hoch, um die Wucht des Schlags abzumildern. Dennoch fuhr ein brennender Schmerz durch meinen Körper. Ich sah Funken an meinem Gesicht vorbeizischen. Im nächsten Moment lag ich am Boden. »Argh!«

Mit zitternden Armen versuchte ich mich aufzustemmen, doch mein Körper gehorchte mir nicht. Ich hatte es ja geahnt: Gegen diesen Gegner war ich chancenlos.

Keuchend blickte ich auf die Bodenplatten vor mir, niedergedrückt von meiner Frustration und den Schmerzen.

Mit Müh und Not gelang es mir, den Kopf zu heben, und ich sah, dass der Silberrücken neben dem Springbrunnen stand und schnaubte. Langsam und bedrohlich schwang er seine Ketten, als bereitete er sich darauf vor, mir den Gnadenstoß zu versetzen.

Doch ich konnte mich nicht länger wehren. All meine Kraft war aufgebraucht, und ich fühlte mich, als würde ich jeden Moment zusammenbrechen.

Ich dachte immer nur an meine Göttin, fragte mich, ob sie heil davongekommen war.

Damals war es ganz genauso. Ich pfiff aus dem letzten Loch, und dann kam sie und hat mir die Haut gerettet: Aiz Wallenstein … Leider kann ich diesmal wohl nicht auf ihre Hilfe hoffen. Könnte ich sie doch noch einmal sehen …

Gleichzeitig war ich aber auch erleichtert darüber, dass sie gerade nicht hier war: So sah sie mich nicht ein zweites Mal in einem solch erbärmlichen Zustand. Beschämt ließ ich den Kopf hängen.

»Bell!«

Die Zeit blieb stehen. Eine Stimme zerriss den weißen Schleier, der sich über mein Bewusstsein gelegt hatte, und drang direkt in mein Herz. Ich hob den Kopf – und erstarrte.

Jemand war mir doch zu Hilfe geeilt, jedoch nicht Aiz Wallenstein, sondern jemand, den ich mir eigentlich weit weg von hier gewünscht hatte: Meine Göttin Hestia rannte völlig außer Atem auf mich zu.

Warum bist du hier? Du solltest dich doch in Sicherheit bringen! Mir fehlten die Worte für das, was in diesem Moment in mir vorging.

»Uguuuh …«

Kurz darauf nahm die Lage ihre schlimmstmögliche Wendung: Der Silberrücken hatte endlich gefunden, wonach er schon so lange suchte. Von einer Sekunde auf die andere ließ er von mir ab und wandte sich Hestia zu.

Eine Weile starrte er sie nur aus weit aufgerissenen Augen an, dann stürmte er plötzlich los.

»Göttin!!« Ich rannte ebenfalls los, so schnell ich konnte und ignorierte dabei meinen geschundenen Körper, der bei jeder Bewegung ächzte. In Windeseile überbrückte ich die Distanz zwischen uns. Einen Sekundenbruchteil länger, und die mächtigen Pranken des Monsters hätten Hestia erreicht – doch ich kam gerade noch rechtzeitig. Ich stürzte mich auf sie und spürte noch den Windzug, als der gewaltige Affenleib an uns vorbeischoss. Zusammen landeten wir auf den harten Steinen der Straße – und stellten rasch fest, dass es gar nicht die Straße war, sondern eine Treppe, die wir nun hinunterpurzelten. Wieder und wieder überschlugen wir uns – ich brachte nicht einmal einen Schrei heraus.

Zu guter Letzt blieben wir auf einer größeren, flachen Stufe liegen. Ich ignorierte meine Schmerzen, so gut es ging, und kroch zu Hestia hinüber.

»A… Alles okay?!«

»Ich glaub schon …« Sie klang, als würde sich bei ihr noch alles drehen, aber immerhin konnte ich sie verstehen.

Mein Gefühl der Erleichterung verflog jedoch sofort.

»Was machst du hier? Ich hab dich doch inständig darum gebeten, dich in Sicherheit zu bringen! Jetzt war alles umsonst ...«

Ihre Kleidung war völlig durchgeschwitzt. Sie musste durchs gesamte Daidalos-Viertel gerannt sein, um mich zu finden. Möglicherweise hatte sie wie ich den Ariadne-Wegweiser als Orientierungspunkt genutzt oder mit den Bewohnern der Labyrinthstraße gesprochen, um herauszufinden, wo ich war. Aber warum hatte sie solch eine Mühe auf sich genommen und sich in Gefahr gebracht?

»Du bist wirklich ein hoffnungsloser Fall, Bell!«

»Wa...«

»Du willst mich beschützen? Hast du dich mal gefragt, was ich will?« Den nächsten Teil sprach sie fast lautlos, nur ihre Lippen bewegten sich. »Du hast es mir versprochen, schon vergessen?«

»Oh ...« Plötzlich fiel es mir wieder ein: das Versprechen, das ich ihr an jenem Tag gegeben hatte und niemals hatte brechen wollen.

Bitte, du darfst mich nicht allein lassen ...

Doch nun war ich dabei, es zu brechen, und ich hatte keinen Gedanken daran verschwendet. Aber blieb mir denn eine andere Wahl?

»Aber dann wird er uns beide ...«

Ich sah sie gequält an. Mehr brachte ich nicht heraus; es schmerzte zu sehr. Doch sie wusste, was ich sagen wollte. Deshalb gab sie sich mutig und sagte mit entschlossener Stimme: »Wir können jetzt doch noch nicht aufgeben, Bell!«

»Was? Aber ...«

»Ich hab eine Idee«, sagte sie und holte eine kleine Schachtel hinter ihrem Rücken hervor. Verdutzt sah ich zu, wie sie sie mit einem selbstbewussten Grinsen öffnete. Doch dann hielt sie inne und blickte über mich hinweg, die Treppe hinauf. »Oh, oh …«

»Hm?« Ich drehte mich um und folgte ihrem Blick. Dort oben bäumte sich ein wilder Affe auf – und kam sogleich die Stufen herabgerast. Wir wurden kreidebleich.

»Ugagoooh!«

»Aaaaaah!«

So schnell ich konnte, griff ich nach Hestias Hand und preschte los. Eine Sekunde später landete der Silberrücken dort, wo wir gerade noch gehockt hatten, und zertrümmerte die Steinplatten unter sich.

Wir rannten um unser Leben, doch zu meiner Überraschung war Hestia diesmal schneller als ich. *Wie war das eben noch mit dem Sich-gegenseitig-Beschützen?! Lass mich nicht alleeeein!*

»Uwah?«

»Göttin!!«

Plötzlich schrie sie auf: Sie war über einen Stein gestolpert. Gleich darauf ging sie vornüber zu Boden. Ich eilte sofort zu ihr, um ihr aufzuhelfen, doch der Silberrücken näherte sich mit mächtigen Schritten.

»Tut mir leid, keine Zeit für Höflichkeiten!« Ich hob Hestia kurzerhand auf und rannte los.

»A… Aber Bell!!«

In den Heldengeschichten hatte ich schon oft darüber gelesen, wie ein tapferer Krieger die hilflose Prinzessin auf den Armen trug, um sie außer Gefahr zu bringen. Gut, in diesem Fall war die Prinzessin Hestia und der Krieger ein Taugenichts wie ich, aber abgesehen davon war die Situation sehr ähnlich. Als ich auf sie herabblickte, sah ich, wie ihr Gesicht knallrot anlief. Sie vergrub das Gesicht an meiner Brust.

»Tut mir wirklich leid, Bell«, murmelte sie, »aber ich muss zugeben, dass mich das trotz unserer Lage ziemlich glücklich macht!«

»Was redest du denn da?!«

Wir waren kurz davor, getötet zu werden, und sie war glücklich?! Wie auch immer, ich hatte keine Zeit, darüber nachzudenken. Ich musste rennen. Kichernd legte sie die Arme um meinen Hals, was es mir erlaubte, sie noch fester an mich zu drücken. Jetzt konnte ich Vollgas geben. Dass sie unheimlich leicht war, half ungemein. Ich bahnte mir einen Weg durch das Labyrinth aus Gebäuden, und irgendwie gelang es mir, das Monster abzuschütteln.

Doch dann schien es, als hätten wir unser Glück aufgebraucht.

»Eine Sackgasse ...«

Vor uns am Ende der Straße ragten an drei Seiten Hauswände auf. Wir saßen in der Falle. Ich setzte meine Göttin ab und sah mich nach einem anderen Ausweg um.

Als ich hochschaute, sah ich, wie sich von den Fenstern um uns her die Schaulustigen nach und nach zurückzogen. Dass sie uns nicht halfen, konnte ich ihnen nicht verdenken: Es war nur natürlich, sich vor Monstern zu fürchten, die einen umbringen würden, wenn sie einen zu fassen bekämen.

All das Gerenne war also umsonst gewesen? Hier sollte es enden? Verzweifelt ließ ich den Kopf hängen.

Die Göttin aber rieb sich das Kinn, als würde sie über etwas nachgrübeln. Hatte sie etwa einen Einfall, der uns hier heraushelfen konnte?

»Das ist eine gute Gelegenheit.«

»Was?!«

Erschrocken sah ich sie an. Was hatte sie da gerade vor sich hingemurmelt?

Obwohl sie kleiner und schwächer war als ich, blickte sie mir siegessicher entgegen.

»Hör gut zu, Bell: Du wirst dieses Monster besiegen, verstanden?«

Ich soll WAS?!

»Ich werde jetzt deinen Status aktualisieren, und du wirst deine neue Stärke nutzen, um es plattzumachen!«

Sicher, wenn sie meinen Status aktualisierte, würde ich dank der gesteigerten Werte womöglich etwas länger überleben. Aber das würde noch lange nicht ausreichen, um den Silberrücken zu töten.

Dieses Monster stammte von Ebene 11 und darunter, und ich war noch nicht einmal über Ebene 6 hinausgekommen. Die tiefste Ebene, die ein Abenteurer erreicht hatte, war ein ziemlich guter Maßstab, um den Kraftunterschied zwischen ihm und einem Monster von einer tieferen Ebene einzuschätzen.

Selbst mit aktualisiertem Status und unter Aufgebot all meiner Kraft hatte ich keine Chance, davon war ich überzeugt.

»Das schaffe ich nicht. Auch wenn ich ein bisschen stärker werde, können meine Angriffe ihm nichts anhaben!« Die Kluft war einfach zu groß. Gerade eben hatte ich ihm noch nicht einmal einen Kratzer verpassen können. Wie sollte ich ihm da plötzlich eine tödliche Wunde zufügen? So sehr konnte meine Stärke in so kurzer Zeit unmöglich steigen. »Ich kann ihn nicht besiegen …«, murmelte ich niedergeschlagen.

Plötzlich schwirrte das alles wieder durch meinen Kopf: die Beleidigungen des jungen Tiermanns und das unterdrückte Gelächter der anderen Gäste im Wirtshaus. Die Erinnerung daran genügte, um mir erneut ins Gedächtnis zu rufen, was für ein Schwächling ich war. Ich traute mir selbst nichts zu.

»Und was, wenn du ihn mit deinen Angriffen verwunden könntest?«

»Hä?«

»Würdest du dir dann zutrauen, ihn zu besiegen?«

Hestia öffnete die Schachtel in ihren Händen und überreichte mir den Inhalt. Es handelte sich um einen nachtschwarzen Dolch mitsamt Scheide.

Völlig verdutzt nahm ich die Scheide in die Hand und zog den Dolch heraus. Zu meiner Verwunderung stellte ich fest, dass nicht nur der Griff und die Scheide, sondern auch die Klinge vollkommen schwarz waren. Außerdem befand sich darauf eine komplexe Inschrift.

Ich hatte dieses »Göttermesser« kaum in der Hand, da begann es dunkelviolett zu pulsieren, als würde es auf meinen Herzschlag reagieren.

Einige Sekunden lang bestaunte ich die Waffe einfach nur: die Kunstfertigkeit, die Anmut. Als ich wieder aufsah, blickte mir Hestia fest in die Augen.

»Seit wann bist du so ein Jammerlappen, Bell? Neulich bist du noch auf der Suche nach schicksalhaftem Diesunddas fröhlich in den Dungeon spaziert. Du hast dir geschworen, stärker zu werden, wolltest dein Ziel fest im Blick behalten. Was ist mit dem Bell von damals passiert?« Sie war noch nicht fertig mit ihrer Standpauke. »Ich glaube an dich. So ein Monster ist doch keine Herausforderung für Bell Cranel, der es sich zum Ziel gesetzt hat, die große Aiz Wallenschwein zu erobern!« Dann wurde sie ernst. »Ich werde dafür sorgen, dass du gewinnst. Ganz sicher.«

Ich schwieg.

»Du glaubst vielleicht gerade nicht an dich selbst.« Sie lächelte mich an. »Aber dann vertrau stattdessen einfach mir, ja? Denn ich glaube an dich!«

Mir kamen die Tränen, und ich blickte wie durch einen Schleier. Ich wischte mir über die Augen. Dann nickte ich enthusiastisch. »Okay!«

Die Sonne stand hoch am Himmel und sandte ihre Strahlen tief in die Häuserschluchten des Daidalos-Viertels herab. Dabei warfen die verwirrend geformten Gebäude und Treppen komplexe Schatten auf den Boden. Doch die Sackgasse, in der wir uns befanden, wurde hell ausgeleuchtet.

Beeilung! Schnell, schnell!

Hestia schleckte sich über ihre Lippen und fuhr mit ihren kurzen Fingern über Bells Rücken. Dann hockte sie sich hinter ihm hin und arbeitete hochkonzentriert an seinem Status. Seine beschädigte Rüstung hatte er ausgezogen. Nun trug er am Oberkörper nur noch sein schwarzes Hemd, und das hielt Hestia nicht davon ab, die Hieroglyphen auf seiner Haut umzuschreiben.

Sie musste dabei nicht einmal hinsehen. Um seine Werte zu verändern, musste sie nur die Excelia in ihm finden und sie kanalisieren. Ob er dabei ein Hemd trug oder nicht, spielte keine Rolle.

Sie rief sich Hephaistos' Worte ins Gedächtnis; in dieser Situation waren sie von entscheidender Bedeutung.

Hör gut zu, Hestia. Jetzt kommt eine wichtige Info. Indem du diese Hieroglyphen in den Dolch eingraviert hast, hast du ihm Leben eingehaucht. Er verfügt deshalb nun über seinen eigenen Status.

Bei der Herstellung des Hestia Knife hatte Hephaistos das Mithril geschmiedet, und Hestia hatte den Status eingraviert.

Auf der nachtschwarzen Klinge standen nun die gleichen Hieroglyphen wie auf Bells Rücken.

Es gleicht damit unseren Kindern, denen wir unseren Segen zuteilwerden lassen. Sammelt sein Träger Excelia, dann zehrt dieser Dolch davon und entwickelt sich ebenfalls weiter.

Außerdem, hatte Hephaistos betont, konnten nur diejenigen von seiner wahren Macht Gebrauch machen, die Hestias Segen empfangen hatten. Für alle anderen war es bloß ein gewöhnliches Brotmesser.

Diese Waffe ist so stark wie ihr Träger, nicht mehr und nicht weniger. Ihre Macht wird nur durch sein Potenzial begrenzt. Für einen angehenden Abenteurer könnte es nichts Besseres geben.

Auf diese Weise würde der Dolch niemals zu stark oder zu schwach sein, sondern stets ein ebenbürtiger Partner.

Momentan ist er noch vollkommen wertlos, hatte Hephaistos ihr erklärt. *Erst wenn dein Kind, Bell Cranel, ihn in Händen hält, erwacht er zum Leben. Von da an wird er mit ihm wachsen.*

Sollte der Träger dieses Dolchs zum stärksten aller Abenteurer heranreifen, so würde auch der Dolch zur stärksten aller Waffen werden.

Als Schmiedin muss ich dir sagen, dass so eine Waffe eigentlich verboten mächtig ist: Wenn ich zu viele davon herstellen würde, hätte ich bald keine Aufträge mehr. Deswegen war das hier die letzte.

Während der Herstellung hatte sie sich zwar ausgiebig beschwert, aber letzten Endes war sie Hestias Wünschen doch nachgekommen. Hestia bedankte sich in Gedanken noch einmal bei ihr.

Dann machte sie sich daran, Bells Status sowie den Status des Hestia Knife zu verbessern, damit er beim nächsten Aufeinandertreffen in der Lage war, die Verteidigung des Silberrückens zu durchbrechen. Eines bereitete ihr allerdings noch Kopfzerbrechen: Bells besonderer Skill Realis Phrase, durch den er völlig unberechenbare Sprünge machte. Wie würde sich das auf die Entwicklung des Dolches auswirken?

»Göttin, er ist hier!«

Der gewaltige, muskulöse Silberrücken tauchte am Ende der Straße auf, und Hestia schlug das Herz bis zum Hals. Glücklicherweise hatte sie just in diesem Moment Bells Statusaktualisierung abgeschlossen.

Bell Cranel

Level 1

Stärke: G 221 → E 403

Ausdauer: H 101 → H 199

Geschicklichkeit: G 232 → E 412

Beweglichkeit: F 313 → D 521

Zauberkraft: I 0

Was?! Das ist doch unmöglich …

Bells Meisterschaftsgrad war, alle Kategorien zusammengezählt, mit einem Schlag um mehr als 600 Punkte gestiegen?! Das war ein unglaublicher Sprung. Und es war sicher nicht der letzte gewesen. Bells Potenzial war, das wusste Hestia, noch lange nicht ausgereizt.

Einerseits brannte in ihr die Eifersucht gegenüber Aiz Wallenstein: Schließlich war sie der Auslöser für Bells unvorstellbares Wachstum. Andererseits konnte sie auf diese Weise sicher sein, dass ihr Schützling sein Ziel erreichen würde.

Damit schaffen wir es.

Der nachtschwarze Dolch in Bells in Händen loderte nun stärker auf als zuvor: Er war mächtiger geworden.

Alles andere hängt nur noch von Bell ab!

Hestia klopfte ihm kräftig auf den Rücken. »Und jetzt geh und zeig diesem Affen, wo der Hammer hängt!«

»Alles klar, Göttin!«

Er war bereit, sein Status aktualisiert. Er ging in die Hocke und sammelte sich: Er lauschte auf seinen Herzschlag, konzentrierte sich nur auf seinen Körper und bereitete sich innerlich auf den kommenden Kampf vor. Ihm war, als würde sich ein Feuer von seinen Füßen aus in seinem ganzen Körper ausbreiten. Doch sein Kopf war völlig klar. Er war in Position und wartete nur noch auf den Startschuss.

»Ugaaaaah!«

Das war er gewesen: das wilde Brüllen des Silberrückens, der am anderen Ende der Straße auf ihn wartete. Er wusste nicht, ob sein aktualisierter Status wirklich ausreichte, um ihn zu besiegen. Doch nun hatte er wieder etwas, an das er glauben konnte – nicht sein schwächliches Ich, sondern die Worte seiner Göttin. Ihr fast schon naives Vertrauen in ihn gab ihm die Kraft, sich in den Kampf zu stürzen.

Und so preschte er los.

Als das Monster sah, wie er in unglaublicher Geschwindigkeit geradewegs auf ihn zurannte, war es so überrumpelt, dass es verstummte. Nach dem gewaltigen Werte-Anstieg war Bell ungleich schneller, und der Silberrücken begriff, dass er zwar nicht chancenlos, aber in ernsthafter Gefahr war.

Während Bell voranstürmte, dachte er an Einas Worte zurück.

Hör gut zu, Bell. Was ich dir jetzt sage, soll dir nur als Info dienen. Komm deshalb nicht auf dumme Gedanken, verstanden? Egal über wieviel Stärke oder Abwehr ein Monster verfügt, es hat wie alle anderen auch einen Schwachpunkt. Deutlich sah er vor seinem geistigen Auge seine Dungeon-Beraterin mit erhobenem Finger vor ihm stehen. *Ein gezielter Treffer an dieser Stelle kann selbst den mächtigsten Drachen zu Fall bringen. Stößt ein Abenteurer dort zu, kann er theoretisch jedes Monster töten, wie stark es auch sein mag.*

Sie hatte von dem Kern gesprochen, der ein Monster erst zum Monster machte.

Du weißt, worauf ich hinauswill, oder? Ich spreche von dem, was sich in der Brust eines Monsters verbirgt ...

Der Magiestein. Ihn zu zerstören, war der sicherste Weg, ein Monster zu töten. Nun sah Bell sein Ziel vor Augen: Eine ganz bestimmte Stelle der Brust seines Gegners.

Der Silberrücken hatte sich in Bewegung gesetzt und donnerte nun auf ihn zu. Bell war so fokussiert, dass die Zeit langsamer abzulaufen schien als sonst. So gelang es ihm, den Moment abzupassen, in dem der Silberrücken seine Arme zum Angriff hob.

Aus dem Hestia Knife schossen violette Flammen, ein Zeichen für Bells stark angestiegene Stärke, und die Klinge zog einen leuchtenden Streifen hinter sich her.

»Haaaaaa!« Er legte jedes Quäntchen seiner Kraft in den Stoß und rammte seinem Gegner den Dolch in die Brust.

»Ugaaaaaaaaaah!«

Volltreffer! Die nachtschwarze Klinge hatte die gehärtete Haut des Monsters genau in der Mitte der Brust durchstoßen und war ins Fleisch eingedrungen. Bell spürte, wie er auf etwas Hartes stieß. Kurz darauf zerbrach es mit einem lauten Knacken.

Im nächsten Moment rollten dem Silberrücken die Augen im Kopf nach hinten, und er fiel rücklings zu Boden.

»Wa...?!«

Der Schwung seines eigenen Ansturms trug Bell weiter. Damit hatte er nicht gerechnet – er hatte sich allein auf den Angriff konzentriert und nicht ans Danach gedacht. Wie ein menschliches Geschoss segelte er nun durch die Luft und schlug hart auf dem Boden auf.

»Urgh!« Er überschlug sich noch rund sieben Mal, dann blieb er endlich liegen. Es dauerte einen Augenblick, bis er sich wieder orientieren konnte. Er rappelte sich auf und drehte sich um.

In der Mitte der Straße lag der Silberrücken reglos da, alle viere von sich gestreckt. In der Mitte seiner Brust steckte Bells Dolch. Kurz darauf begann sein Körper, zu Asche zu zerfallen. Überraschend schnell war der riesige Kadaver fort, und der Wind hatte seine Asche verweht.

Klirrend fiel das Hestia Knife auf die Steinplatten. Aus der Klinge schossen immer noch violette Flammen hervor.

Ein Raunen ging durch die Straße. Es wurde immer lauter und ging rasch in freudige Rufe über.

Wie sich herausstellte, hatten zahlreiche Bewohner des Daidalos-Viertels den Kampf zwischen Bell und dem Silberrücken heimlich beobachtet. Nun traten sie aus Türen oder reckten sich aus Fenstern und jubelten. Es war, als stünde er plötzlich mitten in der Arena des Amphitheaters.

Endlich begriff er, dass der Jubel ihm galt, und ein Lächeln fand seinen Weg auf seine Lippen. Er wandte sich zu seiner Göttin um, um diesen Sieg gemeinsam mit ihr zu feiern, musste jedoch feststellen, dass sie zusammengebrochen war.

»Göttin?!« Er wurde kreidebleich. Eilig schnappte er sich seinen Dolch und lief zu ihr.

Er kniete sich neben sie und stupste sie an, doch keine Reaktion. Sie lag erschlafft auf der Seite, atmete aber, was ihn erleichterte. Unter dem Applaus der Anwohner hob er seine Göttin auf und trug sie davon. Er bemerkte noch immer nicht die dunklen Augenringe, die davon kündeten, wie sehr sich die kleine Göttin in den letzten Tagen verausgabt hatte.

»Hestia, du Ärmste ... Es tut mir leid, dass du meinetwegen leiden musst, aber ... Ich kann einfach nicht mitansehen, wie du den Jungen nur für dich beanspruchst.«

Freya stand auf dem Dach eines Wohnhauses, von dem aus sie das Spektakel hervorragend hatte beobachten können. Als sie sah, wie behutsam Bell seine Göttin in den Armen hielt und davontrug, sank ihr kurz der Mut. Doch dann sah sie zum blauen Himmel hinauf und lächelte.

»Glückwunsch ... Du hast noch einen langen Weg vor dir, aber das war ein guter Anfang.« Sie kniff die Augen zusammen und sah Bell nach, der nun angestrengt nach einem Ausweg aus dem Viertel suchte.

Nach einer Weile warf sie ihr glänzendes Haar zurück und ging davon. »Ich freue mich schon auf unser Wiedersehen, Bell!«

»Turroooo ...« *Wumms!*

Nach einem gezielten Treffer ging der schwere Körper des Trolls zu Boden.

»War's das?«

»Ja.« Mit einer geschmeidigen und flinken Bewegung steckte Aiz ihr silbernes Schwert zurück in die Scheide. Es dauerte nicht lange, da kamen die Stadtbewohner aus ihren Verstecken und überschütteten sie mit Lob.

Loki stand weiter hinten und brummte gelangweilt. »Hm. Das war eine ziemliche Enttäuschung. Wirklich brenzlig war's nirgends. Hat uns da jemand an der Nase rumgeführt?«

Aiz äußerte sich nicht dazu, hegte jedoch denselben Verdacht. Sie waren sofort losgeeilt, um die Bewohner Orarios vor den flüchtigen Monstern zu beschützen, doch keines von ihnen hatte irgendwelche Anstalten gemacht, die Stadtbevölkerung anzugreifen. Es war fast so, als wären sie im Umkreis des Amphitheaters ausgesetzt worden, um Chaos zu stiften. Aiz wurde das Gefühl nicht los, dass jemand Bestimmtes hinter alledem steckte.

»Waren das alle?«

»Nein, eins ist noch übrig.«

Eines der vier Monster, der Silberrücken, lief noch frei herum – ein Gegner, den Aiz im Handumdrehen hätte erledigen können. Loki wollte diese Angelegenheit so schnell wie möglich hinter sich bringen und setzte sich in Bewegung. Aiz folgte ihr.

Die Augenzeugenberichte der Stadtbewohner führten die beiden auf die zentrale Oststraße.

»Hm? Moment mal, ist der Spaß etwa schon vorbei?«

Auf der Straße ging es so lebendig zu wie eh und je. Die Passanten wirkten nicht so, als würden sie sich vor irgendwelchen Monstern in Acht nehmen.

Loki ging auf eine kleine Ansammlung zu, die sich vor einem Gässchen gebildet hatte.

»Hey, sagt mal, was ist denn aus diesem Silberrücken geworden? Hier sehen ja alle so entspannt aus.«

»Die Leute aus dem Daidalos-Viertel haben erzählt, ein Junge habe ihn mit einem einzigen Angriff erledigt! Könnt Ihr das glauben?«

»Moment, ein Junge? Was für ein Junge?«

»Habt Ihr ihn etwa nicht gesehen? Der Junge mit dem weißen Haar und den roten Augen … Wie ein Hase sieht er aus!«

»Hä?!«

Loki starrte die Passantin nur verwirrt an, Aber Aiz, die das Gespräch mitangehört hatte, zeigte eine Reaktion.

Weißes Haar und rote Augen?

Ihr fiel nur ein Junge ein, auf den diese Beschreibung zutraf. Es war derselbe, auf den sie am Morgen vom Fenster des Teehauses aus einen flüchtigen Blick hatte erhaschen können. Der, der ihretwegen verletzt worden war.

»Entschuldigung, dürfte ich mal durch?«, hörte sie von weiter vorn.

Plötzlich ging ein Raunen durch die Ansammlung: Anscheinend kehrte der besagte Abenteurer gerade zurück. Die Leute begannen zu drängeln, um einen Blick auf ihn zu erhaschen.

»Ich auch, ich auch!«, rief Loki und mischte sich unter die Menge.

Aiz, die zurückgeblieben war, trat nun ebenfalls näher und stellte sich auf die Zehenspitzen, um besser sehen zu können.

»Entschuldigung!«

Das Raunen kam näher. Im nächsten Moment sah Aiz, wie ein Junge geduckt zwischen den vielen Menschen hindurch und direkt an ihr vorbeilief. Sie blickte ihm aus ihren goldenen Augen nach, doch er bemerkte sie nicht.

Er ist es wirklich.

Sie sah ihm hinterher, während er sich immer weiter entfernte. Ohne Zweifel: Das war derselbe Junge, den sie vor dem Minotaurus gerettet hatte.

Und der soll einen Silberrücken besiegt haben?

Dafür war er eigentlich nicht stark genug. Ihr Familia-Kamerad mochte damals in dem Wirtshaus etwas übertrieben haben. Aber ein Neuling war der Junge definitiv gewesen, und schrecklich ungeschickt. Niemals hätte der es mit einem Silberrücken aufnehmen können.

Freut mich für dich.

Plötzlich verspürte sie den Impuls, den Jungen, der vor gar nicht allzu langer Zeit vor Scham aus dem Wirtshaus geflüchtet war, für seinen Fortschritt zu beglückwünschen.

Es kümmerte sie nicht, mit welchen Kniff er das Monster besiegt hatte. Sie fasste den Entschluss, ihn aufzusuchen und sich für alles zu entschuldigen.

Patamm! Mit einem Knall schloss Syr die Tür hinter sich. Bell lief zu ihr.

»Syr! Wie geht es ihr?!«

»Es ist alles in Ordnung. Sie ist einfach nur sehr erschöpft.«

»Erschöpft … Das bedeutet …«

»Sie schwebt nicht in Lebensgefahr.«

Es war Abend, und Bell befand sich im »Hostess of Fertility«. Nachdem er den Silberrücken besiegt hatte, war er Syr über den Weg gelaufen. Sie hatte vorgeschlagen, die bewusstlose Hestia hierher zu bringen.

Die Lage bei der Monsterphilia hatte sich längst wieder beruhigt. Gemeinsam hatten die Ganesha-Familia und die Gilde größere Schäden durch die entflohenen Monster verhindert. Es gab weder Tote noch Verletzte. In gewisser Hinsicht hatte der Vorfall Bell noch am meisten mitgenommen.

Der Unruhestifter, der die Monster freigelassen hatte, war nicht gefasst worden, und es gab auch keinerlei Hinweise. Sämtliche Mitglieder der Ganesha-Familia und der Gilde, die ihm zum Opfer gefallen waren, erinnerten sich an nichts mehr. Da es weder einen Täter noch ein ersichtliches Motiv gab, hatte man den Vorfall zu den Akten gelegt.

Hestia lag in einem Zimmer im ersten Stock des Gästehauses. Vor der Tür, in einem lichtdurchfluteten Flur mit Holzdielen standen nun Syr und Bell und unterhielten sich.

»So ein Glück … Ich hab mir solche Sorgen gemacht, als sie einfach umgekippt ist …«

»Gut, dass du sie gleich hergebracht hast, Bell.« Syr lächelte, als sie sah, wie erleichtert der Junge war. »Es tut mir sehr leid, dass du in so einen Schlamassel geraten bist«, sagte sie mit einem gequälten Gesichtsausdruck. »Nur weil ich meinen Geldbeutel vergessen hatte …«,

»Nicht doch«, erwiderte ich eilig. »Du konntest ja nichts dafür!«

Syrs Lächeln kehrte zurück, und Bell atmete auf. Er wollte nicht, dass sie sich Vorwürfe machte.

»Aber seit dieser Sache bist du ja in aller Munde: Die Leute in der Stadt erzählen sich, wie mutig du warst!«

»Was?«

»Und recht haben sie! Um die Wahrheit zu sagen: ich hab dich auch gesehen, als du gegen das Monster gekämpft hast.«

»Aber mit Mut hatte das nicht viel zu tun. Die meiste Zeit bin ich nur weggerannt. Ich hatte ja keine Chance …«

Bell versuchte, möglichst viele Worte aneinanderzureihen, um seine Scham zu überspielen. Syr kicherte.

»Aber du hast trotz allem sehr männlich gewirkt, weißt du das?«

»Äh … Ich habe was?«

»Hast du selbst vielleicht gar nicht gemerkt …« Sie legte sich die Hände an die Wangen und flüsterte: »Aber als du dich so mutig dem Monster entgegengestellt hast, bin ich schon ein wenig ins Schwärmen geraten.«

Bell riss die Augen weit auf.

Syr trat ein paar Schritte zurück. Rötliches Abendlicht fiel auf ihr Gesicht. Sie lächelte Bell bezaubernd an.

»Ich muss jetzt leider gehen: Ich muss im Wirtshaus aushelfen. Entschuldige mich.«

»Ähm, ja, natürlich …«

»Leg dich ruhig ins Bett, wenn du dich ausruhen möchtest. Bis später, Bell!«

Sie trippelte den Flur hinunter und verschwand. Bell konnte ihr nur verdutzt nachschauen.

»Sie wollte mich bestimmt nur aufziehen …«

Ihr schelmisches Grinsen, das Licht des Abendrots in ihren Augen … Bell hatte ihre Miene nicht so recht einordnen können. Er holte ein paarmal tief Luft, bis die Röte aus seinen Wangen gewichen war. Dann öffnete er die Tür zu dem Zimmer, in dem Hestia lag – nur einen Spalt, um zu sehen, ob er sie lieber in Ruhe schlafen lassen sollte.

PLUMPS! Das hatte sich angehört, als wäre etwas auf den Boden gefallen. Rasch öffnete er die Tür und sah Hestia mit dem

Gesicht nach unten neben dem Bett liegen. War sie herausgefallen? Zumindest hörte er sie leise jammern.

Er kniete sich neben sie und nahm sie in die Arme.

»Göttin? Was ist passiert?! Geht's dir gut?!«

»Oh, Bell ... Ja, es ist alles in Ordnung. Ich wollte aufstehen, aber ich bin wohl noch zu schwach ...«

»Ja ... Die anderen meinten auch, dass du sehr erschöpft aussiehst. Was hast du denn die letzten drei Tage angestellt?«

Hestia blickte in die Ferne.

»Jemanden auf den Knien angefleht.«

»Auf den Knien?«

»Ich wollte eine sehr dickköpfige Göttin zu etwas überreden. Aber dafür musste ich dreißig Stunden lang im Kniefall ausharren ...«

»Dreißig Stunden?! Wollten die dich foltern?«

»Nein, das ist eine geheime Technik. Sogar eine der effektivsten Geheimtechniken, die es gibt ...«

Hestia murmelte wie im Delirium irgendetwas von Geheimtechniken vor sich hin, aber Bell verstand es nicht recht. Aber da war noch mehr, was er nicht begriffen hatte. Er begann zu schwitzen.

»Wolltest du nicht auf eine Feier? Was ist denn daraus geworden?«

»Das hier.«

»Was ...?«

Hestia griff an Bells Hüfte und zog sein nachtschwarzes Messer aus der Scheide. Da fiel ihm ein, dass er bisher noch gar nichts über diese Waffe wusste. Woher hatte Hestia sie plötzlich? Gerade, als er fragen wollte, entdeckte er an der Seite der Scheide eine Inschrift, die Hestias Hieroglyphen ähnelte: Ἥφαιστος – Hephaistos. Damit war bereits genug erklärt.

Die Inschrift ähnelte der, die er an der Schmiede der Hephaistos-Familia entdeckt hatte.

»Göttin, hast du etwa ...«

»Tut mir leid, dass ich so lang weg war und dir Sorgen bereitet habe. Aber ich konnte nicht mehr einfach nur zusehen. Ich wollte selbst etwas unternehmen ... und dir helfen.«

Hestia hielt ihm den Dolch hin. Nun hatte er Zeit, sich die Waffe genauer anzusehen. Er stellte fest, dass die darauf eingravierten Hieroglyphen denen von Hestia glichen. Außerdem hatte die Klinge von der Spitze bis zum Griff dieselbe Farbe wie Hestias Haar. Bell hielt den Dolch so behutsam in den Händen, als wäre es ein Baby.

»Ich weiß, dass du dir immer die Nase am Schaufenster von Hephaistos' Laden plattgedrückt hast. Das ist zwar nicht genau der Dolch, den du wolltest, aber dafür ist er einzigartig. Auch nicht übel, oder?«

»Aber ... Die Waffen von Hephaistos sind doch unbezahlbar! Woher hast du denn das Geld ...«

»Da mach dir mal keine Sorgen, das hab ich alles geklärt«, sagte Hestia und lächelte sanft, trotz ihrer Erschöpfung. Bell stellte fest, dass ihm schon wieder die Sicht verschwamm.

»Du willst doch stärker werden, oder?«

»Unbedingt!«, sagte er mit zittriger Stimme.

»Und ich hab versprochen, dir zu helfen. Also lass mich dir auch helfen!«

»G... Göttin ...«, schniefte er.

»Mir ist nichts wichtiger, als dir zu helfen. Schließlich hab ich dich sehr lieb.«

Nun kannte Bell kein Halten mehr. Dicke Tränen strömten ihm über die Wangen. Hestia errötete leicht und lächelte ihn an.

»Du kannst dich jederzeit auf mich verlassen. Immerhin bin ich deine Göttin.«

Bells Grenze war erreicht. Heulend warf er sich wie ein kleines Kind in Hestias Arme.

»Meine Göttin ...!«

»Vorsicht, steck den Dolch vorher lieber weg!«

In Hestias Umarmung fühlte er sich unheimlich warm und geborgen. Sie legte ihre Arme um ihn und strich ihm mit den Fingern durchs schneeweiße Haar. Bell wimmerte und schniefte, während er sich weiter an sie drückte. Nichts war ihr wichtiger als dieser Junge, der sich in ihrer Gegenwart nicht zu schade war, seinen Gefühlen freien Lauf zu lassen.

Ich bin so froh ...

In seiner Gegenwart konnte sie jemand anders sein, über sich selbst hinauswachsen. Eigentlich war sie faul, ungeschickt und zu nichts zu gebrauchen. Doch in seinen Augen war sie eine Göttin, und er verließ sich voll und ganz auf sie. Und so würde es auch bleiben – dafür würde sie schon sorgen. Wie sehr sie diesen Augenblick genoss ...

Das ist wahre Liebe. Wir sind füreinander geschaffen!

Doch damit sollte sie sich mächtig irren ...

Status

Bell Cranel
Level 1
Stärke: E 403
Ausdauer: H 199
Geschicklichkeit: E 412
Beweglichkeit: D 521
Zauberkraft: I 0
Magie:
-

Skills:
Realis Phrase – *Zielstrebige Sehnsucht*

- Beschleunigt das Wachstum.
- Wirkung hält an, solange die Gefühle der Zuneigung bestehen.
- Intensität der Gefühle verstärkt den Effekt.

Das Hestia Knife

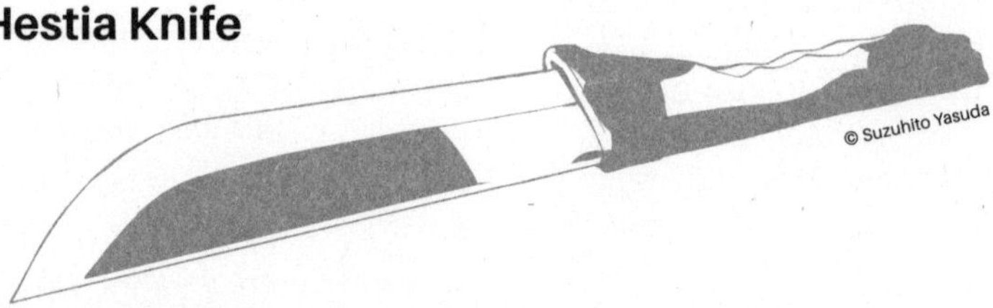

- Mit einem Kredit belastet, der über 35 Jahre und zu 420 Raten abbezahlt werden muss.
- Verpflichtet Hestia zur Zwangsarbeit in der Babel-Filiale der Hephaistos-Familia.
- Das Ergebnis von Hephaistos' Bemühungen, die perfekte Waffe für einen angehenden Abenteurer zu erschaffen.
- Wurde mithilfe eines besonderen Herstellungsverfahrens geschmiedet, unter Verwendung von Hestias Haar, ihres Götterbluts und ihrer Hieroglyphen. Besitzt daher einen eigenen Status.
- Eine lebendige Waffe, die stärker wird, wenn ihr Träger mehr Erfahrung sammelt.
- Gedeiht nur in der Hand desjenigen, dem der Segen Hestias zuteilwurde. In anderen Händen wird es zu einem gewöhnlichen Brotmesser.
- Laut Hephaistos eine verboten mächtige Waffe, da ihr Potenzial nur durch das ihres Trägers begrenzt ist.

Bell Cranel

Zugehörigkeit: Hestia-Familia
Heimat: Zimmer unter der Kirche
Volk: Mensch
Beruf: Abenteurer
Tiefste Ebene: Ebene 6
Waffe: Dolch
Geld: 7.100 Valis

Der Dolch

- Schwache Waffe, die von der Gilde bereitgestellt wird.
- Zusammen mit der Rüstung und einigen Items hat Bell dafür einen Kredit von 8.600 Valis aufgenommen.
- Da für die Reparatur der Ausrüstung regelmäßige Kosten anfielen, brauchte er einen halben Monat, um seine Schulden zurückzuzahlen.

Epilog: Familia Myth

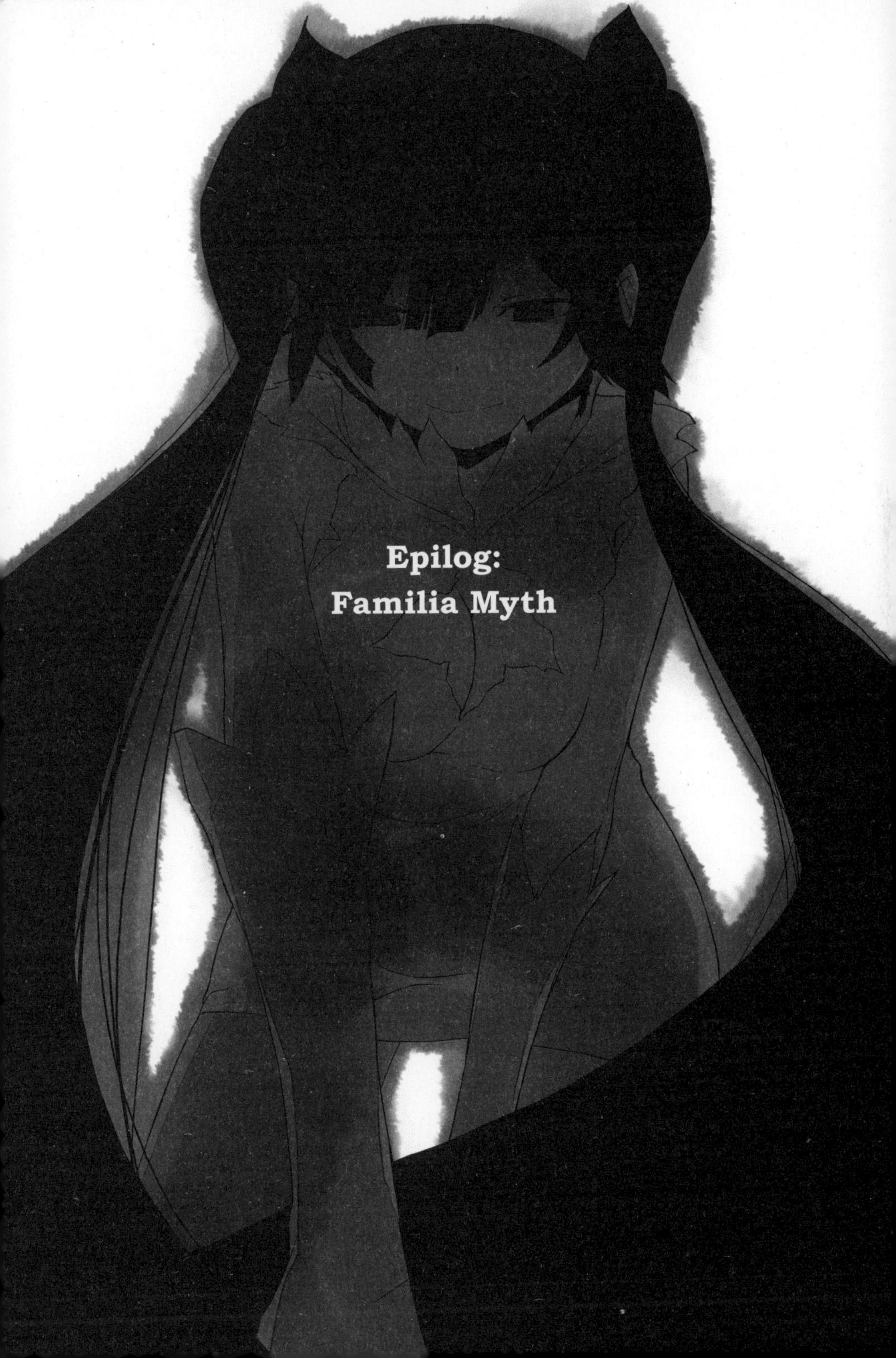

Hestia hatte gerade den fünfzehnten erfolglosen Versuch unternommen, ein Mitglied für ihre Familia zu gewinnen. Enttäuscht ließ sie die Schultern hängen und seufzte.

Doch da sah sie vor sich eine kleine, einsame Gestalt. Dem Äußeren nach zu urteilen, musste es sich um einen Menschen handeln. Der Junge hatte feines, weißes Haar und sah ebenso entmutigt aus, wie sie sich fühlte. Er schien ziellos durch die Straßen der Stadt zu wandern.

Er hatte ihr Interesse geweckt, also folgte sie ihm. Um nicht entdeckt zu werden, trippelte sie möglichst leise hinter ihm her und versteckte sich immer wieder in den Schatten der Gebäude.

Allem Anschein nach war er auf der Suche nach einer Familia, der er beitreten konnte. Doch immer, wenn er irgendwo anklopfte, wurde er abgewiesen. Zehn Familia – Hestia zählte mit – schlugen ihm die Tür vor der Nase zu. Schließlich hockte er sich auf den Boden und blickte niedergeschlagen den Leuten nach, die an ihm vorübergingen. Als Hestia ihn so einsam dasitzen sah, bekam sie Mitleid. Er war doch nur auf der Suche nach einer Bleibe! Und wer konnte sagen, ob er nicht noch vor Einsamkeit verkümmern würde, wenn sich niemand seiner annahm? Also ging sie zu ihm und sprach ihn an.

»He, du da! In solchen dunklen Gassen solltest du dich lieber nicht rumtreiben, das ist gefährlich!«

Als er die Stimme hörte, war er gerade aufgestanden, um weiterzuziehen. Nun drehte er sich um – und blickte auf ein klein gewachsenes Mädchen hinunter.

»Ähm, danke für den Hinweis ... Und was machst du hier? Suchst du deine Eltern?«

»Wenn hier einer von uns beiden was sucht, dann doch wohl du!«

Es war ein denkbar schlechter Anfang. Aber so lief es meistens, wenn Hestia jemanden kennenlernte: Alle hielten sie zunächst für ein kleines Kind. Als sie dem Jungen offenbarte, dass sie in Wahrheit eine Göttin war, entschuldigte er sich ausschweifend.

»So, so ... Die anderen Familia lassen dich also alle abblitzen, was?«, fragte sie unschuldig.

»Ja, sieht so aus ...« Beschämt kratzte er sich am Hinterkopf. Hestia musterte ihn derweil verstohlen.

Ein großer Abenteurer schien er nicht zu sein, aber immerhin war er ehrlich. Auf gewisse Weise fand sie ihn sogar sympathisch. Bei dem kurzem Wortwechsel wurde ihr klar, dass sie ein Kind vor sich hatte.

»Wie der Zufall es will, bin ich gerade auf der Suche nach Mitgliedern für meine Familia! Falls du willst, also nur, wenn du Lust hast, würde ich mich freuen, ähm ...« Es nagte an ihr, dass sie zuvor nicht ein einziges Mitglied hatte anwerben können, und man merkte ihr die Verzweiflung an. Doch der Junge musste ihren Satz nicht einmal zu Ende anhören.

»Ja! Gern schließ ich mich dir an! Wenn du mich lässt ...«

»W... Wirklich? Du willst meiner Familia beitreten?!«

Danach ging alles blitzschnell. Außer sich vor Freude stellten sie sich einander vor. Und dann trat Bell auch schon offiziell der Hestia-Familia bei.

»Na schön, dann komm mal mit: Es ist Zeit für das Beitrittsritual!«

»O... Okay!«

Gemeinsam gingen die beiden zu einem heruntergekommenen Buchladen. Der ältere Herr, dem er gehörte, schien die Göttin zu kennen. »Nein, Hestia, ich werde auch heute nicht deiner Familia beitreten, falls du deswegen hier bist.«

»Bin ich nicht! Wir wollten uns nur mal unter den Büchern im ersten Stock umsehen.«

»Meinetwegen. Aber stellt sie hinterher wieder zurück!«

Hestia nahm Bell an die Hand und führte ihn die Treppe hinauf. Oben angekommen stieg ihm der Geruch alten Papiers in die Nase. Alle vier Wände des Zimmers waren mit Regalen vollgestellt, vor denen sich die Bücher stapelten. Die kleine Göttin kam oft hierher und stöberte herum: Bücher zu kaufen, konnte sie sich nicht leisten.

»So, dann setz dich mal hier hin und mach dich frei.«

»I... Ich soll mich ausziehen? Hier?!«

»Obenrum reicht! Ich werde dir jetzt meinen Segen zuteilwerden lassen.«

Etwas aufgeregt begann Hestia, ihre Falna auf Bells Rücken einzugravieren. Schon vor langer Zeit hatte sie entschieden, dass ihr erstes Kind an diesem Ort ihren Segen bekommen sollte. Sie liebte Bücher über alles, daher fand sie die Umgebung nur angemessen.

Eine Geschichte, fand sie, sollte am besten inmitten von anderen Geschichten beginnen.

»Verrat mir doch mal, warum du ein Abenteurer werden willst, Bell.«

»Na ja ... Ich fand die Geschichten über schicksalhafte Begegnungen im Dungeon von Oratoria so beeindruckend ...«

»Schicksalhafte Beg... Sag bloß, du bist Abenteurer geworden, um Frauen hinterherzujagen?«

»So, wie du das formulierst, klingt das viel zu anrüchig! Ich rede von romantischen Begegnungen zwischen einem Helden und einer Maid in Not ... und manchmal auch mehreren Maiden. Mein Großvater hat immer gesagt, ein echter Mann gibt sich nur mit einem Harem zufrieden!«

»Ich würde sagen, dein Großvater hat dich falsch erzogen ...«

Schließlich hatte Hestia die Falna fertig eingraviert. Auf Bells Rücken standen nun verschiedene schwarze Hieroglyphen, die sie nun sanft mit einem Finger nachzeichnete. Der Anblick erinnerte sie an die Seiten der alten Bücher, die sie so liebte. Der Status eines Abenteurers, fand sie, war so etwas wie ein Buch, in dem seine eigene Geschichte niedergeschrieben stand. Gefüllt wurde es Seite für Seite mit den Erfahrungen, die er auf seinen Reisen sammelte. Hestias Aufgabe als seine Göttin war nun, sich diese Seiten sorgfältig durchzulesen, sie zu bewerten und in seinem Status niederzuschreiben.

»Also, Bell ... Ich freue mich auf unsere gemeinsame Zukunft! Jetzt beginnt die Geschichte unserer Familia!«

»O... Okay!«

Durch das Fenster fiel das goldene Licht der Sonne herein und ließ den Staub glänzen, der in dem Bücherzimmer schwebte. Hestia war, als feierten all die alten Bücher um sie her den Beginn einer neuen Erzählung. Sie blickte auf Bells Rücken hinab und lächelte.

Fortan würde sie diejenige sein, die die Geschichte ihres Schützlings niederschrieb, ganz wie in den alten Abenteuergeschichten und Heldensagen. Die Götter wachten über jeden Schritt, den ihre Kinder auf dieser Welt taten. Hier nun hatte eine neue Sage über eine Familia ihren Anfang gefunden: die Sage der »Familia Myth«.

Nachwort

Vor einer Weile stellte mir jemand, der ebenfalls an diesem Buch beteiligt war, eine hypothetische Frage: Wenn ich mir einen Skill aussuchen könnte, wie die Abenteurer in meiner Geschichte sie haben, was für ein Skill wäre das? Zunächst befürchtete ich, es würde für mich äußerst peinlich, wenn ich versuchte, sie ernsthaft zu beantworten. In Wahrheit fiel es mir jedoch schwer, überhaupt auf eine Antwort zu kommen.

Ein Skill sollte nämlich eigentlich etwas mit den persönlichen Stärken zu tun haben. Also fragte ich mich, welche Stärken ich denn eigentlich hatte. Mir wollte jedoch partout nichts einfallen, worauf ich anderen gegenüber stolz sein konnte. Schwächen, ja, davon konnte ich aus dem Stegreif mehrere aufzählen. Aber Stärken?

Ich steckte in einer Zwickmühle. Ich grübelte und grübelte. Aber mir fielen nur Dinge ein, die ich, einmal ausgesprochen, sofort bereut hätte, beispielsweise die Fähigkeit, Feuer zu kontrollieren.

Doch plötzlich kam mir ein Geistesblitz. Eine göttliche Eingebung, wenn man so will. Mit einem selbstsicheren Grinsen sagte ich: »Begegnungen sind mein Skill!« Ich hielt mich damit für sehr clever.

Wenn ich jetzt daran zurückdenke, würde ich vor Scham am liebsten im Erdboden versinken. Aber ein Fünkchen Wahrheit steckte wohl doch darin, denke ich. Aus allen Begegnungen in meinem Leben habe ich viel gelernt. Ich habe Unterstützung erfahren und konnte wertvolle Erfahrungen machen. Jede Begegnung war für mich wie ein Schatz.

Das gilt auch für die vielen Menschen, mit denen gemeinsam ich an diesem Buch gearbeitet habe. Ihnen habe ich nicht nur zu verdanken, dass meinem Werk ein Preis verliehen wurde, sondern dass es in dieser Form überhaupt erscheinen konnte. Da wären zum Beispiel die Mitarbeiter der Redaktion von GA Bunko, der leitende Redakteur, der nicht nur meine Unerfahrenheit ertragen, sondern mich auch manchmal auf den richtigen Weg lotsen musste und Suzuhito Yasuda, der etliche Illustrationen für diesen Band gezeichnet hat. Nicht zu vergessen die vielen anderen Beteiligten, die ich hier nicht aufgezählt habe. Ihnen allen möchte ich dafür danken, dass sie die Veröffentlichung dieses Bandes möglich gemacht haben.

Zu guter Letzt gilt mein Dank natürlich auch all den Lesern, denen ich in gewisser Hinsicht ebenfalls begegnen durfte. Ich hoffe, dass wir uns in Zukunft wiedersehen. Bis bald!

Fujino Omori

Fujino Omori

Seit ich mich selbst einen richtigen Autor nennen kann, erlebe ich jeden Tag, wie hart es ist, Geschichten zu erfinden. Gleichzeitig erinnert es mich aber daran, dass ich zuvor viel zu selten in den Genuss dieses Schaffensdrucks gekommen bin. Ob es nun um Geschichten geht, ums Lernen oder um Sport: Es ist eine wertvolle Erfahrung, sich mit Fleiß und Mühe den Erfolg zu verdienen. Wenn man sich ein Ziel gesetzt hat, heißt es: Zähne zusammenbeißen und durch! Im Prinzip ist das auch das zentrale Thema dieses Bandes. Ich hoffe, ihr habt viel Spaß damit!

Suzuhito Yasuda

Geboren in der Präfektur Mie. Zu seinen bekanntesten Werken zählen Yozakura Quartet oder Durarara!! Offizielle Internetpräsenz: http://www.suzuhito.com/

TOKYOPOP GmbH
Hamburg

TOKYOPOP
1. Auflage, 2022
Deutsche Ausgabe/German Edition

Übersetzt von Christopher Derbort

Dungeon ni Deai wo Motomeru no wa Machigatteirudarouka vol.1

Original Japanese edition published in 2013 by SB Creative Corp.
The German edition is published by arrangement with
SB Creative Corp., Tokyo

Redaktion: Markus Rohde
Lektorat: Bernd Sambale
Lettering und Herstellung: Annika Meyer-Wülfing
Umschlaggestaltung: Annika Meyer-Wülfing
Druck und buchbinderische Verarbeitung:
CPI–Clausen & Bosse GmbH, Leck
Printed in Germany

MIX Papier FSC® C083411

Wir achten auf die Umwelt.
Dieses Produkt besteht aus FSC®-zertifizierten und anderen kontrollierten Materialien.

ISBN 978-3-8420-7951-9

www.tokyopop.de

THE GRANDMASTER OF DEMONIC CULTIVATION – LIGHT NOVEL

Mo Xiang Tong Xiu

Nach dem Tod von Wei Wuxian, einer der mächtigsten Männer seiner Generation, hallen Jubelschreie durch das ganze Land. Jahre vergehen bis er durch ein Opferritual zurück in die Welt der Lebenden – in den Körper eines Fremden – beschworen wird! Er versucht, seine wahre Identität geheim zu halten, trifft jedoch auf einen alten Bekannten: den attraktiven Lan Wangji. Als die beiden erneut in dunkle Machenschaften hineingezogen werden, müssen sie sich nicht nur ihren Gefühlen füreinander, sondern auch bösartigen Geistern und feindseligen Clan-Mitgliedern stellen, um die in dichten Nebel gehüllten Wahrheiten ans Licht zu bringen!